ein Ullstein Buch

W0224928

Vom gleichen Autor
in der Reihe der
Ullstein Bücher

Das Wunschhütlein (250)
Frau Mette (298)
Menuett im Park (335)
Nymphenburg (381)
Der seidene Faden (474)
Frag nicht zuviel (563)
Sternsaphir (2613)
Grillenkonzert (2830)

Horst Wolfram Geissler

Die Dame mit dem Samtvisier

Roman

ein Ullstein Buch

Ullstein Buch Nr. 428
im Verlag Ullstein GmbH,
Frankfurt/M – Berlin – Wien

Umschlagentwurf: Nikola Mederow
Mit Genehmigung des
Franz Ehrenwirth Verlags, München
Alle Rechte bei
Franz Ehrenwirth Verlag, München
Printed in Germany 1974
Gesamtherstellung:
Ebner, Ulm
ISBN 3 548 02428 9

Hier wird das Leben und die Liebe einer bedeutenden Frau erzählt. Nur wenige wissen ihren Namen. Und doch: hätte sie nicht gelebt — Europa sähe heute anders aus.

Immer wird es Menschen geben, die mit der Leidenschaftlichkeit großer Herzen in die Weltgeschichte eingreifen; aber dabei das eigene Glück nicht zu vergessen — mag es auch seltsam genug sein —, dazu sind vielleicht nur Frauen fähig.

I

Als im August des Jahres 1765 Kaiser Franz I., der Gemahl Maria Theresias, plötzlich gestorben war, hatte der österreichische Gesandte in München die Pflicht, dem Kurfürsten von Bayern diesen Todesfall feierlich anzuzeigen.

Er berichtete darüber nach Wien an den Staatskanzler Fürsten Kaunitz:

»Solle gehorsamst melden, daß ich zu untertänigster Befolgung Euer fürstlichen Gnaden gnädiger Anweisung nicht nur bereits meine Wägen mit schwarzem Tuch überziehen, sondern hiernächst auch die Appartement, woselbst die mir gebenden Visiten anzunehmen pflege, schwarz habe ausspallieren lassen. Und schließlich Solle annoch in Untertänigkeit beifügen, daß ich bei dem Churfürsten mir eine Partikular-Audienz genommen, infolglich mit einem schwarzen Mantel und Schurz mit uneingestreuten fliegenden Haaren, dann auf einem schwarz überzogenen mit 2 Pferden bespannten Wagen, deme 2 Läufer vorgetretten, mein Page aber vorne und 3 Bediente hinten gestanden, in die Residenz gefahren seye; wo mich bey dem Absteigen zwei Kammerfourirs, in der ersten anticamera der Kammerherr vom Dienst, in der anderten der Obersthofmeister Graf von Seinsheim empfangen, letzterer aber bis zu der churfürstlichen Retirade mich begleitet hat. Seine churfürstliche Durchlaucht bedienen sich vier Wochen lang eines Kleides von Radin oder aufgerübenen Tuchs, eines Flors auf dem Hut, uneingebudertes Haar, eines Hemets ohne Däzeln, eines blau angeloffenen überzogenen Degens, aufgeriebenen Schuhen und 14 Tage derer Pleureuses. Bei dem Vigil- und Seelengottesdienst erscheinen Hochselber mit Pleureuses, in der Gugl, einen langen Trauer-Mantel und dem schwarztüchernen Schurz.«

Als der Gesandte in dem bemeldeten Wagen durch die Straßen Münchens fuhr, erregte er ein gehöriges Traueraufsehen. Denn die Stadt war damals noch sehr klein, etwa dreißigtausend Seelen hausten innerhalb der Festungswälle, und die Residenz lag in der nördlichsten Ecke, neben dem Schwabinger Tor.

Der gute Kurfürst Max III. Josef war über den Tod des Kaisers ehrlich betrübt. Erstens nämlich – so viel stand fest – kam etwas Besseres nie nach, und zweitens hatte ihn der k. k. Gesandte bei seiner Lieblingsbeschäftigung, dem Elfenbeindrechseln, gestört. Allerdings nur vorübergehend. Denn kaum war der Österreicher mit seinen fliegenden Haaren wieder weg, als der Kurfürst das »aufgerübene« Tuchkleid mit einem bequemen seidenen Schlafrock vertauschte und in seine Werkstatt zurückkehrte, die er sich zu ebener Erde am Grottenhof der Residenz eingerichtet hatte.

In dem lauschigen kleinen Hofe murmelte ein Brünnchen über Tuffsteine, das Gras atmete einen kühlen Duft aus, der durch die Fenster hereinwehte, und das war an diesem glühheißen Sommertag eine Wohltat.

Der Hofopernintendant Graf Seeau hatte in der Werkstatt geduldig auf die Rückkehr Serenissimi gewartet.

»Da haben wir's, also, mein Lieber«, sagte der Kurfürst eintretend, »Seine Majestät sind nun tot. Er hätte ein wenig ruhiger leben sollen. Aber seine schönen blauen Augen ... wie's halt geht ... Wissen Sie, daß er sich die Auersperg nach Innsbruck mitgenommen hatte, obgleich die Kaiserin dort war? Skandalös, nach meinen Begriffen! Ja, die Liebe. Daran hat's denen in Wien ja nie gefehlt ... und Kinder haben sie, soviel sie wollen ... es ist ein Kreuz.«

Der Kurfürst war kinderlos.

Ablenkend sagte Seeau: »Vier Wochen Hoftrauer sind bald vorbei. Die Gartenfeste in Nymphenburg lassen sich verschieben, es wär' eh so heiß gewesen, Durchlaucht! Der Hoftrabant Gallmayr ist mit seiner neuen automatischen Figur auch noch nicht fertig, es soll diesmal ein Türke werden, der den Flautotravers à merveille bläst, das Wunderbarste, was man sehen kann, und –«

»Sie haben's gut«, murmelte der Kurfürst aus einer hartnäkkigen Grübelei heraus, »Sie brauchen sich nicht mit der Politik zu befassen. Aber ich! Übrigens darf ich Sie nimmer aufhalten, Bester – und wenn Sie draußen jemand treffen: der Kreittmayr soll kommen, ich muß mehreres mit ihm überdenken.«

Vier Wochen später rollten unzählige Hofkutschen und Adelschaisen durch das Neuhauser Tor hinaus. Hier hörte die Stadt auf; rechter Hand in den Wiesen war noch ein Gartenschlößchen hinter einer Mauer und hohen Bäumen sichtbar.

Die Wälle Münchens blieben zurück, der Zug bewegte sich nach

»Nur – –«

»Nur?«

»Il faudra voir le fin de cela, mon cher comte! Car, quand les grands souverains se battent pour un petit, ils finissent toujours par s'arranger à ses dépens; c'est à lui à payer les pots cassés!« (Man wird den Ausgang abwarten müssen, lieber Graf! Denn wenn die Großen sich für einen Kleinen schlagen, endet es stets damit, daß sie sich auf seine Kosten vertragen, und er muß die zerbrochenen Töpfe bezahlen!)

»Sie kennen den König nicht!« sagte die Herzogin.

»Meinen Sie?«

Görtz griff ein. »Durchlaucht haben freilich recht! In diesem Falle jedoch decken sich die Interessen des Großen völlig mit denen des Kleinen.«

»Und wenn sich das Glück für Österreich entscheidet?«

»Es handelt sich hier nicht um Glück. Die Waage neigt sich *notwendig* auf die Seite, wo der preußische Degen liegt!«

»Lehrbach an Kaunitz, 20. Februar 1778:

»Am selben Tage um 12 Uhr sollte dem Herzog die Collana feierlichst umgehangen werden, und der Herzog veroffenbarte auch am 15. das lebhafteste Vergnügen über diesen hohen Orden. Er beschäftigte sich bereits mit verschiedenen sich darauf beziehenden Einrichtungen, und abends machte er noch die Probe mit dem Band, um bey künftiger Tragung die Größe bestimmen zu können.

In der Nacht vom 15. auf den 16. ist aber in den Gesinnungen des Herrn Herzogen eine ganz unglaubliche und aller Erwartungen übertreffende Veränderung vorgegangen. Gleich bei Anbruch des Tages ersuchte er mittels eines eigenhändigen Billetts den Herrn Baron von Vieregg, sich auf einen Augenblick zu ihm zu begeben. Dieser Minister fand sich auch ungesäumt bei ihm ein, allein wie groß war seine Erstaunung, als er den Herrn Herzog in einer ganz erstaunlichen Gemütsunruhe antraf und von ihm die Abschilderung derjenigen Beängstigung vernahm, mit welcher Er die ganze Nacht befallen war und die ihm die Entschlüssung abnötigte, wegen Annehmung des Goldenen Vlieses, so sehr er auch diese kaiserliche Gnade schätzte, sich noch einen kleinen Aufschub auszubitten. Der Herr Baron von Vieregg unterließ zwar nichts, um den Herzog durch die heftigsten Bewegungsgründe von diesem Vorsatze zurückzubringen und ihm seine Unruhe zu benehmen, dabei auch begreiflich zu machen, wie untröstlich dieses alles dem Herrn Kurfürsten fallen müßte. Es waren aber alle Ermahnungen des Freiherrn von Vieregg fruchtlos. Der Herr Herzog brach in das äußerste Wehklagen über seine unglücklichen Umstände heraus und blieb hartnäckig dabei stehen, daß aus unüberwindlichen Ursachen heute die Umhängung der Collana noch nicht vollzogen werden könnte.«

Friedrich der Große an Maria Anna, datiert Berlin, 13. Februar 1778:

»Ach, gnädigste Frau, warum sind Sie nicht Kurfürst? Wir würden dann die beschämenden Ereignisse nicht haben eintreten sehen, über die jeder gute Deutsche bis in den Grund seines Herzens erröten muß. Wenigstens wird es Bayern Eurer Durchlaucht verdanken, daß das Übel so viel wie möglich beseitigt worden ist. In welcher Entfernung ich mich von Eurer Durchlaucht befinden mag, stets bin ich einer von Ihren Bewunderern gewesen. Ich habe Ihnen von weitem Beifall gewinkt, wie die Christen die Engel feiern, deren Wunder sie verkündigen, die sie aber niemals erblicken.«

Die sie aber niemals erblicken? Der Hofrat Andre, der diesen Brief von Klinggräffen durch einen Boten erhalten hatte, las ihn mit sehr gemischten Gefühlen. Die Herzogin, in ihrer impulsiven Art, hatte in Berlin anfragen lassen: ob es nicht am einfachsten sei, wenn sie persönlich den König besuche.

Nun kam diese zwar äußerst schmeichelhafte Antwort, voll von Lob und Anerkennung, aber auch behaftet mit der fatalen Wendung von dem Beifall, den man von *weitem* winkt! Ohne Zweifel: der große Friedrich war auch in seinem Alter kein Frauenfreund geworden ... und er wollte sich durch den Besuch Maria Annas nicht vor der europäischen Öffentlichkeit festlegen ... Die Herzogin war ihm nützlich, aber nur in Grenzen, sie war ihm willkommen, aber nur soweit sie seine eigenen Interessen förderte...

Andre seufzte sorgenvoll: das würde wieder ein schweres Stück Arbeit werden, ihr diese notdürftig überzuckerte Pille beizubringen

Gegen alles Erwarten ging es rasch und leicht. Denn Maria Anna hatte augenblicklich mehr Sorgen und so viel zu tun, daß eine Reise nur störend für sie gewesen wäre. Mit der Geschäftigkeit der Frau, die es liebt, stets das Nächstliegende zu tun, schob sie eine Besprechung des Berliner Briefes auf eine spätere Gelegenheit: der unvorhergesehene Schachzug Lehrbachs mit dem Goldene Vlies nahm sie fürs erste zu sehr in Anspruch. Sie kämpfte e bittert um den Zweibrückener, aber der Name Friedrichs erw sich zum Schlusse als gewichtig genug: Karl blieb standhaft seiner Weigerung, den Orden anzunehmen.

Nymphenburg hinaus. Vier Wochen war das große Gartenfest aufgeschoben worden, keinen Tag länger; man hatte um den Kaiser getrauert, wie es die Höflichkeit vorschrieb, aber es bestand nicht der geringste Grund, den Österreichern gegenüber mehr als höflich zu sein. Die Tage begannen schon merklich kürzer, die Abende kühl zu werden. Aber noch leuchtete der Spätsommer in aller Pracht, ganz trunken in Farben; in der weiten Ebene lag der Sonnenglast über abgeernteten Feldern, aus der Ferne des Südens schimmerte blausilbern das Gebirge; Dörfer zerstreuten sich in die Runde, von milden Hügeln grüßten weiße Kapellen, Schafherden weideten verloren über die warmen Wiesen dahin.

Da lag das Nymphenburger Schloß wie ein Schwan mit ausgebreiteten Flügeln am Teichufer.

Auf den Kanälen des Parks schwammen Gondeln mit prunkvollen Sonnendächern, die Fontänen bebten als gischtige Glocken über Felsgruppen, um die langen Reihen steinerner Götter blühte dionysisches Herbstblumenrot.

Von der Freitreppe des Schlosses schmetterten Fanfaren dem Zug entgegen. Stallknechte sprangen zu den Pferden, Lakaien rissen die Wagenschläge auf; Hofgesellschaft entrann den engen Kutschen – von weitem zu sehen wie ein buntes, langsames Rieseln, ja, das Bunteste in dieser bunten Landschaft! Bauschige Reifröcke, rosa, meergrün, mattblau, gelb, farbige Kleider der Kavaliere, mit Gold und Silber gestickt, Jäger in weißen Hosen und blauen Röcken mit Silbertressen – und über allen, wie das duftige Nicken des Wiesenschaumkrauts, das Puderhaar, heute zum ersten Male wieder mit aller Sorgfalt frisiert und eingestreut.

Hier und dort in den zärtlich eingerichteten Pavillons wurde Tee gereicht, mit koketter Hilflosigkeit ließ man sich in Gondeln heben, man fütterte Schwäne und Fische, um die Kurfürstin sammelte sich ein bevorzugter Kreis von Freunden der Musik und hörte der Hofkapelle zu, die, in bukolischer Tracht, unter großen Linden ein Konzert gab.

Ziemlich abseits ging der Kurfürst neben einer Dame. Das Gefolge blieb zehn Schritte zurück.

»Unmutig, Base?«

»Gedankenvoll, Durchlaucht.«

»Wer hat eine so gescheite Frau jemals gedankenlos gesehen?«

»Ohne Komplimente, Durchlaucht: man hat Sorgen.«

»Was macht der Herzog?«

»Was er sein Leben lang gemacht hat: Experimente ohne Erfolg.«

Der Kurfürst lachte unfrei. »Boshaft, Base, äußerst boshaft! Es trifft mich auch.«

»Durchlaucht«, sagte die Herzogin erschrocken, »das war bei Gott nicht meine Absicht! Ich vergeß es immer ... ein schlimmes Maul hab' ich, das ist wahr. Bitte um Vergebung.«

»Nichts zu verzeihen, wir kennen einander. Warum soll dem Menschen nicht einmal das Herz übergehen? Man findet freilich selten Gelegenheit dazu, aber wir sind unter uns, Base. Ich habe keine Kinder. Die deinen wären die Erben von Bayern gewesen – ich hätt' es ihnen schon um ihrer liebenswürdigen Mutter willen gegönnt –, nur schade: du hast auch keine!«

»Außer den vieren, die alle am Tage der Geburt gestorben sind«, sagte Maria Anna erbittert. »Seh' ich etwa aus wie eine Frau, die keine gesunden Kinder bringen kann? Nein, bei Gott, ich war nicht schuld daran; und, Durchlaucht, wenn's drauf und dran wäre, so getraut' ich mich heute noch, mit meinen dreiundvierzig Jahren, eine ganze Stube voll Kurprinzen – sapperment, Durchlaucht, ich war nicht schuld daran! Aber freilich, wenn man –«

»Stille, stille!« Der Kurfürst sah lächelnd ihre Empörung. »Das wissen wir. Mein guter Vetter Klemens hat einen tüchtigen Kopf –«

»Und weiter nichts!«

»Er ist ein gelehrter und musikalischer Mann. Leider ein wenig kontrakt an Arm und Fuß.«

»Ein ewiger Goldmacher und Projektant.«

»Das muß man seiner menschenscheuen Art zugute halten.«

»Eins kommt vom andern, und umgekehrt.«

»Du hättest vielleicht manchmal doch liebevoller sein sollen zu ihm.«

Die Herzogin schluckte an einer heftigen Antwort, die dem Kurfürsten wahrscheinlich mißfallen hätte.

Aber es kam nicht dazu. Von einem Lakaien geführt, lief ein großer, dicker Mann den Laubengang heran, schwitzend und schnaufend und mit allen Anzeichen der entsetzlichsten Aufregung. Um schneller vorwärts zu kommen, hielt er seinen Bauch mit beiden Händen fest, und die drei Kratzfüße, die vorschriftsmäßig bei Annäherung an den Kurfürsten zu erledigen waren, blieben ungefüge Andeutungen.

»Mein Gott, der Öfele«, sagte die Herzogin voll fataler Ahnungen, »und in welcher erbärmlichen Verfassung! Was gibt's?«

»Kurfürstliche Gnaden«, blies der Rat durch seine rinnenden

Schweißtropfen, »gnädigste Frau Herzogin – halten zu Gnaden wegen der unschicklichen Eile, womit ich wage –«

»Kurz, Öfele!«

»Kurz, ja! Der – die – vielmehr – ich habe – bin – wie – wie – –«

»Die Kruzifixstotterei übereinand!« rief der Kurfürst ärgerlich.

Der Rat Öfele verstummte hilflos und konnte nur noch nach Luft schnappen wie ein dicker Karpfen.

»Na, na, na, nur Ruhe, bester Öfele!« sagte die Herzogin, wie man einem aufgeregten Pferde zuredet. »Es geht schon! Sammeln Sie sich erst. Ist etwas passiert?«

Der Rat nickte verzweifelt. »Seine Gnaden –«

»Der Herzog?«

»Eine Explosion! Bei den chemischen Versuchen!«

»Und?«

»Man hat Seine Gnaden sogleich zu Bett gebracht.«

Die Herzogin gab ihm den Arm. »Kommen Sie!«

»Keine Umstände«, sagte der Kurfürst erschrocken, »bitte doch nur ja zu eilen und mir sofort zu melden – und nichts für ungut, lieber Öfele, Ihre Erregung ist nur zu begreiflich!«

Eine halbe Stunde später betrat Maria Anna ein verdunkeltes Zimmer in der Maxburg.

Der Herzog lag auf seinem Bett. Zwei Ärzte bemühten sich um ihn und machten kalte Umschläge auf sein Gesicht.

»Was ist?«

Der Leibmedikus des Kurfürsten, Senftl, flüsterte: »Die Augen, Euer Gnaden! Bei der Explosion scheint irgendwelche Säure hineingekommen –«

»Was machen Sie da?«

»Umschläge – –«

»Ich besorge das selbst. Warten Sie draußen.«

Die Ärzte schlichen aus dem Zimmer.

Maria Anna setzte sich auf einen Stuhl neben das Bett.

Solange der Herzog stumm blieb, schwieg auch sie und wechselte nur öfter die nassen Leinenlappen. Als er aber einmal leise stöhnte, fragte sie und ließ dabei die Hand auf seiner Stirn: »Tut es sehr weh, Klemens?«

»Du bist es ...!« murmelte er. »Ja. Nein. Es wird besser. Es wird besser, seit du da bist. Mais c'était terrible, Marie. – Und nicht zanken, ja?«

»Wer denkt daran, Armer ...«

»Du weinst ja?«

»Aber nein!« sagte sie und nahm sich zusammen. »Wenn ich dir nur helfen könnte!«

»Als ob mir jemals einer hätte helfen können. Sind wir allein? Was du konntest, hast du immer getan. Aber ich – ich war stets ein armer Hund, Marie. Ich weiß, manchmal hast du mich gehaßt.«

»Nein. Niemals. Nur unglücklich bin ich manchmal. Und zornig. Es ist eine Sünde. Du hast mir viel zu verzeihen, Klemens.«

»Ich! Dir!« sagte er einfach.

»Sprechen wir nicht davon. Ein Glück, daß nichts Schlimmeres geschehen ist. Sprechen wir überhaupt nicht. Willst du schlafen?«

»Dein großes Kind! Wie früher manchmal!«

»Ja. Mein großes Kind.«

»Ein recht verpfuschtes Kind, Marie.«

»Still! Hörst du, wie die Uhren schlagen?«

»Wieviel?«

»Sechs.«

Nach einer Weile: »War's schön draußen in Nymphenburg?«

»Ganz voll später Sonne, Klemens. Auf dem Teich bei der Badenburg, weißt du, sind jetzt lauter schwarze Schwäne – lauter schwarze Schwäne, die rudern, daß man's gar nicht hört ... aber unter ihnen gehen doch die Wellen weg, in Kreisen, die immer größer werden und immer größer und immer näher herankommen, ganz leise – leise – – –« Der Herzog antwortete nichts mehr. Sie lauschte auf seinen regelmäßigen Atem und nahm behutsam die Hand von seiner Stirn.

Anderntags kam der Kurfürst, der in Nymphenburg übernachtet hatte, auf der Rückfahrt zu Maria Anna.

Sie empfing ihn an der Treppe.

»Ich danke Ihnen für Ihre Nachrichten. Es geht also besser?«

»Wenigstens nicht schlechter, Durchlaucht.«

»Senftl!«

»Kurfürstliche Gnaden?«

»Was hält Er von dem Unglück? Wie ist's mit den Augen?«

Der Arzt hob die Schultern. »Das Innere der Augen ist unverletzt, nur –«

»Sprechen Sie getrost«, sagte die Herzogin.

»Die Säure hat eine Verätzung der Hornhaut bewirkt, die sich kaum wird beheben lassen. Es ist zu befürchten, daß eine Trübung zurückbleibt, und zwar in solchem Grade, daß der Herr Herzog kaum wieder das volle Augenlicht erhalten wird.«

Der Kurfürst wandte sich nach Maria Anna um.

Sie war nicht mehr da.

»Die Frau Herzogin hat bis in die Morgenstunden am Bett gewacht . . .«, sagte der Arzt.

Das Gartenschlößchen vor dem Neuhauser Tor gehörte der Herzogin. Es war sehr klein und versteckte sich in einem hübschen Park, der von einer Mauer umgeben war. Niemand konnte hineinsehen, und es kam auch selten vor, daß ein Fremder Einlaß begehrte; dafür kamen häufig ein paar besonders vertraute Beamte des Hauses, etwa die geheimen Räte Obermeyer und Lori, oder eine geladene Gesellschaft vom Hofe, sorgfältig ausgesucht und bewährt – des Kurfürsten Schwester hatte den schöngeistigen Bund der Inkas gegründet, dessen Mitglieder sich – so gut es in München möglich war – für Künste und Wissenschaften interessierten und gelegentlich preziös taten. Die Herzogin hieß in diesem Kreise »Constante« und rührte ihn durch ihre rheinische Lebhaftigkeit manchmal gehörig durcheinander.

Im allgemeinen jedoch, vollends seit Klemens' Unfall, war sie allein. Wenn es das Wetter erlaubte, verließ sie die düstere Maxburg und siedelte in das Gartenschlößchen über. Hier blieb sie mit mancherlei Gedanken und Sorgen, keineswegs aber als still ergebene Frau: Maria Anna besaß vielerlei Talente, aber das Talent zum Dulden fehlte ihr durchaus. Trotz ihrer herzlichen Güte hatte es die Dienerschaft nicht leicht, und wenn Ihro Gnaden in Zorn geriet – was bemerkenswert häufig geschah –, so lernte der nächste beste Gegenstand das Fliegen, gleichviel ob es ein Apfel oder eine Nymphenburger Tasse war.

In ihrem Schreibzimmer hing ein Bild Friedrichs des Großen – vielleicht das einzige, das es in München gab, und wenn der österreichische Gesandte den Raum betrat, setzte sich die Herzogin unfehlbar unter dieses Porträt, so daß der Diplomat es ständig vor Augen hatte und ebenso ständig ein saures Gesicht machte: der Siebenjährige Krieg war eben erst vorbei. Es waren über diese Bosheit sogar schon mehrere Klagen an den Fürsten Kaunitz nach Wien gegangen, indessen hatte der Staatskanzler geantwortet: er für sein Teil könne sich nichts Angenehmeres denken als einen aufgehängten König von Preußen, und im übrigen wisse man in Wien sehr wohl, was man von dieser stets renitenten Herzogin zu halten habe: lebhafte Intelligenz bei Fürsten sei für die verantwortlichen Politiker immer unbequem. Selbstverständlich war dieser Brief chiffriert. Ob übrigens der Gesandte Kenntnis davon habe, daß Maria Anna mit dem König von Preußen in Briefwechsel stehe? Und ob es bekannt sei, daß sich in München ein gewisser preußischer Untertan namens Doropp aufhalte?

Der Gesandte erwiderte, daß die Korrespondenz leider unmittelbar über den preußischen Gesandten in München, von Klinggräffen, gehe, dessen Post man, trotz allen gelegentlichen Versuchen, bisher weder habe perlustrieren noch stehlen können, so bedauerlich dies auch sei. Die Preußen seien in dieser Hinsicht merkwürdig übelnehmerisch. Und der Doropp sei ein verdächtiges Individuum, das man im Auge behalten werde; man behaupte sogar, er sei einmal preußischer Leutnant gewesen, mithin so ziemlich das Schlimmste, was ein Österreicher sich denken konnte.

Der Gesandte von Klinggräffen bekam – weiß Gott woher! – eine Abschrift dieses Briefes und lächelte sehr. Bei seinem nächsten Besuch im Gartenschlößl las er ihn der Herzogin vor. Da aber die österreichische Exzellenz wie der Wolf in der Fabel dazukam, so knüpfte Klinggräffen an die erste Hälfte des Satzes, den er gerade vorlas, eine zweite Hälfte, die von dem Feldzug des Marcus Antonius gegen die Parther handelte, und improvisierte auf diese Art eine angebliche Abhandlung der Akademie der Wissenschaften. Der Österreicher wußte nicht recht, was er davon halten sollte.

Eben als die beiden Diplomaten unter fortwährenden Freundschaftsbeteuerungen auf das Parktor zugingen und jeder bei allen Heiligen versicherte, er werde lieber zur Salzsäule erstarren, als *vor* dem anderen durch das Tor hinausgehen, kam draußen ein Bauernbursch herangetrottet.

Er zog den Hut und fragte, ob hier die Herzogin wohne?

Die österreichische Exzellenz nahm keine Kenntnis von dieser Frechheit.

Der von Klinggräffen hätte vielleicht geantwortet – aber er verstand das Oberbayerische nicht.

Also umarmten sie sich zärtlich, stiegen in ihre Kutschen und ließen den Burschen stehen, der ihnen mit einem kuriosen Gesicht nachschaute. Alsdann ging er harmlos in den Park hinein und steuerte auf das Schlößchen zu.

Hinter einem dicken Baumstamm trat ihm eine Dame entgegen, grausam vornehm angezogen.

»Was ist?«

»Einen Brief hätt' ich.«

»An wen?«

»An die Frau Herzogin.«

»Gib her!«

Er hielt die Hand mit dem Brief hinter seinem Rücken. »Fallet mir ein! Nur an die Frau Herzogin, hast g'hört!«

»Rindviech!« sagte die Dame, »ich bin's ja selber!«

»Ah so . . .!« Er überlegte, daß jemand, der ihn so anredete, gewiß ein wahrheitsliebender Mensch sein müsse, und gab ihr den Brief.

Es waren Abrechnungen, die der Verwalter von Schwaiganger schickte, einem kleinen herzoglichen Gut in der Nähe von Murnau. Maria Anna nahm sich dieses Besitzes von jeher persönlich an und fuhr auch öfters hinaus, da sie die Murnauer Gegend sehr liebte.

»Wer bist denn du?«

»Ich bin der Andreas Andre.«

»Was für ein Andre?«

»Vom Schreiberhof in Rieden.« Rieden liegt am Staffelsee bei Murnau.

»Es ist gut. Jetzt geh in die Küche und laß dir was zu essen geben.« Sie drückte dem Burschen einen Gulden in die Hand.

Er bedankte sich; gar nicht untertänig, sondern mit einem achtungsvollen Freimut; dabei sah er sie aus hellen blauen Augen an und lachte: weil er noch nie so viel Geld besessen hatte. Der Herzogin gefiel das; sie war gewohnt, in den Augen der Menschen entweder Falschheit oder Furcht zu finden, deshalb waren ihr auch die meisten gründlich zuwider.

Dann setzte sie sich an ihren Schreibtisch, um den Brief zu beenden, an dem sie gearbeitet hatte, als Klinggräffen kam. Ja, richtig: Klinggräffen – und der Österreicher – – eine allerliebste, grundverlogene Gesellschaft! Wenn man damit diesen Bauernburschen verglich, diesen Andre . . . er hatte das Glück gehabt, in einer Umgebung aufzuwachsen, die niemanden zum Lügen zwang; wenn er hier leben müßte, in der Hofluft, unter deren glatter, betrügerischer Oberfläche der Ehrgeiz und die Habsucht die fiebrigsten Dinge ausbrüteten, so würden seine Augen wohl auch bald den freien Glanz verlieren. Natur!

Die Herzogin griff nach der silbernen Schelle, die auf dem Tisch stand, und klingelte.

»Marianne! Nimm den Schlüssel und bring mir aus der Truhe das Buch, das der Händler letzthin mit den neuesten Sachen geschickt hat. Es heißt La nouvelle Héloise. Aber schließ wieder gut zu, hörst du?«

Der Andreas Andre aus Rieden am Staffelsee brachte die herzogliche Küche in eine gewisse Aufregung, insofern er nämlich einen halben Lachsschinken, den man ihm arglos vorsetzte, ebenso arglos verspeiste, neben zwei Pfund Brot und einigen anderen Dingen, von denen die Chronik nichts Näheres berichtet. Die dicke Köchin, die ihn in eine Ecke gesetzt und sich selbst überlassen hatte, wurde deshalb fast vom Schlage getroffen, denn sie war geizig und half ihrer Herrschaft sparen – eine Erscheinung, die im 18. Jahrhundert noch gelegentlich vorgekommen sein soll.

»Frißt mir der gescherte Lackl meinen Schinken z'samm!«

»Hättst'n mir ja net geben brauchen«, sagte der Andre seelenruhig und strich sich den Bauch. »Gut war's. Unser Gselchts daheim ist viel saurer. Und jetzt zeigst mir ein Eck, wo ich mich hinhauen kann für die Nacht.« Er war den ganzen Tag gelaufen.

Die Beherrscherin der Speisekammer war eine Dame längst gesetzten Alters, sie war eine Köchin und kein Kocherl; aus diesem Grunde kam es ihr nicht in den Sinn, in dem Burschen etwas anderes zu sehen als einen entsetzlichen Vielfraß. Er bekam eine alte Pferdedecke und wurde mit merkwürdigen Segenswünschen für seine Zukunft aus dem Allerheiligsten hinausgeschubst. Der Gärtner nahm sich seiner an und zeigte ihm eine Bretterhütte im entlegensten Gartenwinkel; wenn man Spaten, Hacken und Karren ein wenig beiseite räumte, ließ sich auf dem festgestampften Erdboden ein Platz zum Schlafen frei machen.

»Ist schon recht«, sagte der Bursch und blieb allein.

Die Sonne schickte sich zum Untergehen. Durch die Äste sah er das freundlich-einsame Abendlicht an den grünen Kuppeln der Frauentürme hangen. Das Neuhauser Tor schloß sich knarrend, ein paar Kommandos von der Wachablösung schallten herüber, und auf dem Wall erschien ein Trompeter, der den Zapfenstreich blies. Dann stiegen die blauen Abendschatten immer schneller an den Türmen empor, jetzt huschte auch von den Kuppeln das Licht weg, und die Dämmerung kam geschwinde.

Auch gut! dachte Andre, sprach sein Abendgebet, wickelte sich in die Decke und schlief ein.

Am Morgen machte er sich mit dem frühesten davon, der dikken Köchin wollte er nicht mehr begegnen.

Als die Sonne aufging, hatte er das Dorf Sendling schon hinter sich und wanderte durch den Forstenrieder Wald gegen Starnberg, mit leerem Magen, aber in der Hoffnung, daß schon ein Fuhrwerk kommen und ihn ein Stück mitnehmen werde; der Gedanke, den schönen Gulden zu wechseln, lag ihm durchaus fern.

Das also war München gewesen. Eine schöne Stadt, wahrhaftig – von innen mußte sie noch viel schöner sein –, dem Andre fiel ein, daß es ja eigentlich dumm gewesen sei, nicht in die Stadt hineinzugehen. Er hatte seinen Brief bei der Herzogin abgegeben und sich die Mauern Münchens von außen betrachtet ... eine zünftige Frau übrigens, die Herzogin, bedeutend nobler und freundlicher als das Kuchelmensch, das mußte man ihr lassen. Aber daß er sich die Hauptstadt nicht angeschaut, war trotzdem dumm; daheim würde er gar nichts davon sagen, weil sie ihn sonst auslachten.

In diesem Ärger über sich selbst schritt er so kräftig aus, daß er schon mittags in Starnberg war. Im Wirtshaus kaufte er sich um ein paar Kreuzer etwas zu essen und fand auch glücklich einen Frachtwagen, der ihn nach Murnau mitnahm. Da legte er sich nun oben auf die Decke, die über Kisten und Fässer gebreitet war, ließ sich heimwärts schütteln und schaute nachdenklich gegen Norden zurück, wo München lag: kein Zweifel, der Andreas Andre hatte etwas versäumt – aber das ließ sich nachholen, und die Herzogin war eine gute Frau. In seinem hellen Bauernkopf gingen allerhand Gedanken durcheinander. Er war kein Phantast, und deshalb ließ er diesen Gedanken völlig Zeit, damit jeder seinen Weg herausfinden konnte. Aber irgend etwas Bestimmtes würde aus ihnen werden, das spürte der Andreas Andre deutlich.

Der Herbst war so leuchtend, wie er nur in Bayern sein kann, und hier nur wieder am Ufer eines Sees, der den Alpen zu Füßen liegt wie der Staffelsee. In einem beruhigten, tiefschimmernden Blau thronte der Himmel über dem Lande, im Norden gestützt auf die wellige, unabsehbare Ebene, in der München lag, im Süden emporgewölbt über das mächtige Gebirge, dessen höchste Gipfel schon im Neuschnee glänzten. Am nächsten und vertrautesten grüßte der Heimgartengipfel herab; in der Ferne zackte sich der Wetterstein am Horizont dahin, näher heran kam wieder das Hütchen des Ettaler Manndls und der große Rücken des Hörnle. Dazwischen aber lag, wie ein Teppich vor diesen Herrschersitzen, das Murnauer Moos, an dessen Rande das Ramsachkirchl voll Nachdenklichkeit stand wie ein verlorenes Kind, das sich nicht auf den trügerischen Moorboden hinaustraut. Verstreute Buchenwäldchen flammten ein helles Gelb und Rot in diese weite Landschaft hinein, und das Dunkel der Fichtenforsten zog sich ruhevoll an den Hängen der Berge bis zum Felsgestein hinauf.

Tage kamen, so still und erfüllt, daß kein Silberhauch über den Staffelsee lief: wenn Andre am Ufer saß und lange über das blanke Wasser hinschaute, konnt' er fast nimmer unterscheiden, was Wirklichkeit und was Spiegelbild sein mochte. Die Arbeit des Sommers war vorüber, das Vieh und die Ernte daheim. Bisweilen am Sonntag ruderten bunte Bauernkähne nach der Insel Wörth hinüber, weil dort eine Kirche stand; von Seehausen führte über das winzige Eiland St. Jakob sogar ein Holzsteg auf die Insel. Das ist alles schon lange nicht mehr da.

Der Vater Andre war mit seinem Ältesten nicht mehr einverstanden. Zwar hatte er nichts zu klagen – aber der Andreas verfiel ins Sinnieren, das sah man deutlich. Fragte man ihn, so rückte er nicht mit der Sprache heraus. Als die schönen Tage dahingingen und sich dicke Nebel auf das Moos und den See legten, saß der Andreas auf der Ofenbank und hatte richtig die beiden alten Schulbücher herausgekramt, aus denen ihm früher der Pfarrer von Seehausen das Lesen und Schreiben beigebracht.

»Da hockt er mit seinen achtundzwanzig Jahren wie ein Schulbub!« grandelte der Alte. »Wozu braucht ein Schreiberhofbauer die Gelehrsamkeit? Zum Studieren ist's jetzt zu spät, Bub! Im nächsten Frühjahr schaust dir um ein Weib, damit ich den Hof übergeben kann!«

»Was im Frühjahr ist, weiß niemand«, sagte der Andreas, nicht wenig geheimnisvoll, »und wozu man vielleicht die Gelehrsamkeit einmal braucht, das weiß erst recht niemand.«

Als aber der Schnee schmolz, gab es ein schreckliches Zetern auf dem friedlichen Hof: der Andreas wollte in die Stadt, nach München!

Unerhörter Einfall für den Erben eines Gutes, die gewisse Zukunft im Stich zu lassen! Der Alte schrie Mordio, drohte mit nicht zu sanften Flüchen und legte sich, da derlei nichts half, endlich auf ein vernünftiges Zureden.

Aber der Andreas war noch vernünftiger. »Wer sagt denn, daß ich den Hof lassen will?« fragte er ruhig. »Wenn's soweit ist, bin ich schon wieder da und werd' ihn so gut halten wie einer. Nur jetzt, nur eben jetzt braucht mich ja niemand hier. Der Vater ist noch rüstig, da bleibt der Hof in guter Hut, und, Herrgott, München liegt ja nicht außer der Welt!«

Nichts half. Der Andreas Andre schnürte sein Bündel und wanderte nach der Stadt – in der damaligen Zeit ein haarsträubender Vorfall. Der Pfarrer von Seehausen wollte sich zu guter Letzt in die Sache mischen und den Abtrünnigen zur Räson bringen.

Aber Andre blieb bei seiner gelassenen Dickköpfigkeit: er habe halt das Gefühl, meinte er, daß es ihm bestimmt sei, nach München zu gehen.

Was er denn, in Gottes Namen, dort wolle?

Das wußt er selber nicht.

Zu den Soldaten etwa?

Nein, das ganz gewiß nicht!

Diese entschiedene Antwort war für die Aufgeregten eine Beruhigung. Und weil er kein Geld hatte (hofften sie), würde er wohl nach einer Woche wieder da sein.

Also machte sich der Bursch auf den Weg, begleitet von säuerlichen Segenswünschen und Kopfschütteln. Nur der Pfarrer versuchte ein gutes Wort hinter ihm drein zu reden; es seien schon die seltsamsten Dinge auf der Welt geschehen, und ob sie vielleicht wüßten, daß ein ehemaliger Bauernbub aus Cham, namens Luckner, jetzt Graf und Marschall von Frankreich sei? Nein, sagte der Alte, das wisse er nicht — aber daß der Anderl kein Graf und kein Marschall werden würde, das wisse er sehr genau.

Schließlich einigten sie sich aufs Abwarten, und das war wohl auch das Klügste, was sie tun konnten.

Als der Andreas Andre aber schon auf der Straße zwischen Seehausen und Riedhausen war, hörte er eilige Schritte hinter sich, wandte sich um und sah, daß es seine Mutter war.

»Anderl!« sagte sie, ein wenig atemlos, und blieb am Feldkreuz stehen, wo der Seitenweg zum Wasser hinunterführte. »Anderl — ich wollt' nur — — net daß d' meinst, ich wär' dir bös deshalb . . .!«

»Mutter!«

»Ich weiß schon. Ich kenn's schon. Das Leben ist so weit, ja. Manchmal, wie ich noch jung war . . . hätt' ich schon auch gern gewußt, wie's da draußen ausschaut. No, jetzt, wo ich ein alts Weib bin, ist's zu spät. Aber du, gel, Bub! Wenn du magst, komm wieder heim, ich bin schon da. Und jetzt — gel, Anderl?«

Er hielt ihre Hand.

»Und wennst amal Marschall bist, Anderl, na besuch ich dich, gel Anderl? In deinem Schloß!«

»Marschall!« sagte er, mit überlaufenden Augen lachend, »aber Mutter! Wer denkt denn daran? Auf mich werden sie gewartet haben!«

»Sag das nicht, Bub. Es hat schon ganz andere Sachen geben auf der Welt. Und jetzt geh, sonst merkts der Vater, daß ich weggelaufen bin; das brauchts nicht, werden eh keine guten Tage kommen für mich. – Anderl, der da mag dich behüten! – Und hier... Nudeln... weil du's so gern magst... und pfüat di Gott, Bub! Und vergiß nicht aufs Beten!«

Da ging der Andreas Andre nun doch mit einem schwereren Herzen weiter, als er gedacht hatte.

Als er aber Murnau und seinen Hügelrücken hinter sich wußte und die kleine Heimat seiner Kindheit nicht mehr sah, nahm er das schwere Herz in beide Hände, juchzte ein wenig gewaltsam zum alten Heimgartengipfel hinauf, der väterlich auf ihn blickte, und wanderte von dannen.

Anderntags marschierte er geradenwegs durch das Parktor des Klemensschlößchens, als sei er bestellt. Die Rasenflächen wurden gerichtet, die Wege bekamen frischen Kies, Blumen wurden gesetzt, Sträucher modisch zurechtgestutzt.

»Wohin?« wollte ein Lakai wissen, der eben aus der Tür kam.

Zur Herzogin.

»Woher?«

Vom Staffelsee.

Der Lakai wies ihm den Weg, denn er dachte nichts anderes, als daß dieser Bauer einen Auftrag an Ihro Gnaden habe, wie dies öfter vorkam.

»Schau, schau, der Andre aus Rieden«, sagte die Herzogin, als sie ihn sah; denn er hatte ihr damals gut gefallen, und an den Bericht der Köchin wegen des Schinkens erinnerte sie sich auch noch.

Eine Viertelstunde später war er – aushilfs- und probeweise – als Gärtner in herzogliche Dienste aufgenommen.

Als die Köchin seiner ansichtig wurde, sagte sie nichts als: »Jeßmarandjosef!«

»I friß di schon net, grauslicher Kuchelratz, grauslicher!« sagte er mit beruhigender Gutmütigkeit.

In diesem Sommer geschah es, daß in dem stillen, nach der Meinung gewisser Leute sogar zu stillen Klemensschlößchen eine kurze Aufregung entstand.

Die Herzogin hatte eine ihrer kleinen Gartengesellschaften gegeben. Der preußische Gesandte war dagewesen, man hatte über Politik gesprochen.

In der darauffolgenden Nacht wachte der Gärtnergehilfe Andre von einem sonderbaren Geräusch auf; er schlief in einem Nebengebäude; es war ihm gewesen, als ob draußen im Garten jemand leise über den Kies gegangen und dabei mit irgend etwas

– zum Beispiel mit einer Leiter – an ein Regenfaß gestoßen sei. Was ein Mensch nachts mit einer Leiter tut, wußte der Andre sehr genau: sein ehrliches Gemüt argwöhnte keineswegs einen Einbruch, sondern ein Kammerfensterln; deshalb stand er behutsam auf und lugte aus seiner Mansarde; wer da wohl – und von wem! – in dieser nachtschlafenden Zeit besucht würde!

Richtig schlich eine dunkle Gestalt mit einer Leiter auf das Haus zu, verschwand jedoch bedauerlicherweise um die Ecke. Der Andreas, nicht faul, wischte ins Freie und folgte den Spuren des vermeintlichen Don Juans.

Er war jedoch nicht wenig erstaunt, als er sah, daß die Leiter an ein Fenster im ersten Stockwerk angelegt wurde, daß jenes Subjekt hinaufstieg, die Scheibe eindrückte – und zwar mit einer Geräuschlosigkeit, die auf Übung schließen ließ – und endlich einstieg.

Es handelte sich um eines der Zimmer, die die Herzogin bewohnte, und daß Ihro Gnaden einen Besuch durchs Kammerfenster bekäme, war doch nicht wohl anzunehmen, bei aller Vorliebe fürs Bayrische.

Der Anderl überlegte scharfsinnig, was da zu machen sei. Das einfachste wäre gewesen, Lärm zu schlagen. Aber eben dies wollte er nach Möglichkeit vermeiden, um die Herzogin nicht zu erschrecken. Also krempelte er in aller Ruhe die Hemdsärmel auf und vergewisserte sich durch einen Griff in die rückwärtige Hosentasche, ob das Stilett am üblichen Platze sei.

Und dann wartete er.

Nicht lange, so kam der ungebetene Besuch wieder durchs Fenster heraus und stieg die Leiter herab, langsam und umständlich, denn unter dem Arm trug er ein Kästchen oder etwas Ähnliches – in der mondlosen Nacht konnte man das nicht erkennen. Als er noch zwei Ellen über dem Erdboden war, trat der Andre hinter seinem Baum hervor und half ihm durch einen tüchtigen Stoß vollends herunter. Der Mann fiel auf den Sand, der Anderl stürzte über ihn her, und ohne daß ein Wort gewechselt wurde, waren sie schon in einem erbitterten Geraufe.

Im allgemeinen hatte der Gärtner nichts gegen eine ordentliche Rauferei einzuwenden. Aber in dieser fatalen Dunkelheit war es doch ungemütlich. Sie hatten sich völlig ineinander verbissen und schnauften wie die Bären. Auf einmal kriegte der Kerl seine rechte Hand frei, und im nächsten Augenblick spürte Andre einen schneidenden Schmerz an der Stirn und wie es ihm warm übers Auge lief. Er brüllte etwas sehr Oberbayrisches und ließ sich mit einer so gachen Wut auf den Gegner fallen, daß der auf den Rücken zu liegen kam. Andre drückte ihm die Kehle zu.

Auf seinen Schrei hin wurden im Schlosse mehrere Fenster hell.

»Laß mich aus!« gurgelte der Unterlegene und zappelte nur noch wenig.

»Was ist denn da drunten?« fragte jemand aus dem Fenster heraus.

»Hin muß er sein, der Hund, der verreckte!« knirschte Andre, den eine bajuwarische Wut gepackt hatte.

Zwei Lakaien kamen mit Windlichtern.

Es war ein unerfreuliches Bild. Der Einbrecher lag halb erwürgt am Boden, und dem Gärtner lief das Blut übers Gesicht, gefährlich anzusehen.

Man brachte die beiden samt dem Kästchen, das sich neben ihnen gefunden hatte, in den Vorflur hinein.

Die Herzogin lief im wehenden Negligé die Treppe herunter, abfrisiert, in ihrer blonden Üppigkeit eine furchterregende Erscheinung. Sie kommandierte wie ein Wachtmeister. Die Kammerjungfer mußte Wasser bringen und dem Andre das Gesicht waschen und verbinden. Der Übeltäter wurde mit einer höchsteigenhändig abgerissenen Vorhangschnur an einen Stuhl gebunden. Und —: »Ah! So! Reizend!« rief die Herzogin, als ihr das Kästchen zu Gesicht kam.

Dann setzte sie sich in einen schleunigst herbeigeschafften Lehn- und Richterstuhl und überzeugte sich vor allem, daß das Kästchen unversehrt und verschlossen war; von den Briefschaften fehlte nichts.

»Dein Glück, Saukerl!« sagte sie. »Und jetzt: wer hat dir das angeschafft? Sags, oder ich laß dich einsperren, bis du schwarz wirst!«

Der Mann versicherte: er habe Schmuck in dem Behälter vermutet.

»Lugenbeutel, mistiger!« brauste die Herzogin. »Der Graf Podstasky hat's dir angeschafft, der österreichische Gesandte!«

»Nein!«

»Also: An den Galgen. Dafür sorg' ich.«

Da wurde er klein. Ja: der Graf Podstasky sei es gewesen.

»Wußt' ich's doch!« Maria Anna überlegte. Sie konnte entsetzlich zornig sein — aber es kam selten vor, daß sie darüber die Vernunft verlor; sie tat es auch diesmal nicht.

Sollte man aus diesem freundnachbarlichen Streich eine Staatsaktion machen? Eine diplomatische Verwicklung? Des Kurfürsten

Schwester hatte vor drei Jahren den jungen Kaiser Josef II. geheiratet. Überdies brauchte es nicht an die Öffentlichkeit zu kommen, daß es bei der Herzogin Klemens wichtige Papiere zu stehlen gab.

Folglich sagte sie nach ein paar Minuten der Überlegung ganz ruhig und beinahe freundlich: »Bindet den Kerl los! — So!« Sie stand auf. »Daher! — Noch näher! — Ganz dicht heran! Halt!! — Und jetzt höre gut zu, mein Sohn: morgen früh gehst du zum Herrn Grafen Podstasky und richtest Seiner Exzellenz meine besten Empfehlungen aus, und er soll sich das nächstemal kein solches Rindviech aussuchen, wie du es bist. Damit dir aber die Lust aufs Wiederkommen vergeht, will ich dir etwas mit auf den Weg geben.«

Und klitsch! saß ihm eine höchsteigenhändige Watsche im Gesicht, und klatsch! auf der anderen Backe auch eine, und da sie von einer bayrischen Herzogin stammten, so waren sie nicht von schlechten Eltern.

Aber der Andreas Andre aus Rieden am Staffelsee wurde nach dieser Geschichte zum Lakaien befördert mit der ausdrücklichen Bestimmung, daß er nach beendeter Ausbildung bei Ihro Gnaden persönlich Dienst zu tun habe.

Vor der Wiener Hofburg hielt die eleganteste und reichste Kutsche, die es in der Kaiserstadt gab.

Die Wache stand im Gewehr und präsentierte.

Zwei Lakaien verließen ihre Plätze auf der Hinterachse und öffneten den Schlag.

Heraus stieg der Staatskanzler Fürst Kaunitz, seltsame Erscheinung an diesem heißen, windstillen Sommertag: ein schwarzseidener Mantel, der fast bis zum Boden reichte, darüber das blässeste, zarteste, klügste und intriganteste Gesicht Europas, umrahmt von einem sorgfältig frisierten Puderhaar.

Der Fürst sah nicht nach rechts noch links. Er hielt ein Spitzentuch vor den Mund und beeilte sich, der frischen Luft zu entrinnen. Seiner Meinung nach gab es nichts Schädlicheres für den Menschen als frische Luft. Deshalb durfte in seinem Hause, geschweige denn in seinen Büros niemals ein Fenster geöffnet werden. Wagte er sich, in den allerheißesten Hundstagen, wirklich einmal in das Paradiesgartl auf der Bastei hinaus, das an die Staatskanzlei grenzte, so war er vermummt wie in einem russischen Winter.

In der Burg wickelte man ihn aus. Unter dem langen Seidenmantel kam ein zweiter zum Vorschein, und noch einer, und noch einer – im ganzen waren es neun. Dann wurde Seine Exzellenz von mehreren um den Hals gewundenen Wollschals befreit, zurechtgebürstet und zurechtgezupft, und dann ging er durch die lange Flucht der Vorzimmer, in denen Diener, Hofräte, Adjutanten und Adlige ehrfürchtig vor seiner zarten Erscheinung zusammenknickten – hoffnungslos zugleich, denn wenn Kaunitz kam, galten alle Audienzen als abgesagt.

Im Arbeitszimmer wartete Maria Theresia mit dem Kaiser.

»Er könnte pünktlicher sein, Kaunitz!« sagte sie dem Eintretenden entgegen. »Ich bin auch pünktlich, wenn ich Seine Schulden zu bezahlen habe!«

»Da sieht man«, erwiderte er, elegant bekümmert, »daß selbst die Majestät nichts gegen einen Wechsel ausrichten kann. Die Welt ist unvollkommen. Apropos Wechsel! Es wird einen geben. In München. Der Graf Podstasky hat sich unmöglich gemacht. Fähigere Leute sollten auf einen so schwierigen Posten gestellt werden. Was nützen lange Berichte über Zeremonialstreitigkeiten, wenn das Wesentliche fehlt!«

»Die bayrischen Verhältnisse sind verwickelt«, sagte Josef und schnupfte wie der König von Preußen. »Wir denken seit langem darüber nach.«

»Je verwickelter, desto mehr unserer Aufmerksamkeit wert. Majestät haben das, wie stets, richtig erkannt.«

»Und das mit Podstasky?« wollte die Kaiserin wissen.

»Sogleich! Der Kurfürst ist kinderlos. Erbe Bayerns wäre sein Vetter Klemens; aber der Herzog ist bresthaft, halb blind dazu; übrigens ebenfalls kinderlos. Damit ist der angestammte Zweig am Absterben. Das Land kommt an den Kurfürsten Karl Theodor von der Pfalz.«

»*Wenn* es kommt!« sagte Josef lächelnd.

»Getroffen! Bayern und die Pfalz vereint: ein Komplex, dessen Nachbarschaft uns unbehaglich werden kann.«

»Wir werden Rechte geltend machen. Und die pfälzische Durchlaucht, denk' ich, wird mit sich reden lassen.«

»Aber der Podstasky?« beharrte Maria Theresia.

»Eben!« Kaunitz legte die Fingerspitzen gegeneinander. »In München wittert man unser Unbehagen. Die Bayern sind mißtrauisch gegen uns; wenn nicht aus eigenem, dann aufmerksam gemacht durch ... durch ...«

»Wir wissen«, sagte die Kaiserin, »der ewige Störenfried in Potsdam. Der Wachtmeister Europas. Hat er seine langen Finger auch da drin?«

»Die Herzogin Klemens, Majestät, betet ihn an! Gelegentlich bombardiert sie ihn mit Briefen; die Korrespondenz ist ziemlich lebhaft und, soviel ich weiß, intim.«

»Wo sind diese Briefe?«

»Podstasky hatte Auftrag gegeben, sie bei der Herzogin zu finden. Der Vertrauensmann wurde überrascht und geohrfeigt. Wie stehen wir da?«

»Peinlich, peinlich!« Der kaiserliche Schnupftabaksdosendeckel klappte unaufhörlich.

»Natürlich hat der Graf alles in Abrede gestellt, und man hat so getan, als glaubte man ihm; jeder Affront ist vermieden. Trotzdem: bei nächster Gelegenheit muß ein Wechsel eintreten.«

Josef stand auf. Mit einem Krückstock, wie der König von Preußen, ging er stampfend im Zimmer auf und ab. »Ich werde mir das überlegen. Die Herzogin Klemens ist gefährlich. Mir bekannt. Erwägen Sie, Fürst, ob nicht ein eigener Besuch in München Beruhigung für die Bayern und Klarheit für uns schaffen könnte.«

»Majestät selbst?«

»Warum nicht? Um unseren brandenburgischen Freund zu ärgern: inkognito.«

»Der Gedanke ist genauester Prüfung würdig.«

»Aber vorsichtig, Kaunitz, sehr vorsichtig!«

Der Kanzler lächelte. –

Im Winter siedelte die Herzogin wieder nach der Maxburg über. Der Hoflakai Andreas Andre war inzwischen aus einem häufig erstaunten Bauernburschen zu einem schweigsamen Manne geworden, der immer da war, wenn man ihn brauchte, und niemals erschien, wenn seine Anwesenheit gestört hätte. Das war das Wichtigste, was er gelernt hatte. Maria Anna verließ sich auf ihn. Er, der freie Bauer und Erbe eines Hofes, brauchte sich keine Bedientenseele anzuschaffen; sie mochte sein aufrechtes Wesen und wußte wohl zu unterscheiden zwischen einem Diener und einem Knecht.

Er hatte sich's angelegen sein lassen, das seltsam verschnörkelte, untertänigste, verzopfte Leben kennenzulernen, in dessen Dunstkreis er freiwillig eingetreten war. Auch die Stadt München erschien ihm nicht mehr so groß und bestaunenswert: innerhalb ihrer Tore und Wälle wohnten Menschen, die sich durch nichts vor anderen auszeichneten und stets bereit waren, vor einem Hoflakaien zusammenzuknicken.

Des Dieners Ergebenheit gegen die Herzogin wuchs immer. Wohl kamen Tage, in denen er sich aus Moschus und Puderstaub nach Hause sehnte, zurück auf die goldgrünen Matten, über denen Herdengeläut wiegte und wo die Bäume so wachsen durften, wie sie wollten, ohne daß es jemandem eingefallen wäre, sie zu Kugeln oder Obelisken zurechtzustutzen. Aber immer, wenn dieses Heimweh kam, dachte Andre daran, daß es undankbar wäre, wenn er davonginge – und er wurde auch das Gefühl nicht los, daß die Herzogin ihn noch einmal notwendig brauchen könnte.

Ihre Briefe nach Preußen trug er und kein anderer zum Gesandten von Klinggräffen. Besuchte sie den Herzog Klemens, was freilich selten geschah, in seinen Räumen, so nahm sie Andre mit. Es wurde da jeden Abend von neun bis elf Uhr musiziert, denn Klemens hielt sich ein ausgezeichnetes Kammerorchester – das war die einzige Freude, die ihm bei seinem körperlichen Verfall geblieben war. Sah der Diener die reife, üppige Frau neben diesem gebrechlichen Manne, so tat sie ihm herzlich leid.

»Andre«, sagte sie eines Abends, als er sie durch die weiten Korridore zurückbegleitete und ihr mit zwei Kerzenleuchtern voranging, »du bist ein vernünftiger Mensch, wie? Würdest du es unter diesen Larven aushalten?«

Er wandte sich halb um und antwortete mit der treuherzigen Diplomatie, welche in seinem Wesen lag: »Um das zu wissen, herzogliche Gnaden, müßte ich selber ein Herr sein. Von oben sieht man das genauer als von unten.«

Sie hatte plötzlich ein ganz vergrämtes Gesicht. »Es ist schwerer, als man denkt, das kannst du mir glauben!«

Andre öffnete die Tür zu ihrem Salon und leuchtete.

»Stelle die Kerzen da auf den Tisch. – Wie dunkel es ist! Aus den Winkeln läßt sich die Finsternis gar nicht vertreiben. Lege noch Holz in den Kamin, Andre! Und rücke mir den Sessel herüber.«

Er tat es. Sie setzte sich, die Füße gegen das Kamingitter gestemmt.

Das Buchenholz begann mit einer zitternden, goldenen Flamme aufzulodern und knisterte. An den Fenstern ging ein Schneewindstoß vorüber und rüttelte die Läden, daß sie klapperten.

Maria Anna blickte in das Feuer und schwieg lange. Der Diener wagte nicht, sich zu entfernen. Er betrachtete die vornehme Frau in der weißen, schimmernden Atlasrobe und sah, wie müde sie plötzlich ihres Daseins war. Als hätte sie eine Maske abgenommen, so verändert erschien sie ihm.

»Bist du auch müde, Andre?« fragte sie endlich.

»Durchaus nicht –«

»Nimm dir aber doch einen Stuhl und setze dich.«

Er zögerte.

»Es kommt schon niemand, Andre«, sagte sie lächelnd, »ich erlaub's dir.«

Dann wurde es wieder ganz still, nur die Uhr auf der goldfüßigen Kommode tickte.

»So hat sie auch getickt, als ich vor vierundzwanzig Jahren heiratete; es ist ein Hochzeitsgeschenk vom Herzog Christian von Zweibrücken. Lieber Gott, wie einem damals der Himmel voller Geigen hing! – Es war eine Doppelhochzeit, Andre, meine Schwester heiratete am selben Tage den Kurfürsten Karl Theodor von der Pfalz. Sie ist auch nicht glücklich geworden.« Mit einemmal richtete sie sich auf. »Was wird aus Bayern, Andre? Ach ...« Sie lehnte sich wieder zurück. »Was kümmert das dich! – Daß man niemanden hat –«

»Herzogliche Gnaden«, sagte er mit zusammengeschnürter Kehle, »ich bin freilich nur ein einfältiger Mensch und habe wenig gelernt. Aber eines kann ich ganz gewiß: schweigen.«

»Dann tue das, Andre, tu es immer! Für mich wär' es auch oft besser gewesen, wenn ich's in meiner Jugend gelernt hätte. So hat mir's das Leben erst langsam beibringen müssen, es war eine teure Schule. Kannst du rechnen, Andre?«

»Ich denke schon«, antwortete er, verwundert über diesen Gedankensprung.

»Dann gib mir die Mappe dort. Es sind lauter Aufstellungen von den Gütern, wer kümmert sich denn darum, wenn ich es nicht tue?« Sie nahm ein Blatt in die Hand. »Vierundzwanzig Kühe sind in Schwaiganger.«

»Wenigstens vierzig!« sagte er.

Sie blickte auf. »Woher willst du das wissen?«

»Bin ich doch von Rieden oft genug hinübergegangen. Bei uns weiß jeder, was der andere hat!«

»Also Schwindel!« sagte sie zornig. »Da siehst du, wie man mit unsereinem Schindluder treibt. Nimm das Zeug mit in deine Kammer, Andre, und schau dir die Abrechnungen an; wenn du damit zu Ende bist, dann sage mir, was du davon hältst; und jetzt geh schlafen.«

»Soll ich die Marianne schicken?«

»Nein, noch nicht. Ich ruf' sie schon, wenn's an der Zeit ist. Ich muß noch ein wenig denken, Andre.«

Er nahm sich Mut und sagte vertraulich: »Aber nicht zuviel, herzogliche Gnaden ...!«

Sie sah auf und hatte ein dankbares Lächeln in den Augen. »Ja, da hast du freilich recht. Wohin käm' ich auch, wenn ich alles ausdenken wollte!«

Je mehr Zeit seit dem Gewitter des Siebenjährigen Krieges verfloß, desto dichter zogen sich neue Wolken über Europa zusammen. Zwar wagte keiner, nach dem Blitze zu greifen; um so eifriger aber gruben die Kabinette ihre verschlungenen und verschlagenen Minen. Der meisterhafte Kaunitz ließ sein Ziel nicht aus den Augen: Österreich abzurunden; Belgien, Lothringen und anderen zerstreuten und daher stets gefährdeten Besitz hätte er gern hergegeben, wär' es ihm nur gelungen, Bayern dafür zu kriegen. Aber Preußen würde das Anwachsen einer so gesammelten Macht nicht geduldet haben, und auch Frankreich sah die Bildung eines großen Blocks im Osten Europas nicht gern – ihm war die Zerzipfelung Österreichs sehr viel angenehmer.

So lagen die Dinge! Entweder mußte Kaunitz seinen Plan aufgeben, oder er mußte ihn auf den allervorsichtigsten Umwegen zu verwirklichen suchen.

Kaunitz war nicht der Mann, etwas aufzugeben; er verließ sich auf seine Klugheit und griff zu dem bewährten österreichischen Mittel, Heiraten zu stiften:

Die Erzherzogin Marie Antoinette, Maria Theresias Tochter, wurde Dauphine von Frankreich.

Schön, hochmütig und ahnungslos reiste sie im Jahre 1770 von Wien nach ihrem neuen Vaterland ab, dessen Krone sie dereinst tragen sollte.

In München wurde Marie Antoinette mit allem Pomp empfangen. Dem Kurfürsten war die Herzogin Klemens unentbehrlich in diesen Tagen. Ihr gesunder Menschenverstand, ihre diplomatische Veranlagung, ihre Erfindungsgabe und nicht zuletzt ihr blendendes Französisch halfen über mancherlei Schwierigkeiten hinweg, wie sie bei derlei Staatsaktionen immer im letzten Augenblick auftauchen und die Hofgesellschaft kopflos machen. Maria Anna hatte viel zu tun und konnte sich um ihr eigenes Haus nicht kümmern. Aber sie durfte sich auf Andre verlassen, dessen Ruhe und Ehrlichkeit alles aufs beste in Ordnung hielt. Er trug schon lange nicht mehr die Livree eines Hoflakaien, sondern einen tadellosen schwarzen Rock und schwarzseidene Eskarpins, dazu ein hübsch gepudertes und frisiertes Haar, und galt als Sekretär der Herzogin. Im Ausschnitt seiner Weste kräuselte sich das Spitzenjabot wie dem vollendetsten Beamten. Aus seinem Mansardenzimmerchen in der Maxburg war er in eine freundliche Stube gezogen, nicht allzu weit vom Arbeitszimmer der Herzogin, und jetzt, während der geschäftereichen Zeit, trug er die Schlüssel zu sehr geheimen Schränken bei sich und hatte das Recht, alle Briefe zu öffnen, um der Herzogin schnellstens zu berichten.

Sie ging allein zu den Festlichkeiten, denn Klemens kränkelte mehr und war elender denn je. Als der große Rumor verrauscht war, besuchte sie ihn seit langer Zeit wieder in seinen Gemächern und sah im Augenblick, daß seine Stirn den Stempel der Verwesung trug. Ledern spannte sich die Haut über den eingesunkenen Schläfen, und in den blauen, blicklosen Augen war schon etwas Jenseitiges.

Die Herzogin erschrak. Sie hatte ihm niemals helfen können, aber jetzt war es ihr doch, als ob sie sich einer Versäumnis schuldig gemacht habe an dem Manne, dessen Dasein achtundzwanzig Jahre lang auf ihr gelastet hatte.

Fortan kam sie öfter. Aber da war nichts mehr zu pflegen.

Im August starb er wie das nichtssagende Flämmchen einer Lampe, deren Öl zu Ende ist.

Seltsam aber: während sie – allein – an seinem Bett saß und dieses seufzerlose Hinübergehen spürte, empfand sie doch, daß auch das kleinste und kümmerlichste Flämmchen seinen bescheidenen Lichtkreis hat und daß eine Dunkelheit eintritt, wo es erlischt, eine leere Dunkelheit.

Sie blickte in das faltige, zugeschlossene Antlitz, das ihr plötzlich furchtbar fremd war. Nichts von Gemeinschaft zwischen Lebendigen und Toten!

Mit einem Schauder, dessen sie sich schämte, stand sie auf und ging aus dem Zimmer.

Vielleicht war es kein Zufall, daß Karl Theodor von der Pfalz nach einer gerade schicklichen Zeit, nämlich acht Monate nach Klemens' Tod, seine Besitzungen Sulzbach und Neuburg an der Donau besuchte: von Neuburg aus war es nur noch eine knappe Tagesreise nach München – der Kurfürst von Bayern konnte nicht umhin, den künftigen Erben einzuladen. Karl Theodor nahm an und kam im Februar des Jahres 1771 nach München.

Es war ein kalter, grauer Tag, der Winter hatte wenig Schnee gebracht; ein eisiger Wind pfiff erbärmlich über die weite, dunkle Ebene im Norden der Stadt und riß krächzende Krähenschwärme über die Felder. Sonderbar genug nahm sich in dieser öden Landschaft der Reisezug aus, der von Ingolstadt herankam und dessen Mittelpunkt Karl Theodors Wagen bildete, gezogen von zwölf

Schimmeln, deren Kopfputz vom Februarsturm büschelweis abgerissen wurde. Die Lakaien auf der Achse waren trotz ihrer dikken Pelze erstarrt, die Begleitung zu Pferde sah mehr aus wie ein geschlagen flüchtendes Heer als wie eine festliche Eskorte.

»Schauderhaft, schauderhaft!« sagte der Kurfürst zu seinem Oberstallmeister von Vieregg, der mit ihm im Wagen saß, und zog die Pelzdecken so eng um sich, wie es möglich war. »Das soll ein Land sein, Baron! Ich stelle mir vor, daß es am Nordpol so aussieht! Eskimos! Wenn es so weitergeht, werden wir lernen müssen, uns mit Tran zu ernähren.«

»Und mit Bier, Durchlaucht!« sagte Vieregg, ungemein witzig.

»Bier und Tran, eine angenehme Vorstellung! Der liebe Gott mag den braven Bayern unseren Vetter Max Josef noch recht lange erhalten, damit uns diese Polargegenden erspart bleiben! Wenn ich an unsere rheinische Luft denke, an die Sonne auf unseren Rebenhügeln! Unmögliches Land hier! Wahrhaftig!«

Vieregg fischte aus der Tiefe seines Mantels eine Reiseflasche voll Rotwein. Der Kurfürst goß zwei Becher hinunter, lehnte sich zurück und blickte höchst mißvergnügt durch das Fenster. Sein fettes, rotes Gesicht, ja selbst sein Doppelkinn lag in den ärgerlichsten Falten, die große Hakennase war wie ein Geierschnabel. »Wollte ich schwören, daß mich keine zehn Pferde in diese kimmerischen Gegenden brächten, so wär's kein Meineid: zwölfe sind dazu nötig.«

»In einer Stunde sind wir in München, Durchlaucht, da wird es besser. München ist eine schöne Stadt.«

»Selbst wenn Sie recht haben sollten – was ich einstweilen bezweifle –, so hatte der selige Gustav Adolf doch mehr recht: ein prächtiger Sattel auf einer dürren Mähre! Dürrer, als sie ist, kann die Mähre nicht sein. Zum Teufel, was halten die Kutschen schon wieder? Achsbruch? Oder ist einer erfroren?«

Der begleitende General von Pappenheim riß den Schlag auf, daß feiner, pulvertrockener Schnee hereinstiebte: »Durchlaucht, das bayrische Ehrengeleit ist in Sicht, entgegengeschickt vom Kurfürsten. An der Spitze der Generalleutnant von Daun!«

»Verdammte Höflichkeit!« knurrte Karl Theodor und wickelte sich seufzend aus den Decken. »Da müssen wir aussteigen!«

Auf schweren Schlachtrössern donnerte das Ehrengeleit über die gefrorene Straße heran. Die Offiziere sprangen ab, stellten sich auf und salutierten breitbeinig, den Hut in der Hand. Der Kurfürst sah eine Front von roten Nasen und stiebenden Puderfrisuren, in die der Wind hineinzauste.

»Große Ehre, Exzellenz!« schrie er mit dem Wind um die Wette. »Inkommodieren sich die Herren nicht meinetwegen! Freue mich, dieses schöne Land und dies herrliche Klima endlich kennenzulernen! Ist es bei Ihnen immer so schwül?«

Sie versuchten, den allerhöchsten Humor angemessen zu belächeln, aber es wurde nur ein erfrorenes Grinsen daraus.

»En avant, meine Herren, ich will der bayrischen Armee keine Verluste verursachen. In München werde ich Gelegenheit haben, Ihnen nochmals zu danken.«

Karl Theodor kroch wieder in den Wagen, die Eskorte saß klirrend auf, die Kutscher hieben in die Pferde, und in einem wütenden Galopp wurde die Strecke von Schleißheim bis zur Residenz zurückgelegt. Durch ein schmutziges Bauerndorf namens Schwabing rasselte der Zug, dann kamen die Theatinerkirche, das Schloß und zwischen beiden das Schwabinger Tor in Sicht. Von den Wällen donnerten die Geschütze, vor dem Tor waren das Leibregiment und die Roséeschen Dragoner in Parade aufgestellt, die Fahnen knatterten im Winde. Karl Theodor nickte durch das Fenster. Er schätzte das Militärische nicht, durchaus nicht; eine gute Tafel, sein Mannheimer Schauspiel, das Dalberg so hochgebracht hatte, und nicht zuletzt ein schönes Ballett waren ihm lieber als die schnurgeradeste Kommißfront. Aber freilich, wo sollte man dergleichen in diesem barbarischen Lande hernehmen!

Im Kaiserhof der Residenz standen, in Gala, die Trabanten; zu beiden Seiten der großen Treppe die Hartschiere. Gab es denn hier, um Himmels willen, nur Schnauzbärte über Uniformkragen?

Nein. Im Kaisersaal empfing der gesamte Hof den mit unendlicher Spannung erwarteten Gast: die kurfürstliche Familie inmitten einer köstlichen Pracht von gestickter Seide und Juwelen. Zweitausend Wachskerzen rieselten ihr warmes, duftiges Goldlicht über die festliche Versammlung, die bei Karl Theodors Eintritt sich langsam und ehrfürchtig beugte. Max Josef umarmte ihn, hinter ihm kam die Kurfürstin, einen halben Schritt weiter zurück die verwitwete Herzogin Klemens, seine Schwägerin, die er seit der Doppelhochzeit in Mannheim nicht mehr gesehen hatte; aber er wußte aus ihren Briefen sehr gut, wie gescheit diese Frau war. Der Adel defilierte, ein Zug ordnete sich – alles war aufs genaueste seit Wochen geprobt –, und so geleitete man den Gast durch die Kölnischen Zimmer, den Herkules- und den Rittersaal nach seinen Gemächern – wo er mit einem Seufzer endlicher Erleichterung auf einen Sessel sank und vor allem etwas zu trinken wünschte. Vieregg und der Kammerdiener bemühten sich eifrig um den Ermatteten, dessen schlechte Laune jetzt zusammen mit seiner Leiblichkeit auftaute.

Dergestalt war die erste Bekanntschaft Karl Theodors mit seiner künftigen Hauptstadt, und wenn jemand sie als übles Vorzeichen aufgefaßt hätte, so würde er recht behalten haben.

Einstweilen allerdings ließen sich die Dinge freundlicher an. Die prunkvollen Kaiserzimmer, die der Kurfürst bewohnte, waren gut geheizt, und des durchlauchtigsten Vetters Weinkeller wies eine Reihe der ansehnlichsten Bordeauxweine auf, welche nicht wenig zur Erheiterung des kurpfälzischen Gemüts beitrugen. Auch die Hofdamen waren passabel hübsch und schienen die Weisung zu haben, fromme Sprödigkeit auf die Dauer des Besuches zu vergessen. Karl Theodor war angenehm überrascht von so viel Lebensart.

Insonderheit freundlich gegen den Schwager war Maria Anna. Keinem anderen zuliebe, sagte sie, würde sie so zeitig die Trauerkleidung abgelegt haben – aber so Trauriges könne es gar nicht geben, daß nicht die Freude, den künftigen Herrscher zu sehen, es überwöge.

Karl Theodor war nicht der Mann, sich im Sturm erobern zu lassen. »So dankbar ich Ihnen für Ihre Güte bin, Frau Schwägerin«, erwiderte er, »so weiß ich doch zu genau um Ihre graziöse Bosheit, um mich Ihnen auf Treu und Glauben auszuliefern. Welche Teufelei haben Sie vor mit einem armen, fast erfrorenen Fremdling?«

»Bei meiner Seele«, antwortete sie und lächelte mütterlich wie eine Erntegöttin, »nichts anderes hab' ich im Sinn, als Ihnen Ihr dereinstiges Vaterland liebenswert zu machen! Aber warum haben Sie meine Schwester daheimgelassen?«

»Die Kurfürstin, bei ihrer zarten Gesundheit, scheut eine Winterreise –« und er verbesserte sich sogleich: »wenigstens in so rauhe Gegenden!«

»Also ist sie in Mannheim geblieben?«

»Nicht eben ...«, sagte er zögernd, »die Ärzte meinten, Seeluft täte ihr wohl. So reist sie gegenwärtig in den österreichischen Niederlanden.«

»Daran tut sie recht!« Maria Anna nickte mit dem harmlosesten Gesicht; sie wußte von dieser Reise seit langem, aber sie hatte wissen wollen, was für eine Miene Karl Theodor zu ihrer Frage machte. »Die schönen Lande am Niederrhein! Apropos, Schwager: Kennen Sie den Siebzehnhundertelfer aus des Herzogs Keller?«

Er schnalzte mit der Zunge. »Vom Hörensagen!«

»Ich hab' Ihnen«, flüsterte sie, »eine Flasche herbringen lassen – das einzige, was eine arme Wittib zu geben hat. Aber der Kurfürst braucht's nicht zu wissen, er könnte es krummnehmen.«

Bei guter Gelegenheit führte sie ihn in ein Nebenzimmer und schloß vorsichtig die Tür. Von der Wand löste sich ein schwarzgekleideter Mann, der die Flasche mit zwei Gläsern auf einem Silbertablett trug.

»Wer ist das?« fragte der Kurfürst. Er war, wie alle gescheiten Menschen, mißtrauisch gegen fremde Gesichter, vollends aber hier, wo ihm seine kluge Schwägerin nicht ganz heimlich vorkam.

»Meine rechte Hand«, antwortete sie, »und seit des Herzogs Tod mein Rentmeister: Andre. So treu wie unverdächtig. Ihr Wohl, Durchlaucht!«

Die Herzogin erreichte, daß Karl Theodor sein Mißtrauen fahren ließ, wenigstens soweit man es erkennen konnte; insbesondere weil sie ihm von der Schönheit der Rheinlande vorschwärmte und zugab, daß Bayern in der gegenwärtigen Jahreszeit ein trostloser Erdenstrich sei. Von der Flasche, die sie ihm verehrt, trennte er sich nicht eher, als bis sie leer war.

Anderntags führte sie selbst ihn zu einigen Sehenswürdigkeiten des Residenzschlosses und begleitete ihn später auch nach Nymphenburg und Schleißheim, dessen berühmte Gemäldegalerie den Kenner mehrere Stunden beschäftigte. Hier hing das Bildnis Maria Annas – »Marées hat es vor etwa zehn Jahren gemalt«, sagte sie erklärend, »ich wollte, ich sähe noch so aus wie damals! Aber leider, wie Sie bemerken, ist nur die Kunst unvergänglich – eine beneidenswerte Eigenschaft, die dem menschlichen Geschlecht versagt geblieben ist.«

Karl Theodor ließ das Lorgnon nicht von den Augen und prüfte das Bild genau. »Ich weiß nicht, was Sie wollen!« erwiderte er. »Das Porträt ist verblüffend ähnlich – und gut gemalt obendrein. Sehen Sie doch die schönen, weißschimmernden Flächen des Atlaskleides! Was soll aber das Samtvisier, beste Schwägerin, das Sie da in der Hand halten?«

»Eine Faschingsrobe, Durchlaucht!«

»So!« Der Kurfürst lächelte, nicht ohne einige Bosheit. »So ändern sich die Zeiten: früher trugen die Leute, von denen man sich etwa eines Angriffes zu versehen hatte, ein Stahlvisier – heute macht man derlei Gebrauchsgegenstände aus Samt ...«

»Sie sehen daraus«, sagte die Herzogin und versteckte ihre Betroffenheit, »wie harmlos die Welt geworden ist.«

Er nickte nachdenklich. »Die Dame mit dem Samtvisier!«

»Ihnen gegenüber stets *ohne* Visier, Herr Schwager!« sagte sie und deutete auf das Bild. Durch dieses plötzlich erkennbare Aufflackern seines Mißtrauens wurde sie unruhig und verdoppelte infolgedessen ihre Liebenswürdigkeit – kurz, sie ließ ihn nicht aus den Augen, und als er nach zwei Wochen wieder abreiste, wußte sie es so einzurichten, daß sie ihn begleitete: sie hatte ihre Verwandten in Sulzbach seit einer kleinen Ewigkeit nicht mehr gesehen. Den Rentmeister Andre nahm sie auf diese Reise mit.

Das Hauptsächlichste aber, was sie – und zwar im Auftrag Max Josefs – erreicht hatte, war ein feierlicher Hausvertrag zwischen der Pfalz und Bayern: Karl Theodor verpflichtete sich für ewige Zeiten, diese beiden Länder, die einst in seiner Hand zusammenkommen würden, ungeteilt zu lassen, und nirgends anders sollte jeder künftige Herrscher residieren als in München.

Denn man war nicht schlecht unterrichtet über das, was das Wiener Kabinett im stillen plante und vorbereitete. Der Hausvertrag zwischen München und Mannheim sollte den österreichischen Absichten, Bayern klein zu halten, also »für ewige Zeiten« einen Riegel vorschieben. Die Herzogin Maria Anna war am Zustandekommen dieses Hausvertrags mit ihrem ganzen Temperament beteiligt und mit dem Erfolg sehr zufrieden.

»Wie gefällt dir der Kurfürst?« fragte sie Andre, als sie schließlich wieder zu Hause waren und die große Korrespondenz dieser letzten Wochen miteinander ordneten.

»Ein ungemein kunstverständiger und gebildeter Herr!«

»Das wollte ich nicht wissen. Als Mensch?«

Er hob die Schultern.

»Sehr richtig. Das denk' ich auch.«

»Ich habe mich bei Ihro Gnaden zu bedanken für die vielen Beweise des Wohlwollens und Vertrauens . . .«

»Höre, Andre, man muß eine große Geduld haben, um nicht in die Luft zu gehen deinetwegen. Mache kein dummes Gesicht, hier ist niemand, den du täuschen könntest. Wirst du denn nicht eine Minute vergessen, daß ich einen *Menschen* um mich haben möchte und nicht einen ewig Untertänigsten?«

»Wie käme ich dazu, Hoheit!«

»Ja! Wie kämst du dazu! – Wer sonst als du? – Du weißt mehr von meinen Sachen als irgendeiner in München, den Klinggräffen etwa ausgenommen. Behagt's dir nicht bei mir?«

»Durchlaucht!«

»Hol dich der Teufel mit deiner Durchlaucht! Jeder hat seine Launen, Andre – du etwa nicht? Ich habe die meinigen, und ich will dir sagen, daß ich heute eine ausnehmend gute Laune habe. Merke dir das und laß dein in Ehrfurcht gefaltetes Gesicht! Wir haben erreicht, was wir wollten; das genügt fürs erste; aber der Pfälzer ist ein Fuchs, glaube mir. Nun, das wird man sehen, und wir beide, Andre, werden die Augen offenhalten. Laß eine Flasche Wein bringen, wir trinken unseres durchlauchtigsten Schwagers Gesundheit. Oder willst du mich schon wieder allein hier sitzen lassen, Andre? O Gott, Andre, was bist du für ein Klotz! Wie? Was möchtest du sagen? Sage nichts! Daß ich ein altes, langweiliges Weib bin, weiß ich selber.«

Der Rentmeister lehnte sich ganz unehrerbietig in seinen Stuhl zurück und lachte so, wie er früher manchmal gelacht hatte und wie er es seit Jahren vergessen zu haben schien. Er hatte die Herzogin noch nie so gesehen. Da saß sie ihm gegenüber, in diesem stillen, vom Tischleuchter kaum erhellten Raum, aus dessen brauner Dämmerung nur hier und da ein Goldschnörkel schimmerte. Draußen schlug der Regen an die Scheiben. Aber hier ... plötzlich mußte er an seine Mutter denken, wie sie damals Abschied nahm und glaubte, daß er ein Marschall werden würde.

Er blickte mit einem in Nachdenklichkeit verebbenden Lächeln in das Funkeln des Lichtstrahls, der sich in dem goldgrünen Weinglase brach, und sagte: »Nein ... Marschall nicht ... aber doch ...«

»Was redest du da?« wollte sie erstaunt wissen.

Er kam in die Gegenwart zurück und erzählte freiweg, was damals gewesen war.

»Nein, Marschall freilich nicht!« nickte sie. »Aber weshalb auch? Für einen Soldaten ist dein Kopf zu gut, Andre. Jeder an seine Stelle. – Lebt deine Mutter noch? Ich höre dich schon: einen Titel willst du haben. Du sollst ihn kriegen, Andre, der Kurfürst wird mir den Gefallen tun. Es wird freilich Aufsehen machen –«

»Dann nicht!« sagte er.

»Dann erst recht! Meinetwegen mögen die Leute reden, was sie wollen.«

»Redet jemand?«

Sie sah ihn an, legte den Kopf ein wenig schief und zwinkerte. »Es gibt schlechte Menschen, die offenbar glauben, ich sei noch nicht lange genug auf der Welt, um keine Dummheiten mehr zu machen.«

Andre wurde bis hinter die Ohren rot wie ein Schulbub. Er wußte nicht, was er darauf sagen sollte.

»Ja, denke nur, Andre, solche Menschen gibt es!«

Der Wind rüttelte.

»Kannst du das begreifen, Andre?«

Er holte tief Atem und sagte: »Ja!«

Dieser Frau gegenüber konnte er weder diplomatisch sein noch lügen.

Ganz einfach »Ja!« sagte der Rentmeister Andreas Andre aus Rieden, und blickte mit seinen ehrlichen blauen Augen die Herzogin von Bayern an, die ihm füllig und lebenslustig gegenübersaß wie von Rubens gemalt.

»So, so!« sagte sie und blickte ihn auch ganz ehrlich und offen an. »Nun – dann will ich dir etwas mitteilen, Andre, worüber du dich hoffentlich gewaltig schämen wirst: du bist der größte Esel, der zwischen den Alpen und der Donau herumsitzt und herumdruckst und das Maul nicht aufmacht!«

»Durchlaucht!« antwortete er und stand auf. »Das werd' ich nicht zum zweiten Male hören müssen! Schließlich ist unsereiner – außer einem Rentmeister – ja auch noch ein Mann.«

»Hoffentlich!« sagte sie, ganz dicht unter seinen Augen, und legte ihren vollen weißen Arm um seinen Nacken. »Aber daß du fünf Jahre gebraucht hast, um das zu merken, Andre . . .!«

Seltsam: er, der noch vor fünf Jahren ein Bauernbursch gewesen war, dachte in dieser Sekunde ganz klar daran, daß diese gepuderten Arme sehr deutliche Spuren auf seinem schwarzen Rocke hinterlassen würden.

Wenige Tage später fuhr die Herzogin in den neuen Frühling hinaus, nach Schwaiganger am Fuße des Heimgartens, wo die Wiesen schon ganz golden waren vor Schlüsselblumen und die Bergmatten blau von den selig reinen Sternen des Enzians. Der kurfürstlich bayrische Hofkammerrat Andre war ihr einziger Begleiter.

II

Die Nachricht, daß »die bewußte Dame« seit einiger Zeit andere Interessen habe als die Politik, hatte in Wien sehr beruhigt. Trotzdem blieb Kaunitz mißtrauisch. Seine Karten lagen nicht übel: Frankreich würde ihm keine Schwierigkeiten mehr machen, wenn man sich auch nicht durchaus auf seine friedfertige Gesinnung verlassen konnte. Von Podstasky war außer dem dümmsten Hofklatsch kaum etwas zu erfahren; man legte ihm deshalb nahe, sich um einen ruhigeren Posten zu bewerben; er tat es; sein Nachfolger, ein Graf Hartig, taugte jedoch ebensowenig. Der Staatskanzler war nahe daran, die Geduld zu verlieren! Starb der Kurfürst und trat Karl Theodor die Herrschaft an, so fand er sich bereits in so festen Bindungen, daß er an den Zuständen kaum etwas ändern konnte. Die Sache mußte also vorher abgemacht werden!

Folglich schickte Kaunitz einen Unterhändler nach Mannheim, der Karl Theodor ganz bestimmte und streng geheime Vorschläge überbrachte.

Für diese heikle Aufgabe wurde der junge Graf Neipperg ausersehen, ein ehrgeiziger Diplomat.

Er war so vorsichtig, München auf seiner Reise überhaupt nicht zu berühren, sondern wählte den nördlichen Weg über Regensburg, wo er (da er spät in der Nacht ankam) nicht bei dem österreichischen Reichstagsgesandten, sondern in einem Gasthof abstieg; er speiste zu Abend, gab den Befehl, daß am anderen Morgen um sechs Uhr sein Reisewagen mit frischen Pferden bereitstehen solle, und ging, müde von den Anstrengungen des Tages, in sein Zimmer.

Hier verbarg er das verschlossene Portefeuille mit seinen Instruktionen unter dem Kopfkissen, legte zwei Pistolen neben sich und wollte eben mit einem wohligen Seufzer der Erleichterung einschlafen, als ein gewisses Geräusch ihn wieder munter machte, das offenbar aus der nebenan liegenden Stube kam.

Neipperg richtete sich auf und horchte.

Kein Zweifel: seine Nachbarin war eine Frau, und sie weinte bitterlich!

Der Graf überlegt. Solange er nicht wußte, ob Madame allein war, hatte es keinen Reiz für ihn, sich um sie zu kümmern; denn ihr Jammer konnte von einem gewöhnlichen Ehezwist herrühren, der niemanden – außer den unmittelbar Beteiligten – etwas anging.

Eine Viertelstunde später schluchzte Madame noch immer, ohne daß sich eine andere Stimme dareingemischt hätte. Bei Neipperg befestigte sich die Überzeugung, daß es hier höchstwahrscheinlich Kavalierspflichten zu erfüllen gebe. Sein junges und deshalb sehr romantisches Gemüt malte ihm die galantesten Möglichkeiten wie eine Fata Morgana in das wüste Dunkel der Nacht.

Nach einigem innerlichen Hin und Her stand er auf, zog den seidenen Schlafrock an und trat auf den nachtstillen Flur hinaus. Es war nicht anders zu machen: er mußte am Schlüsselloch horchen und endlich, weil sich dabei nichts Neues ergab, auch durch diese für Diplomaten unentbehrliche Öffnung *blicken.*

Das Zimmer war durch eine Kerze kümmerlich erhellt. Am Tisch saß eine junge Frauensperson in einem übrigens recht eleganten Negligé, das Kinn in die Hand gestützt und offenbar trostlos in die Kerzenflamme starrend, wobei sie, in regelmäßigen Abständen vom Schmerz überwältigt, die jämmerlichsten Seufzer ausstieß.

Neipperg war überzeugt, daß er von der Vorsehung bestimmt sei, hier einzugreifen.

Er klopfte behutsam.

»Wer ist da?« fragte drinnen die bebende Stimme.

»Ein Unbekannter, gnädige Frau«, sagte er leise, »der Ihre Klagen nicht länger mit anhören kann und Ihnen helfen möchte! Wenn Sie noch nicht alles Vertrauen zum menschlichen Herzen verloren haben, so öffnen Sie und entdecken Sie mir die Ursache Ihres Kummers!«

Nach einer kurzen Weile des Überlegens wurde der Riegel zurückgeschoben.

Neipperg trat mit seiner höflichsten Verbeugung ein, das Gesicht in ehrerbietige Falten gelegt. »Sie werden es nicht aufdringlich finden, Madame –« begann er, »– aber wie seltsam: Ihre Erscheinung ist mir nicht unbekannt! Sollte ich bereits den Vorzug gehabt haben –?«

Sie lud ihn zum Sitzen ein. »Schwerlich, mein Herr! Ich bin erst seit heute in Regensburg und komme von Linz.«

»Eben deshalb also!« erwiderte er. »Ich habe den gleichen Weg hinter mir und habe Sie vielleicht auf einer Poststation flüchtig gesehen. Kein Wunder, daß meine Erinnerung so lebhaft ist – denn wer könnte die Lieblichkeit dieser Züge vergessen, wenn er sie einmal erblickt hat.«

»Die Lieblichkeit meiner Züge«, sagte sie und fuhr sich mit der Puderquaste übers Gesicht, »dürfte im gegenwärtigen Augenblick eine so bittere Ironie sein, wie ich sie von einem Kavalier gewiß nicht erwartet hätte.«

»Madame! Sie setzen mich in Verlegenheit: ich hatte nicht die mindeste Absicht, Sie zu verhöhnen. Aber gestatten Sie mir die Bemerkung, daß Sie sich unterschätzen! Auch der tiefste Schmerz wird den Reiz Ihres Antlitzes niemals verwischen, sondern nur adeln!«

»Haben Sie Ihre Nachtruhe geopfert, mir dies mitzuteilen?«

»Dies und anderes! Verfügen Sie über mich. Kann ich Ihnen helfen? Wohin reisen Sie?«

»Wenn ich das wüßte! Oder doch, ich weiß es: ins Elend, mein Herr, wenn nicht eine Hand von oben rettend eingreift!«

Neipperg sah unwillkürlich an ihr vorüber in den Spiegel, um festzustellen, ob er in diesem Notfall als Hand von oben eine gute Figur würde machen können. Sicherheitshalber nannte er seinen Namen, von dem er sich großen Eindruck versprach.

»Den meinigen«, sagte sie, »werden Sie aus diesem Schriftstück ersehen, das Ihnen zugleich den Grund meines Kummers enthüllt.«

Der Brief stammte aus der kurfürstlichen Hofkanzlei in München und war adressiert an die Gräfin Seyssel d'Aix, geborene von Reitzenstein. Es wurde ihr darin mitgeteilt, daß sich Se. kurfürstliche Durchlaucht *gegen* die Gewährung einer jährlichen Pension entschieden habe, weil ein besonderer Anlaß für einen solchen Gnadenbeweis nicht gegeben sei und die Finanzlage kaum die vordringlichsten Ausgaben gestatte.

»Sehr traurig, Gräfin«, sagte Neipperg, »was werden Sie tun?«

»Ich bin im Begriffe, nach München zu reisen und mich dem Kurfürsten zu Füßen zu werfen! Was bleibt mir weiter übrig? Weiß ich doch nicht einmal, wovon ich morgen den Wirt bezahlen soll!«

»Eine erwünschte Gelegenheit für mich, Ihnen auszuhelfen.«

»Ich darf Ihre Güte nicht in Anspruch nehmen!«

»Sie dürfen!« versicherte er und legte die Hand aufs Herz. »Sie dürfen ohne Zweifel! Ich wüßte mir nichts Angenehmeres –« und da die schöne Unglückliche ihn dankbar anlächelte: »Außer Ihrer Gesellschaft! Mit Bedauern sehe ich, daß es meine Pflicht ist, mich zurückzuziehen . . .«

»Versäumen Sie diese Pflicht immerhin! Wenn ich allein bleibe, so wird mich der Gram gewiß von neuem überwältigen.«

»Unter diesen Umständen«, sagte er und rückte näher, »*muß* ich bleiben!« –

Neipperg tröstete die Nachbarin nach Kräften. Offenbar hatte der Schmerz ihre natürliche Sprödigkeit mürbe gemacht. Aus der Begegnung, die mit so tragischem Anschein begonnen hatte, wurde ein galantes Abenteuer, das seiner Eitelkeit schmeichelte.

Aber mitten in der Nacht fuhr er plötzlich vom Bett auf – die Getröstete schlummerte friedlich –, erschreckt von einer jähen Erinnerung, stürzte in sein Zimmer hinüber und griff unter das Kopfkissen – – Gott sei Dank: das Portefeuille lag noch da, unversehrt, wohlverschlossen. Ein Stein fiel ihm vom Herzen, und er schwur sich, niemals wieder so unvorsichtig zu sein.

Neipperg beschloß, den kurzen Rest der Nacht in Ruhe zu verschlafen. Als es Tag wurde, machte er sich reisefertig, wickelte zwanzig Dukaten in ein rosa Billett und befahl dem Wirt, dieses

Päckchen nebst einem Blumenstrauß der Gräfin Seyssel zu überreichen. Kurz nach sechs Uhr rollte seine Kutsche über die uralte steinerne Donaubrücke, durch Stadtamhof und in der Richtung auf Nürnberg davon.

Fast gleichzeitig verließ ein Kurier des brandenburgischen Komitialgesandten beim Reichstag, von Schwartzenau, die Stadt. Er hatte wichtige Papiere nach Berlin zu bringen.

Etwa eine Woche später spazierte der Hofkammerrat Andreas Andre aus dem Klemensschlößchen, wo er gelegentlich übernachtete, durch das Neuhauser Tor hinein und begab sich in die Maxburg zur Herzogin.

Er fand Maria Anna in einem kleinen Salon, der durch mehrere Vorzimmer gegen jede Zudringlichkeit geschützt war. Eine Dame saß bei ihr. Sein Eintreten unterbrach ein eifriges Gespräch, und er spürte genau, daß die Dame seine Gegenwart als störend empfand.

Andre lächelte.

Die Herzogin lächelte.

»Was gibt's, Andre?«

»Allerhand Abrechnungen, Durchlaucht. Indessen –«

»Allerhand?«

»Ja, allerhand!«

»Du störst nicht. Dies ist die Gräfin Seyssel.«

»Gnädige Gräfin«, sagte Andre und beugte sich über ihre Hand, »es ist mir eine besondere Ehre, Sie kennenzulernen.«

Die Herzogin richtete sich gespannt auf. »Das klingt nicht übel! Nachrichten?«

»Ich brenne vor Neugier!« sagte die Seyssel. »Bedenken Sie doch, Herr Hofrat: ich habe keine Ahnung, ob meine Bemühungen in Regensburg –«

»Ihre Bemühungen haben den besten Erfolg gehabt, gnädige Frau«, lächelte Andre.

»Nein!!« Die beiden Damen rückten näher.

Andre öffnete die Aktenmappe und breitete einige Papiere auf den Tisch. »Es ist heute nacht Post ins Schlößchen gekommen«, sagte er, »unser System bewährt sich vortrefflich: der Bote braucht die Stadt gar nicht zu betreten, er bleibt ungesehen, jede Gefahr wird vermieden, soweit es überhaupt möglich ist.« Er faltete einen Brief auseinander, der an Madame Delft, marchande très renommée à Mannheim, gerichtet war und mehrere Bogen einschloß. »Der preußische Ministerpräsident von Hertzberg bedient sich neuerdings dieses verläßlichen Frauenzimmers«, sagte Andre zur Herzogin, »denn gewiß wird niemand etwas dabei finden, wenn wir Briefe aus Mannheim erhalten.«

»Gut, gut – weiter!«

»Der Minister übersendet also Abschrift der Instruktion, welche man in einer gewissen Nacht in Regensburg hat einsehen und unvermerkt wieder an ihren gehörigen Platz legen können.«

»Ah!« die Seyssel klatschte in die Hände.

»Sie kriegen Ihre Pension, Seyssel, und wenn ich Sie aus meiner eigenen Tasche bezahlen muß!« sagte die Herzogin. »Das nennt man erfreulich!«

»Sehr viel unerfreulicher ist, was diese Instruktionen enthalten!« Andre reichte der Herzogin vier eng beschriebene Blätter.

Sie überflog sie. Zusehends sammelte sich ein Unwetter auf ihrer Stirn. Schließlich sprang sie auf, warf die Papiere auf den Tisch zurück und ging mit großen, heftigen Schritten durch das Zimmer.

»Das ist infam. Das ist unerhört. Gibt es kein kräftigeres Wort, Andre? Es ist eine Sauerei!«

»Der Staatskanzler Fürst Kaunitz«, sagte er nickend und mit dem Finger auf den Zeilen, »schlägt Seiner Durchlaucht dem Kurfürsten zu Pfalz vor, nach dem Tode unseres Herrn das Land Bayern an Österreich abzutreten; als Entgelt wird ihm entweder Lothringen unter dem Namen eines Königreichs Burgund oder das österreichische Niederland als Königreich Brabant angeboten. Ein hübscher, runder Plan, ohne Zweifel.«

»So lange *ich* lebe«, rief die Herzogin, »wird nichts daraus! Bayern an Österreich! Wir werden dazwischenfahren, Andre! Die Wiener sollen mich kennenlernen!«

»Es wäre vorteilhafter«, gab er zu bedenken, »wenn die Wiener Euer Durchlaucht *nicht* kennenlernten. In Zukunft – mein' ich – werden diese Verhandlungen zwischen Wien und Mannheim des öfteren in der unerklärlichsten Weise gestört werden ... warum sollte jemand erfahren, wer die Ursache ist? Einen offenen Feind kann man bekämpfen, einen versteckten nur fürchten – und nichts ist nachteiliger als Furcht. Wir haben damit einen Trumpf in der Hand, den wir nicht ausgeben sollten. Warum auch?«

»Gut, Andre!«

»Alles bleibt äußerlich harmlos.«

»Aber wir sind allein!«

»Das ist wahr. Indessen gibt es genug Patrioten in Bayern, die zu uns halten werden.«

»Wenn wir ein Geheimnis daraus machen?«

»Einige verschwiegene, hochgestellte Freunde lassen sich finden. Ich nehm's auf mich.«

»Der Kurfürst?«

»Keinesfalls, Durchlaucht!« sagte Andre erschrocken. »Alles Offizielle muß aus dem Spiel bleiben — sonst eben gibt es offizielle Verwicklungen.«

»Eine Verschwörung also?«

Andre lächelte. »Wenn man diesen romantischen Namen gebrauchen will: Ja!«

»Entzückend, ganz entzückend!« sagte der Kurfürst und lehnte das Violoncell beiseite. »Den Leopold Mozart kenn' ich von früher. Ein sehr ordentlicher Geiger. Aber daß er so allerliebste Sachen schreibt, wußt' ich doch nicht.«

»Halten zu Gnaden, Durchlaucht«, antwortete der Intendant Seeau, »das Trio ist auch nicht vom Leopold Mozart, sondern von seinem Sohn.«

»Was! Hat er einen Sohn?«

»Einen genialischen dazu, Durchlaucht. Was man so nennt: ein Wunderkind! Überall hat er den größten Sukzeß gehabt, nur eben unser freundlicher Nachbar, der Erzbischof von Salzburg, weiß das Genie nicht zu schätzen. Der Bub ist mittlerweile achtzehn oder neunzehn Jahre alt.«

Der Kurfürst schüttelte den Kopf. »Wie die Zeit vergeht, Seeau!« Und dann, aus bekümmertem Nachdenken heraus: »Geld! Geld sollte man haben!«

Seeau sagte bereitwillig: »Wenn Euer Durchlaucht an dem Mozart gelegen ist — man kann ihn ja herkommen lassen.«

»So! Und wer zahlt's?«

»Ich genieße die Gnade, Intendant der Hofoper zu sein«, antwortete der alte Graf lächelnd, »und ich wüßte nicht, was für diese Gnade zu teuer wäre. Die Musik ist nun einmal meine Leidenschaft, Durchlaucht.«

»Meine auch, Bester, nur mit dem kleinen Unterschied: daß Sie Geld haben — und ich nicht. Oder glauben Sie, es drückt mich nicht, daß Sie die ganze Oper mit allem, was daran hängt, aus Ihrer Tasche bezahlen? Schämen tu ich mich deswegen, ja —«

»Durchlaucht!«

»Aber was will man machen? Wo nichts ist, hat der Kaiser sein Recht verloren — nein, halt, der Kaiser nicht, der nimmt sich's schon, wie ich ihn kenne. Aber ich bin ein gewissenhafter Mensch und kann nicht neue Schulden machen. Ich kann's einfach nicht. Es geht mir gegen mein Gewissen.«

»Eben deshalb wird es mir eine Ehre sein, Euer Durchlaucht vor Gewissenskonflikten zu bewahren – vollends wenn sich's um derlei geringe Sachen handelt. Vielleicht ist der Mozart gar nicht so teuer. Wir werden ihm schreiben.«

»Ja, tun Sie das, Bester. Aber lassen Sie durchblicken, daß aus einer festen Anstellung bei uns nichts werden kann – weil – weil – diese Musiker sind oft –«

»Ich werd's schon machen, Durchlaucht!« sagte Seeau. –

Im Dezember des Jahres 1774 trafen Leopold Mozart und sein Sohn Wolfgang in München ein. Seeau hatte alles geordnet. Der junge Mozart brachte die Partitur seiner Oper *»La finta giardiniera«* mit, die nun ihre Uraufführung erleben sollte.

Zunächst freilich gab es Überraschungen, und keine sonderlich angenehmen, als die Proben im Residenztheater begannen, das Meister Cuvilliés vor fünfzehn Jahren im zärtlichsten und reichsten Stil der Zeit gebaut – und für das er immer noch kein Honorar bekommen hatte. Herr Wolfgang Amadé Mozart nämlich fand das kurfürstliche Orchester zwar nicht gerade miserabel – wie er großmütig zugab –, aber gänzlich undiszipliniert und so widerborstig, daß die Kerle zu den Proben kamen, wann es ihnen paßte: sie zeigten sehr deutlich, daß sie es für eine unerhörte Zumutung hielten, unter einem achtzehnjährigen Maestro zu spielen; bei ihnen galt das Dienstalter und weiter nichts. Wirklich miserabel vollends waren die Sänger, und Wolfgang Amadé hatte seine liebe Not mit ihnen. Übrigens war ihm auf der Reise ein Zugwind ins Gesicht gefahren, und so lautete der erste Brief, den er am 16. Dezember an seine Schwester schrieb, lediglich: *»Ich habe zahnwehe«*.

Zudem begann nach Dreikönig der Fasching, und Mozart mußte sich jeden Abend in einer anderen Gesellschaft herumreichen lassen. Besonderes Vergnügen machten im die Bälle bei Hofe, wo es prächtig genug herging und die Herrschaft ihn mit äußerster Gnade behandelte – eine Auszeichnung, von der er freilich nichts herunterbeißen konnte. Inzwischen kam der Tag der Uraufführung heran, es war der 13. Januar. Mozart hatte das Orchester und die Solisten notdürftig unter einen Hut gebracht, nach seinen Begriffen war es immer noch ein ziemlich zweifelhafter Genuß, aber Seeau, der die letzten Proben anhörte, glaubte vor einem künstlerischen Wunder zu stehen und umarmte den jungen Maestro zu unendlichen Malen.

Am Abend versammelte sich eine glänzende Gesellschaft im Theater. Im Parkett hatte der niedere Hofadel seinen Platz, aber in den zahlreichen Logen staffelte sich alles, was die Gnade genoß, zur Gesellschaft des kurfürstlichen Hauses zu gehören, nicht zu vergessen die auswärtigen Gesandten, von denen einer den anderen durch Prunk zu überbieten suchte. Mozart dirigierte nicht selbst; er hatte den Taktstock artigerweise dem Hofkapellmeister überlassen, um den Mann nicht zu kränken, und saß mit seinem Vater in der linken Orchesterloge.

Ihm gegenüber, im ersten Rang, war die Herzogin Maria Anna mit ihrem Kreis. Sie machte an diesem Abend nicht wenig Aufsehen, besonders bei dem österreichischen Gesandten Graf Hartig, der es für seine Pflicht erkannte, heute besonders aufzupassen, weil man in Wien der Meinung war, daß Mozart rechtenhalber nach Österreich gehöre: holte man ihn auch nicht nach Wien (weil ihn der Salzburger nicht gehen ließ), so sollte ihn doch auch kein anderer haben, vollends nicht die Bayern.

Hartig also ließ das Lorgnon nicht von den Augen.

»Was sagen Sie dazu, Exzellenz?« fragte eine leise Stimme hinter ihm.

Er wandte sich um und sah einen schwarzen Domino mit venezianischem Visier. Die Stimme schien ihm bekannt, aber er wußte doch nicht, wem sie gehörte.

»Wozu?« fragte er mit einer vertraulichen, aber etwas ratlosen Neugier zurück.

»Welche Personen treten bei *La finta giardiniera* auf?«

»Wieso? Die Oper hat noch nicht begonnen!«

»Aber das Theater, Exzellenz! Die vorgebliche Gärtnerin befindet sich unter den Zuschauern.«

»Wie meinen Sie das?«

»Das Gartenschlößchen hat sie freilich nicht mitgebracht, wohl aber ihren Anhang. Wen sehen Sie in der Loge der verwitweten Frau Herzogin? Geben Sie gut acht, Exzellenz: den Staatskanzler von Kreittmayr mit seinem platten Gesicht; den Oberbergrat von Lori; den Obersten d'Ancillon, der sich als Offizier besser in acht nehmen sollte, denn es kommen auch einmal andere Zeiten; den Geheimrat von Obermayer (merken Sie sich den Namen gut, Exzellenz!); den Grafen Seefeld; den Geheimrat von Goldhagen; natürlich den wackeren Hofrat Andre, den Bauernlümmel, der die leibhaftige Obstruktion hinter seiner treuherzigen Maske hat; und ganz in Hintergrunde der Loge den Benefiziaten Kirchmayr! Eine saubere Illuminatenbande, Exzellenz!«

»Was sagen Sie? Illuminaten?« fragte Hartig und war nahe daran sich zu bekreuzigen.

»Alles Illuminaten und Freimaurer, so wahr mir Gott helfe! Was tun sie bei der Herzogin? Die meisten von ihnen hätten ihren Platz im Parterre. Unbegreifliche Schwäche Seiner Durchlaucht, der Herzogin das hingehen zu lassen! Ein sauberer Verein, Greuel für jeden guten Katholiken – und für Österreich, Exzellenz!«

»Für Österreich?«

Hartig wandte sich um.

Die Maske war ebenso schnell und leise verschwunden, wie sie gekommen war. Er wollte aufstehen, ihr folgen – aber da begann die Ouvertüre, schicklicherweise mußte er sitzen bleiben. Ich werde diese Stimme wiederfinden! dachte er, der Mann scheint mehr zu wissen als ich. Notieren wir uns die Namen! Er zog sich ein wenig tiefer in die Loge zurück und kritzelte im Halbdunkel in sein Taschenbuch.

»Seyssel«, sagte drüben die Herzogin, »haben Sie das gesehen?«

»Recht genau, Durchlaucht.«

»Unsere Nase scheint nicht jedem zu gefallen. Wer war das?«

Die Seyssel beugte sich ganz dicht heran.

»Der?« fragte Maria Anna stirnrunzelnd, »gut, daß ich's weiß! Was er da mit dem Hartig hatte, sah aber nicht nach Beichthören aus.« –

Anderntags schrieb Mozart der Schwester:

»Gottlob! Meine *opera* ist gestern als den 13ten in *scena* gegangen; und so gut ausgefallen, daß ich der Mama den lärmen ohnmöglich beschreiben kann. Erstens war das ganze theater so gestrozt voll daß viele leute wieder zurück haben müssen. Nach einer jeden *Aria* war alzeit ein erschröckliches getös mit glatschen, und *viva Maestro* schreyen. S. Durchlaucht die Churfürstin, und die verwitwete, welche mir vis à vis waren, sagten mir auch bravo, wie die *opera* aus war, so ist unter der Zeit wo man still ist, bis der *ballet* anfängt, nichts als geglatscht und bravo geschryen worden; bald aufgehört, wider angefangen und so fort. Nach dem bin ich mit meinem Papa in ein gewisses Zimmer gegangen wo der Churfürst und der ganze hof durch Muß und hab s. D. den Churfürst und die Kurfürstin und den hoheiten die händ geküst, welche alle sehr gnädig waren. Heunt in aler frühe schickt S. fürstlichgnaden bischof in Chiemsee her, und läßt mir gratulieren, daß die *opera* bey allem so unvergleichlich ausgefallen ist. Wegen unserer

Rückreise wird es so bald nichts werden, und die Mama soll es auch nicht wünschen, dan die Mama weis ja wie wohl daß schnaufen tut — — wir werden Noch früh genug kommen. Eine rechte und notwendige Ursache ist, weil den künftigen freytag die *opera* abermahl gegeben wird, und ich sehr nothwendig bey der Production bin — — sonst würde Man sie nicht mehr kennen — — dan es ist gar kurios hier.«

Nach dieser Zeit starb Andres Vater. Der Hofrat wurde nach Rieden hinausgerufen und stand mit wehmütigen Gedanken an dem frischen Grabe. Hatte er nicht damals gesagt: er würde daheim sein, wenn es soweit wäre?

Jetzt war es soweit.

Seine alte Mutter, die zu dem schweigsam gewordenen Hofmann mit scheuer Liebe aufsah und ihn kaum noch »du« zu nennen wagte, sagte fragweis: »Jetzt gehört der Hof dem ältesten Sohn . . .«

»Und das bin ich.«

»Ja. Aber . . .«

»Freilich, Mutter!«

Undenkbar, daß er die Herzogin allein ließ. Undenkbar, daß er die sonderbaren Fäden, deren Anfänge und Enden keiner so genau kannte wie er, aus der Hand ließ, vollends jetzt, da die Augenblicke der Gefahr mit des Kurfürsten zunehmender Anfälligkeit immer näher heranrückten.

Aber den Hof lassen? Andre war mit dem Herzen viel zu sehr bei seiner Heimat, sein Bauernblut war viel zu zäh geblieben, als daß er diesen Gedanken überhaupt erwogen hätte. Nein, er war der Erbe und würde sein Recht keinem abtreten. »Sünden müß't ich mich fürchten, wenn ich das alte Vatersgut ließe!« sagte er. »Der Sebastian soll's für mich verwalten, bis — ja — — bis ich selber daherkomme; denn eines Tages wird das geschehen, ich weiß es. Aber nur nichts hergeben, was man hat, nur nichts hergeben!«

Sebastian, sein jüngerer Brüder, war heilfroh über diese Entscheidung. »Das und das sollte gerichtet werden«, sagte er, »und der Brunnen braucht ein neues Rohr. Wenn wir den Stall anbauen könnten, Hofrat? Das Vieh steht aufeinand. Und drüben am Rain wär' ein Stück Acker — *das* wenn wir hätten . . .!«

»Gut, gut«, antwortete Andre, »warum nicht?« Er nahm den Bruder beiseite. »Ich bin jetzt beinahe vierzig, Wastl. Heiraten werd' ich nicht. Was du tust, Bruder, und wie du den Hof hältst, das tust du für deine Kinder — wenn du welche kriegst.«

»Da feit si nixn!« grinste der Wastl und patschte sich auf den Schenkel.

»Also: das Geld für die Umbauten schick' ich euch, und einen tüchtigen Mann dazu, der mir den Hof so herrichtet, daß ich einmal in meinen alten Tagen dasitzen kann, behaglich, und nicht wie ein Austrägler. Und vergiß nicht, Wastl: du bekommst alles — aber so lange ich lebe, gehört's mir! Verstanden?«

»Jawohl, Hofrat!« sagte der andere. »Aber wenn du doch heiratest?«

»Das werden wir dann schon sehen. Ich glaub's nicht. Es gibt Dinge ...«

»Ah ...!« sagte der Wastl verständnislos. »Sind dir die Weiber bei uns vielleicht zu geschert?«

»Nein. Aber laß gut sein. Kümmer' du dich um deine Sachen. Und du: Hör auf die Mutter, verstehst? Sonst kriegst es mit mir zu tun, und ich rauch' keinen Guten, wenn's drauf und dran kommt.«

Welcher Teufel hat die Finger in diesem Spiel! knurrte Kaunitz Er lag noch im Bett, hatte seine Schokolade getrunken und gesundheitshalber eine jener besonderen Latwergen gegessen, die eigens für ihn in Paris bereitet wurden und die er durch einen Sonderkurier dort abholen zu lassen pflegte. Seine Hand, mit einer langen Depesche aus Mannheim, sank auf die Bettdecke.

Es geht und geht nicht! Der Pfälzer hält uns hin, wagt keine Entscheidung. Gut. Wenn gar nichts hilft, so muß man eben einen Rechtsstandpunkt finden. Wozu wäre das Recht sonst da?

»Casalbigi!« Der Fürst klingelte. Sein Sekretär Casalbigi trat ein — huschte, glitt lautlos herein, erschien. »Casalbigi, mir hat geträumt, es bestünden Erbverträge zwischen Österreich und Bayern, wonach — im Falle eines Aussterbens des regierenden Kurhauses — gewisse Teile Bayerns (wo nicht das ganze) an Habsburg fallen!«

»Merkwürdig«, sagte Casalbigi recht mephistophelisch, »mir hat dasselbe geträumt, Durchlaucht. Mehr noch: ich ging — im Traume! — durch das Haus- und Staatsarchiv und suchte die Verträge, und —«

»Geben Sie her!«

»Was, Durchlaucht?«

»Die Verträge!«

Der Sekretär schüttelte trostlos den Kopf: »Leider, leider waren keine aufzufinden!«

»In Ihrem Traume?«

»In meinem Traume, Durchlaucht.«

»Nun, das tut nichts. Träume sind Schäume, Casalbigi. In Wirklichkeit sind diese Verträge zweifellos vorhanden.«

»In Wirklichkeit?«

»Allerdings! Wozu besolden wir ein Regiment Archivare und andere gelehrte Perückenstöcke? Das wäre! Sie gehen sofort zum Präsidenten des Staatsarchivs und erklären ihm in meinem Namen: wenn die bewußten Verträge nicht binnen vierzehn Tagen gefunden sind, wird er pensioniert. Sind sie aber da, so werde ich eine Gehaltsaufbesserung für ihn durchsetzen.«

»Ich bin überzeugt, daß man etwas findet!« nickte der Sekretär.

»Etwas Stichhaltiges!«

»Stichhaltig, gewiß. Freilich kommt es darauf an, *wessen* Stich im Ernstfall auszuhalten wäre . . .«

»Gehen Sie und überlassen Sie die europäische Politik mir!« sagte Kaunitz geärgert.

Der Sekretär entschwand.

Am selben Nachmittag begab sich Kaunitz in die Hofburg, zu einer von jenen Konferenzen, denen Maria Theresia immer schweigender zuhörte, während der junge Kaiser immer mehr und heftiger redete.

»Irgendwer pfuscht uns in die bayerische Angelegenheit!« erklärte Kaunitz. »Wir kommen nicht mehr von der Stelle. Karl Theodor schwankt zwischen zwei Parteien: zwischen uns und den anderen, die man nicht kennt.«

»Die Herzogin?«

»Höchstwahrscheinlich, aber nicht zu fassen, Majestät!«

»Man muß es aber herausbringen!«

»Sehr richtig. Da unsere ordentlichsten Köpfe versagt haben, gehört ein außerordentlicher ins Spiel.«

»Der wäre?«

»Ich komme auf Eurer Majestät früheren Plan zurück«, sagte Kaunitz lächelnd, »eine Inkognitoreise nach München würde manches aufhellen.«

Der Kaiser wurde rot. Daß ihn Kaunitz dermaßen aufs Glatteis schickte, hatte er nicht kommen sehen. Der Kanzler wollte ihn an der Verantwortung beteiligen, und er war ihm in die Falle gegangen. »Meinen Sie wirklich?«

»Der Vorschlag ist von Eurer Majestät selber!«

»Das weiß ich, indessen –«

Maria Theresia bemerkte grämlich und voll Besorgnissen: »Ihr brockt uns da eine Suppe ein, die meine Regimenter werden auslöffeln müssen. Aber es tut mir leid um jeden österreichischen Soldaten. Und was kriegt ihr schon? Einen mageren Landfetzen, wenn' gut geht – Hiebe, wenn's schlecht geht. Nein, Kaunitz. Er ist ein unruhiger Kopf und sollte den Kaiser nicht zu Abenteuern verleiten. Ich jedenfalls will meine Hände nicht darin haben.« Sie stand auf und verließ verärgert das Zimmer.

»Meine Mutter wird alt«, sagte Josef hinter ihr her, »wir werden die Sache allein machen müssen, Fürst. Preußen wächst und wächst – wenn wir stillstehen, werden wir kleiner. Das Gleichgewicht verschiebt sich. Es muß etwas geschehen. Ich fühle es: ich habe Aufgaben!«

»Die allergrößten!« antwortete Kaunitz bereitwillig und mit einem bewundernden Augenaufschlag. »Vorerst allerdings die eine: nach München zu reisen!«

Der österreichische Gesandte in München, Graf Hartig, an Kaunitz, 4. April 1777:

»Euer fürstl. Gnaden solle anmit pflichtschuldigst anzuzeigen nicht verweilen, daß Se. Röm. Kaiserl. Majestät unter dem beliebten Namen eines Grafen von Falckenstein gestern nachmittags nach sechs Uhr im strengsten Inkognito und höchstbeglücktestem Wohlseyn in hiesiger Stadt angekommen und in dem der kurfürstlichen Residenz nächstgelegenen Gasthof zum goldenen Hirschen abzusteigen geruht habe. Nachdeme allerhöchst selbe die Kleidung gewechselt hatten, geruhten Sie, sich noch um 8 Uhr in meiner Begleitung in die kurfürstliche Residenz zu erheben, woselbst eine Kammermusik und Spiel im appartement der Frau Kurfürstin, sodann gegen 9 Uhr Souper von 18 Couverts gehalten wurde, um 10¼ Uhr hingegen verfügte Allerhöchstselbe sich wieder in dero Quartier zurück, worauf Sie sich sogleich retirierten.«

6. April 1777:

»Vormittags in Schleißheim mit dem Kurfürsten, mittags Ein Uhr gaben Allerhöchstselbe der verwitweten Frau Herzogin in Bayern einen freundschaftlichen Besuch in der Herzog-Maxischen Residenz, worauf Sie bey Hofe das Mittagsmahl einnahmen. – Heute Früh 6¼ Uhr geruhten Allerhöchstselbige in der Michaelhofkirche dem heiligen Meßopfer beizuwohnen und reiseten danach in höchstbeglücktem Wohlseyn von hier ab. Die hiesigen höchsten Herrschaften, der Adel und das ganze Publikum sind während des kurzen Aufenthalts Ihrer Röm. Kaiserl. Majestät in hiesiger Residenzstadt von unaussprechlicher Freude belebt und von der alle Vorstellung übersteigenden Huld und Gnade dieses allerhöchsten Monarchen bis auf das Innerste gerührt worden.« –

Nach seiner Rückkehr sagte der Kaiser zu Kaunitz: »Eine widerliche, stupide, zugeknöpfte Bande in München! So viel Treuherzigkeit vorn und so viel Verschlagenheit auf der Kehrseite! – Diese Herzogin! Daß sie mich nicht vor lauter Liebe gefressen hat, ist ein Wunder – und dabei ließ sie mich keine Minute aus den Augen! Sie hat mich mit einer Horde von Intriganten umgeben, die jeden Schritt wie Bluthunde beschnüffeln. Das schlimmste, Kaunitz, ist: sie hat den Kurfürsten, ohne daß er's weiß, völlig am Seil! Sie ist ihm unentbehrlich, das versichert er ein übers andere Mal. Nein, da ist im Guten nichts auszurichten, wahrhaftig! Bearbeiten Sie den Pfälzer – nur auf diesem Wege läßt sich vielleicht etwas erreichen. Versäumen Sie nichts!«

»Es sind gewisse Erbverträge gefunden worden, Majestät, aus denen sich mit einiger Geschicklichkeit wohl Ansprüche ableiten ließen ...«

»Warum sagen Sie das so zaghaft?«

»Weil diese Ableitungen, gelinde ausgedrückt, Schwierigkeiten machen. Die Kaiserin hat sich darüber bereits Vortrag halten lassen und geäußert, unsere Ansprüche seien danach veraltet und wenig bewiesen.«

»Wörtlich?«

»Wörtlich!«

»Um so eifriger müssen wir arbeiten, Kaunitz. Eines Tages wird es zu spät sein, dann haben wir das Nachsehen.«

Der Staatskanzler verbeugte sich.

Im Sommer dieses Jahres wurde dem Minister Matthäus von Vieregg in Mannheim eine Dame gemeldet: sie komme von München und habe auf der Durchreise nach Paris einiges Wichtige mitzuteilen. Als Beglaubigung überbrachte sie ein Schreiben des Geheimrats von Lori, in dem Vieregg gebeten wurde, die Überbringerin, Gräfin Seyssel, freundlich zu empfangen.

Der Minister, der eine angejahrte Hofduenna vermutet hatte, war aufs angenehmste überrascht, eine junge, hübsche und sehr elegante Frau in sein Arbeitskabinett eintreten zu sehen.

»Es hätte einer so warmen Empfehlung des vortrefflichen Herrn von Lori nicht bedurft«, sagte er mit wohlwollendem Schmunzeln, »um mir Ihre Gesellschaft wünschenswert erscheinen zu lassen! Wie kann ich Ihnen dienlich sein, Gräfin? Und vor allem: wie befindet sich Seine Durchlaucht, der Kurfürst?«

»Nicht eben zum besten!« antwortete sie.

»Ich erschrecke!« sagte er, plötzliche Spannung in den Augen. »Die Nachrichten, die wir regelmäßig aus München erhalten, ließen dergleichen nicht ahnen!«

»Der Kurfürst ist auch nicht etwa krank. Aber er wird von Monat zu Monat mehr geplagt durch ein gewisses gichtiges Reißen, das ihm das Leben sauer macht. Exzellenz würden sich wundern, wie er gealtert ist – jeder merkt es, nur eben er selber nicht, und man darf es ihm nicht sagen; denn der Kurfürst, schon von Kindesbeinen an von sehr zarter Gesundheit, ist in diesem Punkte ungemein ängstlich und leicht verstimmt. Überdies: welche Entscheidungen mit seinem etwaigen Ableben verbunden sind, wissen Sie besser als ich. Kein Wunder, daß Seine Durchlaucht stets in geheimer Sorge lebt.«

»Ich verstehe Sie zwar nicht ganz«, erwiderte Vieregg mit einem harmlosen Kopfschütteln, »aber man sagt ja, daß es die hervorragendste Eigenschaft tüchtiger Minister sei, nichts zu wissen.«

»Leider bin ich nicht vertraut genug mit Eurer Exzellenz, als daß ich Ihnen Komplimente machen dürfte.«

»Zweifellos wäre das Komplimentemachen meine Aufgabe, indessen –«

»Indessen, da es zuviel Zeit kostet und ich hier niemandem lästig fallen darf, wollen wir's beiderseits bleiben lassen oder als geschehen betrachten.«

»Ihr Anliegen?«

»Durchaus kein Anliegen, Exzellenz, sondern ein Auftrag von besonderer Seite. Die Post ist heutzutage ein unsicheres Beförderungsmittel...«

»Das weiß der Himmel!« seufzte Vieregg. »Sollte aber eine hübsche Frau in der Tat verläßlicher sein?«

Die Seyssel schwieg einige Augenblicke und sah ihn scharf an. Da er es jedoch bei dieser Frage bewenden ließ, sagte sie schließlich: »Man hat, glaube ich, Proben davon, und ich wäre vielleicht sogar bereit, Ihnen welche zu geben; aber alles zu gehöriger Zeit. Kurz! Die gewissen Anträge, die Ihrem Herrn seit langem von Österreich nahegebracht werden –«

Der Minister machte sein erstauntestes Gesicht, konnte aber seine Bestürzung doch nicht ganz verbergen. »Anträge? Meinem Herrn? Von wem, sagen Sie? Welche Anträge, beste Gräfin? Von wem, um Himmels willen, sprechen Sie?«

»Sie stellen es in Abrede?«

»Ich verstehe Sie überhaupt nicht! Mein Ehrenwort, ich weiß nicht, was Sie meinen! Sollten Sie aber, wie mir fast scheint, auf irgendwelche Dinge zielen, die das Licht zu scheuen haben, so stelle ich freilich alles in Abrede.«

»Wahrhaftig!«

»Erzählen Sie mir doch, was sich hier zugetragen haben soll! Sie werden mir damit den größten Dienst erweisen!«

»Ich habe keine Veranlassung dazu, Exzellenz! Es kann nicht meine Sache sein, den geschäfteführenden Minister eines Landes davon zu unterrichten, was in der Politik dieses Landes vorgeht. Es wird mir nichts übrigbleiben, als beim Kurfürsten um eine Audienz –«

»Ich schwöre Ihnen, der Kurfürst weiß ebensowenig wie ich –«

»Sonderbare Gegend«, sagte die Seyssel, »und schade um so viel kindliches Gemüt! Sie werden Ihre Ahnungslosigkeit eines Tages bitter bereuen.«

»Aber Ihr Auftrag?«

»Ist gegenstandslos, da er offenbar auf einem Irrtum begründet ist.«

Vieregg lief nervös ans Fenster und tupfte sich die Stirn trocken. Er war in eine Sackgasse geraten.

Die Seyssel dachte: gleich wird er sich wie ein Käfer auf den Rücken legen und sich totstellen!

»In der Tat«, sagte Vieregg, »Sie dürfen es mir nicht verübeln, wenn ich eine Unterredung über Dinge ablehne, von denen ich nichts weiß! Die Gesinnung des kurpfälzischen Hofes gegen München ist dort bekannt genug, als daß ein Mißverständnis sollte eintreten können.«

»Gewiß! Falls Sie jedoch, Exzellenz, in den Akten zufällig etwas finden, was Sie ins Bild setzt – – ich logiere im ›Stern‹, ein Billett genügt.«

»Verbunden, außerordentlich verbunden!« murmelte Vieregg.

Die Gräfin ging.

Er ließ sogleich anspannen und fuhr in hellster Aufregung zu Karl Theodor, um Bericht zu erstatten.

Es gab eine üble Szene, der Kurfürst sparte nicht mit deutlichen Ausdrücken. »Was also hat die Person gewollt?«

»Vielleicht uns warnen! Vielleicht ihre Dienste anbieten! Vielleicht aber auch uns eine Falle stellen! Wer kann das wissen?«

»*Sie* könnten es wissen!« schrie ihn der Kurfürst an. »Vielmehr, Sie *sollten* es wissen! Hab' ich Minister oder Esel in meinen Diensten? Ungeheuerliche Dummheit! Läßt das Frauenzimmer laufen, wohin sie will! Erinnern Sie sich noch, mein Herr, was Sie mir neulich über diese Delft berichtet haben, die gelegentlich den Briefwechsel zwischen Preußen und München besorgt?«

»Man hat ihr nichts nachweisen können, Durchlaucht ...« stotterte Vieregg.

»Nachweisen! Nötigenfalls wird es mir hoffentlich erlaubt sein, meine Untertanen auch ohne Nachweis aufhängen zu lassen! Und mit Ihnen, Vieregg, möcht' ich den Anfang machen!«

»Mein Kopf steht Euer Durchlaucht zur Verfügung!«

»Behalten Sie ihn«, sagte der Kurfürst, kälter werdend, »ich habe keine Verwendung für unbrauchbare Gegenstände. — — Die Gelegenheit, sich zu rehabilitieren, ist da. Vorgestern soll ein Kurier aus Berlin an die Delft abgegangen sein, als Schauspieler verkleidet. Er muß spätestens heute eintreffen. Lassen Sie ihn seine Sachen bei der Person abliefern, und verhaften Sie sie zwei Minuten später. Außerdem bringen Sie diese Gräfin Seyssel her, aber auf anständige Manier!«

Der Minister schlotterte von dannen und fuhr in seine Kanzlei, wo er mit dem Polizeidirektor eine hastige Unterredung hatte.

Die Seyssel jedoch war keineswegs in den »Stern« gefahren. Sondern sie schwamm zu dieser Stunde bereits auf einem hübschen Boot den Rhein hinunter und befand sich schon im Gebiet des Bistums Worms. In ihrer Gesellschaft war ein schauspielerhaft aussehender Mensch, mit dem sie übrigens nur wenig Worte wechselte: »Sage Er oben: daß man keinerlei Post mehr über Mannheim schicken soll! Wär' ich nicht schneller gewesen als Er, so hätt' es das schönste Unglück gegeben. Gut, daß ich den Minister so lange hinhalten konnte! Was wäre aus Ihm geworden, wenn man Ihn abgefangen hätte? Denn daß er mit seiner Unteroffiziersstimme ein Schauspieler ist, würde nicht einmal der Vieregg glauben! Bei der Delft mögen sie ruhig suchen, die ahnt nichts.!«

In Mannheim zerbrachen sie sich tagelang die Köpfe, was diese merkwürdige Gräfin eigentlich gewollt hatte. Aber das stellte sich erst viel später heraus. Einstweilen zog man aus den geheimnisvollen Andeutungen die Lehre, daß größte Vorsicht geboten sei. Karl Theodor zögerte eine entschiedene Antwort auf die österreichischen Angebote so lange hinaus, bis Kaunitz einsah, daß er auf diesem Wege niemals weiterkommen würde. Also mischte er die mühevoll ausgegrabenen Erbverträge in das Spiel und ließ durchblicken, daß die daraus abgeleiteten Ansprüche auf einen großen Teil Bayerns in dem Augenblick würden geltend gemacht werden, in dem Karl Theodor die Herrschaft anträte; es sei demnach empfehlenswert, sich bereits *vorher* gütlich darüber zu einigen, denn *nachher* würde Habsburg seine Zeit nicht mehr mit Verhandlungen vertrödeln, sondern die strittigen Gebiete kurzerhand besetzen — — ob der Kurfürst es wirklich auf einen Krieg zwischen Bayern und Österreich wolle ankommen lassen?

Karl Theodor liebte ein gutes Leben und alle Künste — nichts war ihm mehr zuwider als der Gedanke an ein Feldlager und einen Krieg, den er übrigens — so viel stand fest — verlieren würde.

Endlich hatte also Kaunitz die Grundlage gefunden, auf der er seinen Plan stufenweise ausführen konnte.

Und damit sah sich die bayerische Patriotenpartei, versammelt um die Herzogin, plötzlich vor einem Rätsel. Denn offenbar waren zwischen Mannheim und Wien neue Verbindungsmöglichkeiten ausgeheckt worden. Die Spionage versagte mit einem Schlage. Die Post beförderte nichts mehr, außer den harmlosesten Sachen. Auch aus Preußen, das seine Gründe hatte, Wien im Auge zu behalten, erfuhr man nichts mehr. Andre, Obermayer, Lori und ihre Freunde versuchten alles, um hinter das neue Geheimnis zu kommen — vergeblich!

»Vielleicht«, sagte die Herzogin, »gibt es kein Geheimnis mehr! Vielleicht sind die Verhandlungen endgültig gescheitert, und die Gefahr ist vorüber!«

Der Oberst Ancillon schüttelte den Kopf. »Kaunitz ist nicht der Mann, eine Idee fallenzulassen!«

»Vielleicht doch!« Die Herzogin war eine Frau, eine sehr streitbare zwar, aber doch eben eine Frau: Sie neigte dazu, sich schönen Träumen hinzugeben und an Erfolge zu glauben, weil sie sie wünschte. Die Männer, die zu ihren Vertrauten gehörten, waren vorsichtiger.

Am 8. Dezember war in München das Georgiritterfest: nach einem feierlichen Gottesdienst fand große Galatafel und daranschließend Cour in der Residenz statt. Max Josef, der sich in der schlecht geheizten Hofkirche ein wenig erkältet hatte, zog sich von diesen Veranstaltungen so bald wie möglich zurück. Mit dem alten Fürsten Czaska spielte er noch eine Partie Billard und machte währenddessen die Bemerkung, daß er sich ziemlich zerschlagen fühle.

»Das hat nichts zu sagen, Durchlaucht!« erwiderte Szaska mit der besten Absicht, ihn zu beruhigen. »Das Wetter ist übel, alle Welt klagt über dies und das, keiner will ganz gesund sein. Dabei ist's ein Glück, wenn einem nur so wenig fehlt! Viele sind wirklich krank. Durchlaucht werden sich an meine Nichte erinnern, die Marquise von Riva?«

»Ja, ja ...«, sagte der Kurfürst voll Unbehagen, »ein bildhübsches Mädchen. Was ist mir ihr?«

»Ihre hübsche Haut kann sie, mit Verlaub zu sprechen, an den Nagel hängen: sie hat die Pocken!«

»Wirklich die Pocken?«

»Gewißlich – vor einer Stunde noch war ich bei ihr!«

»Im Zimmer?«

»Sicherlich! Das arme Ding sieht jämmerlich genug aus, über und über voll Blattern – – –«

Der Kurfürst wurde blaß, legte den Billardstock hin und ging wortlos hinaus.

Ein sehr empfindsamer Herr! dachte der alte Czaska verblüfft. Mir scheint, da hab' ich eine Dummheit gemacht. Daß man doch niemals das Maul halten kann!

Anderntags in aller Frühe wurde der Leibmedikus zum Kurfürsten befohlen.

»Senftl«, sagte Max Josef, »mir ist nicht sonderlich wohl. Aber auf heute ist eine Hirschjagd angesetzt. Meint Er, ich könnte von der Partie sein?«

Der Arzt erklärte, daß tüchtige Bewegung und frische Luft ein gutes Mittel gegen die geringe Unpäßlichkeit sein würden. Die Jagdgesellschaft zog aus, aber noch ehe man die Forsten erreicht hatte, versetzte ein kleiner Unfall eines Reitburschen den Kurfürsten, der den Sturz mit ansah, in ein so heftiges und sonderbares Zittern, daß er sofort umkehrte. Das ständige Frösteln und eine zunehmende Schwäche hielten den ganzen Tag an. Am 11. Dezember, da sich das Befinden nicht besserte, wurde ein Ärztekonsilium abgehalten, das sich in nicht weniger als drei Parteien spaltete: die einen glaubten an einen gewöhnlichen Katarrh, die andern an Masern, die dritten an Pocken. Am 17. gab es keinen Zweifel mehr: die echten Pocken waren ausgebrochen. Senftl erklärte jedoch: die Sache sei kaum der Rede wert.

Aber der Kurfürst, der seine Anfälligkeit nur zu gut kannte, äußerte: dies werde gewiß seine letzte Krankheit sein. Der Arzt schalt ihn darum aus.

Am 28. Dezember liefen die eiternden Pocken zusammen, es

zeigte sich eine Entzündung, die unverkennbar brandig wurde. Zwei Tage später mußte der alte Senftl zusehen, wie man als letztes Mittel den Bischofsstab des heiligen Benno an das Bett des Kranken brachte: die Umgebung des Kurfürsten, einsichtiger als der Arzt, erkannte, daß hier nur noch ein Wunder helfen könne. Überall in München fanden Bittprozessionen statt, Bennobilder wurden umhergetragen – allein das Wunder blieb aus. Der Leibmedikus schlich sich vom Bett des Sterbenden nach Hause: er hatte Grund genug zu der Befürchtung, das Volk werde ihn umbringen.

Am 30. Dezember 1777, mittags, starb Max Josef.

III

Vierundzwanzig Stunden nach dem Tode des Kurfürsten, am Silvestertag des Jahres 1777, ritt ein Oberst mit zwei Trompetern durch die Straßen der Stadt. An den belebten Ecken und auf allen Plätzen hielt er an und machte durch Ausruf kund: daß Seine kurfürstliche Durchlaucht zu Pfalz als einziger und rechtmäßiger Erbfolger in die gesamten bayrischen Lande und Kurrechte eingetreten sei.

Maria Anna, die der Bekanntmachung von einem Fenster der Maxburg aus zuhörte, wandte sich unwillig zu ihrem Hausgeistlichen, dem Pater Kirchmayr: »Eilig hat's unser durchlauchtigter Schwager, das muß man sagen! Die Todesnachricht kann ihn noch nicht erreicht haben, und schon läßt er seine Rechte verkünden. Ja, 's ist eine kuriose Sache um das Erben. Dabei gibt es niemanden, der ihm das Erbe anstreitet! Bayern läuft ihm nicht davon – zu fürchten ist nur, daß er Bayern davonläuft.«

Der Finanzminister Hompesch trat hastig ein. »Hoheit –«

»Ich hör's schon«, antwortete sie verdrießlich, »alles muß gut vorbereitet gewesen sein. Der Seinsheim scheint sich mit dem neuen Herrn gleich auf guten Fuß stellen zu wollen – wohl bekomm's ihm!«

»Noch mehr! Als ich gestern mittag – noch vor dem Hintritt des Höchstseligen – bei dem Grafen Seinsheim vorsprach, um über die etwa notwendigsten Maßnahmen zu beraten, lagen da auf seinem Tische allerhand Erlasse an die Ministerien, ausgefertigt bis zum Datum und unterschrieben von Seiner Durchlaucht Karl Theodor!«

»Eine lobenswerte Ordnung und Voraussicht, Hompesch! Ja – der wird euch Mores lehren. Was tun wir?«

»Vielleicht könnte der Hofrat Andre –«

»Nein«, sagte Maria Anna und schnippte ihm mit den Fingern unter der Nase, »der Hofrat Andre könnte nicht! Weil er nämlich gar nicht in München ist!«

»Sondern?« fragte Hompesch erstaunt. Denn daß der unentbehrliche Andre in diesen entscheidenden Tagen nicht bei der Herzogin war, wollte ihm nicht in den Kopf.

Sie sah auf die Uhr. »Meiner Schätzung nach muß er augenblicklich noch drei, vier Stunden von Mannheim sein. Ich hab' ihn hingejagt, damit er dem Kurfürsten die Todesnachricht überbringt und ihm zugleich zu verstehen gibt, wie pünktlich, eifrig, treubesorgt und loyal wir sind. Denn es wäre immerhin möglich, daß dem neuen Herrn von gewisser nachbarlicher Seite zugeflüstert worden ist, wir trügen keine sonderliche Ergebenheit gegen ihn. Aber kann man ergebener sein, als sich mitten im Winter die Beine nach ihm ablaufen?«

Hompesch lachte schallend: »Das nenn' ich einen Streich!«

»Und sind sehr im Irrtum damit! Ich hab's nicht als Streich gedacht. Sondern will der Kurfürst dem Lande ein guter Herr sein, so sind wir wahrhaftig die ersten, die ihn lieben.«

Der Minister warf dem Pater Kirchmayr einen Blick zu: die beiden waren nicht so hoffnungsfroh wie die Herzogin. –

An diesem Silvesterabend fand in der Schloßkirche zu Mannheim der übliche Jahresschlußgottesdienst statt. Karl Theodor saß in seiner Hofloge; er hörte, behaglich vor sich hinduselnd, dem eintönigen Plätschern der Predigt und dem figurenreichen Gesumm der Orgel zu und betrachtete das vergoldete Schnitzwerk des Hochaltars, der, von den schönsten Wachskerzen erhellt, in geheimnisvoll bräunlichem Schimmer gegen das Bogenwerk hin verdämmerte. Weihrauchduft mischte sich mit dem Geruch des alten Holzes und den kaum sichtbaren Wölkchen, die von den Kerzen aufstiegen und ein feines Gewebe nebelnder Fäden zwischen die Schnörkelsäulen spannten – eine eigenartige Stimmung, die, Gott weiß auf welchen Gedankenirrgängen, Seine Durchlaucht zu der deutlichen Vorstellung bewogen, daß es nachher einen getrüffelten Truthahn und ein Haydnsches Kammerquartett gäbe, Dinge, die man sich am Ende eines mit Arbeit und Aufregungen erfüllten Jahres wohl gönnen durfte.

Jedoch hatte der angenehme Wahrtraum noch nicht den genußreichsten Grad seiner Deutlichkeit erreicht, als der Oberhofmeister ihn mit tunlichster Schonung verwesenloste, indem er Seiner Durchlaucht leise, aber mit spürbarer Gemütsbewegung ins Ohr flüsterte, soeben sei ein dringlichster Kurier von München eingetroffen, der darauf bestehe, Allerhöchstdenselben sofort zu sprechen.

Mit einem hoffnungslosen Seufzer ließ Karl Theodor die zerflatternden Reste des Truthahns fahren und nahm die Bürde der Gegenwart wieder auf sich.

Im Vorraum fand er einen großen, ziemlich beleibten Mann, gestiefelt, im schwarzen Mantel und mit allen Zeichen einer höchst beschwerlichen Reise.

Karl Theodor winkte einem Lakaien, dem Fremden ins Gesicht zu leuchten.

»Ah!« lachte er nach einem scharfen Blick, »der Hofkammerrat Andre, wenn mich mein Gedächtnis nicht täuscht? Bringen Sie mir die zweite Flasche jenes Siebzehnhundertelfers?«

»Zu dienen: leider nein, Durchlaucht!« erwiderte Andre. »Etwas so Trauriges hingegen, daß ich fast Bedenken trage, Euer Durchlaucht ohne Vorbereitung Mitteilung davon zu machen.«

Der Kurfürst, aufrichtig erschrocken, trat einen Schritt zurück. »Ich will nicht hoffen, daß Ihr Besuch mit den schlechten Nachrichten zusammenhängt, die mir seit zwei Wochen aus München –«

»Allerdings, Durchlaucht –!«

Nur die Kerzen knisterten.

»Wann?«

»Gestern mittag.«

Karl Theodor ließ den Kopf sinken und faltete unwillkürlich die Hände. »Zu früh ...« murmelte er, »viel zu früh ...«

Nach dem Souper – er betrachtete den getrüffelten Truthahn mit einer gewissen Erbitterung gegen das Schicksal – zog sich der Kurfürst in sein Kabinett zurück; bei ihm blieben der Minister von Vieregg und der Hofrat Andre. Er ließ sich die letzten Tage in München ausführlich schildern und war ungewöhnlich wohlwollend gegen den Rentmeister der Herzogin. »Wer hätte das gedacht, als ich damals in München war! Und wie, glauben Sie, ist die Stimmung?«

»Als ich die Stadt verließ, herrschte dort natürlicherweise die größte Trauer und Bestürzung. Der Kurfürst war ungemein populär. Mit um so größeren Erwartungen sieht man Euer Durchlaucht entgegen, überzeugt, daß das Erbe des Verblichenen in die treuesten Hände kommen wird.«

»Wahrhaftig!«

»Selbstverständlich muß der Regierungsantritt einer neuen und

im Lande unbekannten Linie des Hauses Wittelsbach zunächst eine gewisse – Aufmerksamkeit bewirken, die sich jedoch sicher sogleich beheben wird, wenn der Bürger sieht, daß keine wesentlichen Veränderungen eintreten. Die Zustände sind durch eine sparsame und friedliche Herrschaft in guter Ordnung – alles, was das Volk sich wünscht und wünschen kann, ist eine ungestörte Weiterentwicklung.«

»Man hat mir jedoch mehr als einmal mitgeteilt«, sagte Karl Theodor, ohne aufzublicken, »daß man meiner Person in München mit Mißtrauen begegnet.«

»Sollte dies hier und da wirklich der Fall sein, was ich aber kaum glaube«, erwiderte Andre ruhig, »so wird es Durchlaucht leicht sein, dieses Mißtrauen zu zerstreuen, es ist dazu weiter nichts nötig als jene Ruhe und freundliche Beharrlichkeit, die dem Volke zeigt, daß man sein Bestes will.«

»Wir werden uns bemühen!« sagte der Kurfürst ohne Ironie. »Vieregg! Mir scheint, daß es empfehlenswert ist, wenn ich augenblicklich nach München abgehe!«

Der Minister verbeugte sich.

»Ordnen Sie also an, daß wir morgen mit dem frühesten aufbrechen. Sie, mein lieber Andre, dürften von Ihrer Parforcereise, für die ich mich bei Gelegenheit erkenntlich zeigen werde, rechtschaffen müde sein. Fassen Sie die Tatsache, daß ich Sie noch so lange mit Fragen gequält habe, als Beweis meines Willens auf, dem bayrischen Lande nach bestem Gewissen zu dienen. An guten Freunden wird es mir in meiner neuen Residenz nicht fehlen, ich denke da insbesonderheit an meine Schwägerin, die sich schon seinerzeit so überaus liebevoll um mich bekümmert hat. Eine der vortrefflichsten Frauen, die ich kenne! Sie wird mir jetzt doppelt wertvoll sein. Und nun darf ich Sie keinen Augenblick länger aufhalten, schlafen Sie recht wohl!«

Während Andre sich in sein Zimmer führen ließ, lauschte er noch auf den Ton dieser letzten Worte des Kurfürsten und bemühte sich, zu ergründen, ob nur Ehrlichkeit darin gelegen habe. Er kam aber zu keiner Klarheit.

Karl Theodor und sein Minister blieben noch lange beisammen.

»Das ist die fatalste Geschichte, die mir je begegnet ist!« sagte der Kurfürst. »Noch steht nichts fest – oder doch, Vieregg, eines steht fest: daß meine guten Tage vorbei sind! Alles übrige aber ist in einem heillosen Durcheinander. Die Verträge mit Wien sind noch nicht abgeschlossen. Noch könnten wir zurück!«

Der Minister schüttelte erschrocken den Kopf. »Unmöglich,

Durchlaucht! Alles ist paraphiert, unser Resident in Wien wartet nur auf den Befehl zur Unterzeichnung! Was sollte Österreich von uns denken, zögen wir uns jetzt noch zurück? Es würde sofort und unfehlbar in Bayern einmarschieren – – wollen Euer Durchlaucht wirklich dero Regierung damit beginnen, daß Sie fremde Truppen ins eigene Land rücken lassen und einen Krieg verlieren?«

»Lassen Sie mir Bedenkzeit bis morgen. Immerhin soll ein Kurier bereit sein, nach Wien zu gehen.«

Vieregg verbrachte die beklommenste Nacht seines Lebens: er und der kurpfälzische Resident von Ritter in Wien hatten aus der kaiserlichen Kasse bereits zweimalhunderttausend Gulden Douceur bekommen – in Anerkennung ihrer Verdienste um den Vertrag.

Karl Theodor brach im Morgendunkel des Neujahrstages auf und traf nach einer rastlosen Reise bereits am 2. Januar in München ein.

Hartig an Kaunitz:

»Beim Empfange des Kurfürsten waren auch die beiden Ministres der Höfe von Versailles und London anwesend; diese begaben sich eine Zeit vorher zu der verwitweten Frau Herzogin und sind mit höchstselber sogar bis zur Stiegen dem neu angekommenen Kurfürsten entgegengegangen. Ich hingegen habe eine mich befallene Unpäßlichkeit vorgewendet und pflege fortan in meiner gesandtschaftlichen Wohnung mich ruhig zu halten. Höchstgedacht der Herr Kurfürst haben gleich nach Ihrer Ankunft vorerst den hiesigen geheimen Kanzler von Kreittmayr und die geheimen Räte Obermayer und Lori zu sich rufen lassen, mit dem Herrn Grafen von Seinsheim hingegen beinahe gar nichts gesprochen. Die ernste Miene des Herrn Kurfürsten Karl Theodor ist in Nebenhaltung des höchst gütig und populären Wesens des höchstseligen Kurfürsten Max Josef sehr auffallend und hat sogleich das hiesige Ministerium und den Adel ungemein darniedergeschlagen. Der mittlere Stand bleibt aber dabey in seiner Gleichgültigkeit, die Bürgerschaft und der gemeine Mann hingegen zeigen ihre Unzufriedenheit ziemlich zurückhaltend.«

Eine größere Überraschung als dieses Verhalten Karl Theodors bei der Begrüßung seiner neuen Ratgeber ließ sich nicht denken! Er hatte den Grafen Seinsheim nahezu geschnitten, dessen Hinneigung zu Habsburg bekannt war; der österreichische Gesandte war gezwungen gewesen, eine diplomatische Krankheit zu bekommen; die Herzogin mit den ersten Stützen ihrer wienfeindlichen Partei hatte durchaus im Vordergrund gestanden und war ostentativ ausgezeichnet worden!

Was sollte das heißen?

Maria Anna hatte selten einen glücklicheren Tag erlebt, und auch ihre sonst so vorsichtigen Freunde neigten unter dem Eindruck der Ereignisse zu der Meinung: dieses gänzlich unerwartete Rätsel möchte seine Lösung darin haben, daß der Kurfürst sich seiner Pflichten gegen das alte Bayern bewußt geworden sei.

Andr[illegible], der im Gefolge Karl Theodors nach München zurückgekommen war, hatte von seinem kurzen Mannheimer Aufenthalt nichts Ungünstiges zu berichten und ließ sich von der glücklichen Laune Maria Annas bewegen, die Lage gleicherweise zu beurteilen.

Freilich: Bestimmtes wußte niemand. Denn da jeder so tun mußte, als sei er ohne Ahnung der Gefahr, die über dem Lande geschwebt hatte, so konnte man nicht die leiseste Andeutung einer Frage wagen. Hinzu kam das mehr als hochmütige und hoheitsvolle Betragen des Kurfürsten, der bei der offenen Abendtafel wie ein sorgenumwölkter Jupiter thronte und durch eine eisige Miene jedermann fernhielt.

Wieviel Verwirrung und Unruhe er mit dieser Miene zudeckte, ahnte keiner.

Am Morgen des 3. Januar traf in Wien ein Kurier ein, der gleichzeitig mit dem Kurfürsten aus Mannheim abgegangen war. Er begab sich sofort zu dem kurpfälzischen Residenten von Ritter, und wenige Minuten später verließ dieser sein Haus, um den Staatskanzler Fürsten Kaunitz aufzusuchen.

Kaunitz lag noch im Bett. Er konnte ungemein grob werden, wenn man seine Morgenruhe störte. Als ihm jedoch der Name des Besuchers genannt wurde, strich er allen Unmut von der Stirn und nahm seine gemütlichste und gleichgültigste Wiener Maske vor.

»Meine liebe Exzellenz!« sagte er zwischen den Bettvorhängen hindurch. »Sie scheinen gemütskrank zu sein, daß Sie so zeitig aufstehen! Ich finde es abscheulich von Ihnen, einen älteren Herrn mitten in der Nacht zu wecken.«

»Es ist halb elf Uhr, Durchlaucht!«

»Ich sag's ja: mitten in der Nacht! Noch dazu kommen Sie mit Dingen, die mich zwar verdrießen, aber nicht aufregen werden.«

»Durchlaucht –«

»Ich weiß schon.«

»Unmöglich!«

»Doch! Der Kurfürst von Bayern hat sich zu seinen erlauchten Ahnen versammelt, bevor unsere Verträge unter Dach waren. Sie hätten den Kaiser gestern sehen sollen, als die Nachricht eintraf. Er war wie vor den Kopf geschlagen. Wissen Sie, was er sagte? ›Er hat uns den Streich gespielt, zu sterben!‹ Das hat er gesagt! Es ist ja auch richtig: Da nun Karl Theodor die Herrschaft so unversehens antreten muß, kann er nicht wohl damit beginnen, etwas abzutreten. C'est ça. Nun, auch gut. Man hat als Politiker gelernt, sich mit dem Unabänderlichen zufriedenzugeben; nicht alles geht so, wie man sich's wünscht.«

»Wenn Eure Durchlaucht nur die Güte haben würden, mich anzuhören!«

»Aber ich höre ja fortgesetzt. Ich höre, daß Sie nichts sagen, das ist genug.«

»Durchlaucht: ich habe die Vollmacht zur Unterzeichnung der Verträge in Händen!«

Kaunitz hatte nichts anderes erwartet. Trotzdem schwieg er kunstvoll einige Sekunden lang: der andere mochte daraus Überwältigung oder völlige Gleichgültigkeit lesen. »So?« fragte der Kanzler schließlich, »die Vollmacht? Das ist ja nicht unerfreulich – wenngleich ich eingestehen muß, daß wir durch *diese* Abmachungen unser Ziel nur zum kleinen Teil erreicht haben. Die Hauptarbeit wird damit auf spätere Zeit verschoben – keine angenehmen Aussichten, mit denen Sie mich nach einer angenehm durchschlafenen Nacht wecken. Nun, gleichviel. Ich gratuliere Ihnen, Ihr Herr wird Ihre Verdienste in dieser Sache zweifellos zu würdigen wissen. Legen Sie bitte die Papiere auf den Tisch, ich werde sie ansehen, wenn ich aufgestanden bin – ich sage: *wenn* ich aufgestanden bin, denn ich weiß nicht ... es ist heute so unfreundliches Wetter, schneit es am Ende gar? Schnee, wissen Sie, ist das reine Gift für mich; die Luft legt sich in diesem Fall so ärgerlich auf die Lunge.«

Der Resident war außer sich über diese wegwerfende Behandlung und vergaß die Demut, die dem allmächtigen Kaunitz gegenüber angebracht war. »Durchlaucht! Wenngleich ich nicht daran zweifle, daß Sie die Tragweite der Abmachungen voll überblicken – – ich bitte Sie: Bayern tritt an Österreich ein Gebiet von hundertneunundfünzig Quadratmeilen mit einer halben Million Seelen ab – und was erhält es dagegen? Nichts, buchstäblich nichts!«

»Herr von Ritter«, sagte Kaunitz gähnend, »ich bin Ihnen für diese Belehrung sehr verbunden. Sollten Sie aber dergleichen

Lappalien wirklich Wert zumessen, so steht es Ihnen frei, Ihre Unterschrift zu verweigern.«

»Durchlaucht!« sagte Ritter fassungslos.

»Ja, Sie haben recht: wir wollen uns nicht streiten, der Gegenstand ist zu gering. Ich werde Sie heute noch besuchen – vorausgesetzt, daß mein Gesundheitszustand mir erlaubt, das Bett zu verlassen.«

»Zum mindesten sollte man doch den kaiserlichen Majestäten ungesäumt Nachricht geben!«

»Niemand hindert Sie daran. Aber ich sage Ihnen: es eilt nicht. Der Kaiser liegt vermutlich auch noch im Bett. Wozu diese Potsdamer Hast? Wir sind in Wien, Herr von Ritter!«

Es war eine kalte Januarnacht. Die halbe Woche hatte es immer leise geschneit, in dieser Nacht aber begann ein scharfer Ostwind zu wehen und trieb die Wolken auseinander. Sie wurden silberner, tiefblaue Inseln rissen zwischen ihnen auf, der Mond stand in der plötzlichen Weite des Himmels, überjagt von grauen Schleiern.

Über den Schnee der Erde glitt sein Licht.

Vor dem Potsdamer Stadtschloß stapfte der Posten auf und ab und horchte, wie es vom Turm der Garnisonkirche halb drei Uhr schlug und wie die übrigen Uhren antworteten. Dann wurde es wieder still über der kleinen Stadt, nur manchmal knarrte irgendwo in der Höhe eine Wetterfahne, oder der Wind pfiff um einen Giebel und stäubte silbernen Schnee ins Mondlicht hinaus.

Rührte sich da nicht etwas in der Ferne?

Der Posten stand still. Die Straße heran, unterscheidbar im wechselnden Schimmer, wuchs ein dunkler Punkt. Der ganz gedämpfte Hufschlag eines Pferdes, leises Schnauben ... und da glänzte etwas auf, das möglicherweise eine Adjutantenschärpe war.

Mit einem Satz war der Posten am Klingelgriff, dessen Draht in die Wachstube hineinführte.

»Rrraus!!!«

Wie besessen fuhren die Kerle ins Freie – ein Kommando –, da standen sie, breitbeinig, und präsentierten das Gewehr, als eben der Reiter heran war.

»Unteroffizier!«

Der Adjutant sprang aus dem Sattel, gab dem Unteroffizier das Pferd zu halten und hieß ihn das dampfende Tier zudecken und führen. Dann lief er durch die schleunig aufgesperrte Seitentür des Portals.

Die Treppe hinan, den Gang entlang, von einem spärlichen Öllämpchen zum anderen, sporenklirrte er durch das Vorzimmer des Generaladjutanten Grafen Görtz, schob den auftaumelnden Burschen beiseite und stand endlich vor dem Bett des Schnarchenden.

Keine Umstände: er packte ihn bei den Schultern und schüttelte ihn.

»Wa –?«

»Befehl Seiner Majestät: sofort nach Berlin!«

Görtz prellte in die Höhe und aus dem Bett heraus. »August! Sofort ein Pferd! – Wilhelm, die Stiefel, den Rock, die Halsbinde, Kreuzbombenmillionenschockschwerenot, willst du mich ohne Hosen reiten lassen, du Schwein?«

Auf dem Korridor knöpfte er die Kleider vollends zu.

Sie warfen sich auf die Pferde.

Als es vier Uhr schlug, trat Görtz in das Arbeitszimmer des Königs.

Auf einem großen Tisch waren Landkarten ausgebreitet, an jeder Tischecke stand eine brennende Kerze.

Friedrich und der Minister Hertzberg beugten sich über die Karten und sprachen leise miteinander. Da sie Görtz den Rücken zudrehten, blieb er an der Tür stehen.

Nach einer Weile:

»Görtz?«

»Majestät!« Der Graf klirrte drei Schritte vorwärts.

Der König nahm eine Kerze vom Tisch. »Es ist alles besprochen. Hertzberg wird Ihm sagen, was Er zu tun hat. Ich habe noch zu arbeiten. Guten Abend.«

Er ging, in der Rechten den Krückstock, in der Linken die Kerze, gebückt hinaus.

Als sich die Tür hinter ihm geschlossen hatte, sagte Hertzberg: »Sie sehen halb erfroren, halb erhitzt aus, lieber Graf. Ein Grog wird Ihnen nicht schaden. Es tut mir leid, daß ich Ihre Zeit länger in Anspruch nehmen muß, als Ihnen zu dieser Stunde lieb sein kann. Aber es handelt sich um wichtige Dinge.«

Ein Lakai wurde leise gerufen, Grog bestellt.

Hertzberg schob zwei Stühle an den Kartentisch.

»Über den Tod des Kurfürsten von Bayern sind Sie unterrichtet. Ebenso, durch unser letztes Gespräch, über die habsburgischen Ansprüche. Nun ist gestern in Wien offiziell ein Abkommen veröffentlicht worden, wonach Karl Theodor an Österreich abtritt: den größten Teil von Niederbayern, Mindelheim, Leuchtenberg und die böhmischen Lehen in der Oberpfalz, dazu noch mehreres Geringere. Bayern ist damit zerstückelt, der Rest taugt nichts mehr. Aber Seine Majestät ist fest entschlossen, eine derartige Zerreißung niemals zuzulassen. Bemerkten Sie etwas?«

»Nein, Exzellenz!«

»Seine Majestät wird nicht zusehen, wie ein Land in dieser Weise nahezu weggewischt wird. – Bemerkten Sie etwas?«

»Nein, Exzellenz. Ich dachte nur an etwas.«

»Nämlich?«

»An Polen, Exzellenz!« platzte Görtz heraus.

Hertzberg lächelte freundlich. »Die Aufteilung Polens war dem Interesse des preußischen Staates günstig, die Teilung Bayerns läuft ihm zuwider. Infolgedessen ist unsere Entrüstung durchaus natürlich und sittlich. Allerdings –« er legte die Fingerspitzen gegeneinander.

»Exzellenz?«

»Allerdings wäre es vielleicht *noch* natürlicher, wenn wir den Bayern die Regelung ihrer Angelegenheiten selber überlassen würden! Wollen Sie jedoch diese Landkarte betrachten! Sie sehen hier, an der bayrischen Nordgrenze, die Markgrafschaften Ansbach und Bayreuth, regiert von der brandenburgischen Sekundogenitur; würde Österreich einwilligen, daß diese Gebiete, nach dem zu erwartenden Aussterben der regierenden Linie, mit Preußen vereinigt werden, so wäre unsere Entrüstung vielleicht zu dämpfen. Leider aber hat Wien diesen unseren Vorschlag bereits abgelehnt. Wir haben also keinen Grund, das unglückliche Bayern seinem Schicksal zu überlassen; wir werden, wenn dies nötig sein sollte, zum Schutze des Schwächeren und aus Gründen der Staatsmoral zu Felde ziehen. Verstehen Sie?«

»Vollkommen, Exzellenz!«

»Es handelt sich nun darum: Jemand muß, im strengsten Geheimnis, nach München und dort die Patriotenpartei davon unterrichten, daß Preußen die Teilung Bayerns unter keinen Umständen gestatten wird. Auch der Herzog Karl von Zweibrücken, Karl Theodors künftiger Nachfolger, wird dort eintreffen und sich je nach der Geschicklichkeit unseres Abgesandten auf die österreichische oder auf die Seite der Herzogin Maria Anna schlagen. Schon daraus erkennen Sie die eminente Wichtigkeit dieser Sendung!«

»Wer wird geschickt?«

»Selbstverständlich jemand, der zuverlässig, aber mit Preußen scheinbar außer Verbindung ist – sonst hätte man die Sache ja einfach Klinggräffen überlassen können. Wie geht es Ihrem Bruder Eustachius? Sitzt er immer noch in Weimar?«

»Es gefällt ihm dort ausgezeichnet.«

»Aber seit der junge Herzog Karl August mündig ist und Ihr Bruder also nichts mehr zu oberhofmeistern hat, muß es ein bißchen langweilig sein – sollt' ich denken?«

»Wie ich ihn kenne, wird er den Auftrag mit Vergnügen übernehmen!«

»Eben! Reisen Sie also sofort nach Weimar, weihen Sie Ihren Bruder aufs genaueste ein und sagen sie ihm: Seine Majestät wünscht, daß er unverzüglich nach München gehe. Ist er damit einverstanden, so händigen Sie ihm diese versiegelte und nur für ihn bestimmte Instruktion aus.«

In München, bei der Herzogin Maria Anna, schlug die Veröffentlichung des Vertrags mit Österreich wie eine Bombe ein.

Es trat zutage, daß man sich durch das Benehmen des Kurfürsten bei seiner Ankunft hatte täuschen lassen; seine Bevorzugung Loris und Obermayers, die Zurückhaltung des österreichischen Gesandten – alles war ein abgekartetes Spiel, Karl Theodor hatte die Patriotenpartei übertölpelt.

Die Herzogin war außer sich. Mehrere Audienzen, um die sie bat, wurden trotz aller Dringlichkeit abgelehnt unter dem Vorwand, man habe im gegenwärtigen Augenblick mit der Neuregelung der gesamten Verhältnisse mehr als genug zu tun.

Auch in der österreichischen Gesandtschaft ließ sich nichts erfahren, da Kaunitz wieder einmal einen Personenwechsel vornahm: Hartig wurde abgelöst durch den Freiherrn von Lehrbach, dem der Ruf eines besonders glatten und rücksichtslosen Intriganten vorausging. Daß Kaunitz eben zu dieser Zeit einen seiner fähigsten Leute nach München schickte, war bezeichnend genug; er wußte, daß unruhige Monate kommen würden und daß man auf der Hut sein mußte.

Da nichts half, ließ Maria Anna die Seyssel los, die es wenigstens zuwege brachte, daß sie von Lehrbach empfangen wurde.

Der Gesandte sagte ihr rundheraus: »Es ist uns bekannt, daß Sie im Dienste der Herzogin stehen. Glauben Sie also nicht, mich irreführen zu können!«

»Irreführen würde ich Sie«, antwortete die Gräfin, »wenn ich zugäbe, daß ich unwiderruflich an die Herzogin gebunden bin.«

»Sie erhalten eine Pension aus der herzoglichen Kasse!«

»Was will man tun? Der Mensch muß leben.«

Lehrbach dachte nach. »Wie hoch ist diese Pension?«

Sie nannte eine ziemlich geringe Summe.

»Wir wissen, was die Herzogin im Schilde führt. Schon seit einer Woche läßt sie unter dem Volke das Gerücht ausstreuen, daß der König von Preußen die bayrische Selbständigkeit schützen werde. Helfen wird ihr das freilich nichts, denn es ist nicht wahr; kein Staat der Welt holt für einen anderen die Kastanien aus dem Feuer für nichts weiter als ein Vergelt's Gott – täte er's trotzdem, so verdiente er, unterzugehen. Die Herzogin glaubt an Gefühlspolitik – sie zeigt damit, wie schlecht sie den König von Preußen im Grunde kennt. Immerhin will ich ihr zugeben, daß sie die Stimmung des Volkes für sich hat, und das könnte gefährlich aussehen. Aber ich sage Ihnen, es nützt nichts! Gestern haben die kaiserlichen Truppen Braunau, Schärding, Burghausen besetzt, morgen wird das abgetretene Gebiet vollends in den Händen des rechtmäßigen Erwerbers sein. Sie würden sich um Bayern verdient machen, Gräfin, wollten Sie der rabiaten Dame in der Maxburg zu verstehen geben, daß sie die Partie bereits verloren hat. Sie sehen, ich spreche offen.«

»Sie kennen das Temperament der Herzogin nur vom Hörensagen. Eine so offene Sprache dürfen *Sie* sich erlauben – *mich* würde sie meine Pension kosten.«

Lehrbach kniff die Augen zusammen. »Darf ich aus Ihren Worten schließen, daß . . . daß Sie meine Ansicht billigen?«

»Was bieten Sie?« fragte die Seyssel.

»Sagen Sie zuvor, was Sie bieten!«

»Ich könnte Ihnen vielleicht einen genauen Bericht über das Vorgehen der Patriotenpartei verschaffen. Aber das wird ohne Geldopfer nicht möglich sein.«

»Ihre Pension ist allerdings gering.«

»Ich kann dieser Bemerkung nicht widersprechen.«

»Nehmen wir also in Aussicht: das Doppelte.«

»Zahlbar?«

»Jeweils durch die Hofkasse in Wien. Selbstverständlich aber erst, nachdem Sie bewiesen haben, daß Sie uns Mitteilungen von einigem Wert bringen können. Katzen kauft man auch bei uns nicht im Sack.«

»Ich werde bei passender Gelegenheit vorsprechen.«

»Übereilen Sie nichts, der falsch gewählte Augenblick kann viel verderben.«

»Ich habe noch immer den richtigen erkannt.«

»Das scheint allerdings so!«

Als Lehrbach eine halbe Stunde später in die Residenz fuhr, begegnete ihm eine Abteilung Infanterie unter Führung eines Unteroffiziers, bestimmt, die Wache abzulösen. Das Militär hatte die Vorschrift, vor jedem fremden Gesandten Front zu machen. Weil aber an eben dieser Stelle der Straße sich der Laden des Buchhändlers Strobl befand, und weil Strobl ein Bildnis Friedrichs des Großen zum Verkauf ausgestellt hatte, kommandierte der Unteroffizier:

»Halt! Rechtsum! Front!« und ließ die ganze Wache vor dem Bild das Gewehr präsentieren, so daß die österreichische Exzellenz an den Hinterseiten der Kerle vorüberfahren mußte.

Angenehme Zustände! dachte Lehrbach, dieses verdammte Frauenzimmer! Und dabei tappt man immer im unklaren, durch welche Kanäle sie eigentlich ... nun, hoffentlich ist diese Seyssel kein Fehlschlag!

Mitte Januar kam der Generaladjutant Graf Görtz in Weimar an.

Er trug Zivil, und weil er sich darin nicht besonders wohl fühlte, war seine Laune nicht eben gut. Sein stramm geflochtener preußischer Zopf, mit Mastix versteift, war sozusagen das einzige, was ihm in der schludrigen Bürgerkleidung Haltung verschaffte.

Als er seinen Bruder Eustachius sah, der ein paar Räume im Wittumspalais bewohnte, gab es fast eine Auseinandersetzung.

»Großer Gott, Eustachius!« sagte Görtz. »Was ist aus dir geworden! Einen seidenen Schlafrock trägt der Mensch, und einen Haarbeutel, und auf dem Tisch steht Schokolade statt einer anständigen Biersuppe! Hast du vergessen, daß der große Friedrich mit Biersuppe aufgezogen wurde?«

»Ich«, sagte Eustachius lächelnd, »werde in meinem Alter kaum mehr in die Fußstapfen des Königs treten, übrigens wäre die Welt zu klein für zwei Männer seines Formats. Aber wenn du auch brummst, Bruder, so freut's mich doch, daß du mich besuchst. Vergiß übrigens nicht, daß wir hier in Weimar sind und nicht in Potsdam!«

»Auch eine Gegend! Höchste Zeit, mit dem Kleinkram aufzuräumen!«

»Sage das nicht, Bruder! Es läßt sich hier ganz vortrefflich leben.«

»Wie steht's mit dem Militär?«

»Die herzogliche Armee versammelt, glaub' ich, einhundertzwanzig Mann unter ihren Fahnen.«

Der Generaladjutant lachte dröhnend. »Kaum genug zu einer lohnenden Verhaftung!«

»Ich hoffe, du bist nicht zu diesem Zwecke hierhergekommen?«

»Nein, Eustach«, sagte Görtz ernster, »nicht zu diesem Zwecke, aber doch im Auftrage des Königs!«

»Wahrhaftig!«

»Und dieser Auftrag gilt dir!«

Eustachius von Görtz, der seine einstige königlich preußische Leutnantsforschheit sehr vergessen und sich die freundlicheren Sitten des Weimarer Hofes angewöhnt hatte, blieb gelassen sitzen, aber in seinem Schweigen war viel Überraschung.

Der Generaladjutant entledigte sich in einem langen Gespräch seiner Botschaft.

»Du weißt«, sagte Eustach schließlich, »daß zwar mein Amt als Erzieher des jungen Herzogs seit einigen Jahren zu Ende ist, daß ich aber noch Bindungen an den Hof habe: wortlos kann ich von hier nicht verschwinden; es wird sich gehören, daß ich den Herzog um Erlaubnis bitte, die er mir denn freilich gewiß geben wird. Also wäre es gut, wenn wir ihn besuchten.«

Das sah der Bruder ein, gleichzeitig kamen ihm Bedenken: »Aber niemand darf erfahren, wohin und weswegen du verreisest!«

»Ohne Zweifel. Indessen, denk' ich, wird der bloße Hinweis auf eine Botschaft des Königs genügen; mein früherer Schüler und ich verstehen uns gut – du wirst in ihm einen Menschen von außergewöhnlich hellem Blick finden.«

Eustach schickte seinen Diener ins Schloß und erhielt den Bescheid, daß sein Besuch gegen sechs Uhr angenehm sein werde.

Der Herzog empfing die Brüder in einer gemütlichen Stube. Ein loderndes Feuer brannte im Kamin. Er war nicht allein, sondern sprach, als sie eintraten, mit einem auffallend elegant gekleideten Mann von kaum dreißig Jahren, dessen Namen der Generaladjutant nicht verstand und der sich übrigens während der ganzen Unterredung vollkommen schweigsam verhielt, während er, ein wenig im Hintergrund, an den Kamin gelehnt dastand und sich aufs Zuhören beschränkte.

Görtz brauchte nicht viel zu sprechen. Der Herzog merkte sogleich, daß es sich um Dinge von Wichtigkeit handelte, die ihn jedoch nicht berührten. Er willigte in den Urlaub, und nach einer knappen Viertelstunde verabschiedeten sich die Brüder.

»Ein recht sympathischer Mann!« sagte der Generaladjutant, als sie über den verschneiten Schloßhof gingen. »Die Sache wäre also in Ordnung! Aber wer war der andere?«

»Am Kamin?«

»Ja! Der mit den besessenen schwarzen Augen!«

»Das jüngste Mitglied unseres geheimen Konseils, vermutlich der zukünftige Minister des Herzogs. Übrigens ein Literat von großem Ruf.«

»Was«, sagte Görtz, »Minister und Literat? Na! Bei uns in Berlin haben die Minister Gott sei Dank keine Zeit für solche Alfanzereien. Wie heißt der Mensch?«

»Goethe.«

»Ist der Brief an den König abgegangen, Andre?«

»Mit der Post des preußischen Gesandten.«

»Wann?«

»Vor acht Tagen.«

»Keine Antwort?«

Der Hofrat schloß die Tür hinter sich. »Du mußt bedenken«, sagte er, »daß der König seine Entschlüsse gerade jetzt aufs reiflichste überlegt – auch wir sollten das tun!«

»Meinst du damit, daß ich unvorsichtig bin? Ach, Andre, ich glaube fast, ich werde ein altes Weib! Früher hast du dich manchmal über mich geärgert – jetzt behandelst du mich so schonungsvoll, das ist ein schlechtes Zeichen. Bin ich wirklich so alt?«

»Erstens ...«, antwortete er und hielt ihr einen Handspiegel vors Gesicht, »sieht ein altes Weib so aus?«

Sie lächelte. Nein. Trotz ihrer sechsundfünzig Jahre, das mußte sie selber sagen, war sie noch eine sehr stattliche Frau. Ein wenig füllig, wie von jeher, aber gerade deshalb ordentlich blühend; und wenn sie sprach und dabei, was meistens geschah, in Erregung geriet, blitzten ihre hellen Augen wie die eines Mädchens, das einen Streich im Sinn hat.

»Zweitens ...«, sagte er und zog sich die Weste glatt, »bin ich etwa ein Jüngling, ein Adonis? Ach du liebe herzogliche Gnaden, die Zeiten sind schon lange vorbei, wo ich ein gelenkiger Bauernbursch war. Man schafft sich ein rentmeisterliches, hofrätliches Bäuchlein an und wird in diesem guten Stalle fett. Daß wir uns beide nicht verjüngen, dagegen ist kein Kraut gewachsen. – Indessen, dächt' ich, gibt es Wichtigeres als das!«

Ein Lakai trat ein. »Seine Exzellenz, der preußische Gesandte!«

»Herzogliche Gnaden werden jetzt vermutlich die Antwort aus Berlin erhalten.«

Klinggräffen kam.

»Was gibt's Neues, Graf?«

»Nichts. Ich weiß gar nichts!« Und da sie ein unmutiges Gesicht machte: »In meiner Eigenschaft als Gesandter weiß ich gar nichts. Als Freund Eurer Durchlaucht habe ich streng private Nachricht aus Berlin. Durchlaucht werden gebeten, trotz dem harten Januar stets eine vertrauenswürdige Person in dem Gartenschlößchen außerhalb des Neuhauser Tores zu halten. Es ist zu vermuten, daß eines Nachts ein Reisender eintrifft, der um Aufnahme bittet und sich dadurch ausweisen wird, daß er angibt, Grüße aus Weimar zu bringen; seine Anwesenheit muß streng geheimgehalten werden.«

»Sie spannen mich auf die Folter!« sagte die Herzogin. »Wer ist's? Was bringt er?«

»Darüber weiß ich nun auch außerdienstlich und als Freund nicht das mindeste!«

»Andre! Du siedelst ins Schlößchen über! Laß aber gut einheizen, damit du dich nicht wieder erkältest. Wir brauchen unsere Gesundheit jetzt notwendig.«

»Noch eins«, sagte Klinggräffen und hielt Andre zurück. »Heute trifft der Fürst Lobkowitz aus Wien hier ein, mit besonderen Aufträgen für seine kurfürstliche Durchlaucht.«

»Welcher Art?«

»Eben das hoffte ich von Ihnen zu erfahren!«

»Es wird sich machen lassen. Sie wissen, daß der Herzog Karl von Zweibrücken morgen erwartet wird?«

»Ich weiß es und bringe die Ankunft des Lobkowitz damit in Zusammenhang. Herzog Karl ist der künftige Erbe des Kurfürsten — mir scheint, man will ihn vom Feuer weg schmieden!«

»Unsere Aufgabe also: ihn herüberzuziehen!«

»Und das so schnell wie möglich. Wien wird mit Versprechungen nicht sparen. Es muß unter allen Umständen verhindert werden, daß er sich festlegt, oder besser: daß er festgelegt wird!«

»Keine Kleinigkeit, Graf!«

Der Gesandte verbeugte sich lächelnd. »Für unsereinen, für einen gewöhnlichen Sterblichen, gewiß nicht. Wo sich aber die Klugheit —«

»Die Zeit ist zu kostbar für Komplimente, Klinggräffen. Lassen Sie uns vernünftig überlegen!« —

Der folgende Tag war in der Residenz besonders kritisch.

Karl Theodor war seit seiner Ankunft in München aus den Aufregungen, Ängsten und Ärgernissen nicht herausgekommen. Die heimlich eingefädelte und mit einem überraschenden Schlag zu Ende gebrachte Geschichte mit Habsburg war nur scheinbar geglückt – darüber konnte er sich nicht täuschen. Schlimmer als die Abtretung der umstrittenen Gebiete selbst drohten die Folgen zu werden. Der preußische Gesandte erlaubte sich dem Kurfürsten gegenüber eine Sprache, die in ruhigeren Zeiten zu einer gründlichen diplomatischen Verstimmung geführt hätte – vielmehr: sie wäre überhaupt undenkbar gewesen. Auf der anderen Seite benahm sich Lehrbach unerträglich gönnerhaft. So eingekeilt, sah sich der Kurfürst nahezu allein. Mit wenigen Ausnahmen war ihm der Adel und die Beamtenschaft feindlich gesinnt, Bürger und Bauern haßten ihn offen, und er wußte, daß im Volke das Stoßgebet »Jesus, Maria, Josef!« mit grimmigem Humor bereits in »Jesus, Maria und Friedrich!« umgewandelt worden war.

Nun kam vollends – höchst unnötig und unerwünscht! – dieser Herzog von Zweibrücken nach München, also noch einer, der sich in die fatale Angelegenheit hineinmischen durfte, und zwar mit dem Schein der Vorsorge und des guten Rechts!

Karl Theodor empfing ihn äußerst mißgestimmt und zeigte seine üble Laune so sehr, daß er den Gast sogleich erkältete.

Der Zweibrückener wünschte ihm ein recht langes Leben und fügte hinzu: dieser Wunsch entspringe nicht so sehr verwandtschaftlichen Gefühlen als vielmehr der Hoffnung, daß Karl Theodor eben während dieses langen Lebens es fertigbringen möge, die Suppe restlos auszulöffeln, die er sich da eingebrockt habe. Denn er – der Zweibrückener – habe durchaus keine Lust dazu. »Übrigens«, fügte er boshaft an, »bin ich in Staatsgeschäften so unerfahren, daß ich noch immer nicht begreife: warum Sie, lieber Onkel, eigentlich in diese Abtretung eingewilligt haben.«

»Warum? Warum?« antwortete der Kurfürst wütend. »Weil ich mein Lebtag keinen Krieg geführt habe und auch – darauf können Sie Gift nehmen! – keinen führen werde. Kaunitz hat mir damit gedroht – was sollte ich also tun, um meine Ruhe zu behalten?«

»Wenn Sie Ihren gegenwärtigen Zustand Ruhe nennen, Durchlaucht, so würde ich für meine Person einen Krieg *dieser* Ruhe vorziehen. Nebenbei: ich denke nicht daran, Ihrem wohlgemeinten Ratschlag zu folgen und Gift zu nehmen. Ich brauche etwas ganz anderes: Geld! Ziemlich viel Geld sogar. Und ich glaubte–«

»Geld!!« rief Karl Theodor. »Etwa von mir? Schränken Sie Ihre Lebensführung ein, halten Sie nicht so viel Mätressen aus, leben Sie in Zweibrücken statt in Paris, treten Sie nicht auf wie der Dauphin von Frankreich – und Sie werden mit Ihren Revenüen auskommen!«

»Ich werde mir selbstverständlich alle Mühe geben, diese Weisungen in Zukunft zu befolgen«, sagte der Herzog mit einer aufreizenden Gelassenheit, »und bedaure nur, daß ich sie nicht schon früher erhalten habe. Indessen sind die Schulden nun einmal gemacht und müssen bezahlt werden.«

»Also zahlen Sie, in drei Teufels Namen!«

»Sie würden Ihrer Güte die Krone aufsetzen, wollten Sie mir verraten: Womit!«

»Mit *meinem* Geld jedenfalls *nicht!«* schrie der Kurfürst, und er hätte noch einige Liebenswürdigkeiten hinzugefügt, wäre nicht in diesem Augenblick der Fürst Lobkowitz gemeldet worden.

Die beiden Herren glätteten also ihre Mienen und stellten sich in bestem Einvernehmen Hand in Hand ans Fenster, um sich in dieser ergreifenden Pose unzertrennlicher Einigkeit von dem Abgesandten Maria Theresias überraschen zu lassen.

Lobkowitz, bei aller Korpulenz geschmeidig wie ein Aal, glitt mit Lehrbach herein und strahlte vor Freude, Wohlwollen und Dienstfertigkeit.

Niemals in seinem Leben – behauptete er nach umständlicher Begrüßung – sei er von einem Anblick herzlicher gerührt worden als eben jetzt: Landesherr und Erbe in geradezu göttlicher Harmonie – und dieser Frieden bestrahlt von der wärmsten Gnadensonne des kaiserlichen Hauses –

Daß er im Vorzimmer, zusammen mit Lehrbach und dem Grafen Seinsheim, den ganzen Krach mit angehört hatte, verschwieg er lieber.

»Die Gnadensonne des kaiserlichen Hauses, mein lieber Fürst«, sagte Karl Theodor, »brauchen wir in diesen kalten Januartagen freilich nötiger denn je!«

»Um so mehr freut es mich, Euer Durchlaucht den deutlichsten Beweis davon überbringen zu dürfen!«

»Dabei will ich nicht stören«, sagte der junge Herzog und empfahl sich nach kurzem, trotz aller Versicherung Lobkowitzens, daß es sich um keinerlei Staatsgeheimnisse handle. Der erste, dem er im Vorzimmer begegnete, war merkwürdigerweise nicht Seinsheim, sondern der Geheimrat von Lori, der sich mit Ungestüm an ihn hängte und nicht eher ruhte, als bis Karl sich damit einverstanden erklärte, Lori auf der Stelle zur Herzogin Klemens zu begleiten, die – wie der Geheimrat versicherte – vor Sehnsucht, den lieben Verwandten in ihre Arme zu schließen, bereits zwei Nächte nicht geschlafen habe.

Unterdessen war drinnen die bewußte Gnadensonne tatsächlich

im hellsten Lichte aufgegangen: Lobkowitz hatte den Auftrag, dem Kurfürsten den höchsten habsburgischen Orden, das Goldene Vlies, zu überbringen.

Nach der Audienz, und nachdem sich Karl Theodor in dem mittlerweile von Hofchargen gefüllten Vorzimmer im Schmucke des neuen Ordens feierlich hatte sehen und beglückwünschen lassen, frühstückten Lobkowitz und Lehrbach zusammen im Palais der österreichischen Gesandtschaft.

»Man hatte in Wien gewiß richtig gerechnet«, sagte der kluge Lehrbach. »Wie alles bei regierenden Herren, so übersteigen auch ihre menschlichen Schwächen das gewöhnliche Maß: durch nichts konnte der Kurfürst fester an uns gebunden werden als durch diesen unerwarteten Gnadenakt. Er ist sehr eitel, und Sie, Verehrtester, sind gerade zur rechten Zeit gekommen. Denn ich muß Ihnen gestehen: unsere Position verschlechtert sich von Tag zu Tag. Die Herzogin Klemens intrigiert und hetzt mit einer beneidenswerten Umsicht und Tatkraft. Karl Theodor ist bereits so isoliert, daß er sich nicht mehr öffentlich blicken lassen darf. Ich bitte Sie – wie soll das enden?«

»Wenn der Kurfürst den Ernst der Lage erkannt hat, sollte er es überhaupt nicht lange enden lassen! Warum greift er nicht einfach zu?«

»Das ist es ja: die Herzogin ist schon zu mächtig!«

»Ich lache!«

»Ich nicht!« Ein Billett wurde hereingebracht. Lehrbach riß es auf. »Da haben Sie es!« sagte er achselzuckend. »Die Gräfin Seyssel teilt mir mit, daß der Herzog von Zweibrücken sich gegenwärtig bei Maria Anna in der Maxburg befindet und von ihr mit Liebenswürdigkeiten zugedeckt wird; wahrscheinlich wird sie seine Schulden bezahlen, Geld genug hat sie ja; nachmittags wollen die beiden trotz der Kälte eine Schlittenfahrt nach Nymphenburg machen. Sie schluckt ihn, frißt ihn, verdaut ihn mit Haut und Haar. Ein ganzer Schwarm von ihren Kreaturen wird sich an ihn heften und ihn nicht mehr loslassen.«

»Warum steckt man diesen Schwarm nicht ein?«

»Ich sage Ihnen: dahinter steht ein Größerer! Die Bande wäre niemals so frech, wüßte sie nicht die Hand Preußens über sich.«

»Sind Sie dessen gewiß?«

»Nein, zum Teufel!!! Ich kann die Kanäle nicht ausfindig machen, auf denen dieses Frauenzimmer ihre Schiffchen schwimmen läßt! Es ist zum Verzweifeln. Glücklicherweise hab' ich jetzt wenigstens diese Seyssel – eine recht üble Person übrigens; fest

steht, daß sie bisher im Dienste der Herzogin spioniert hat; in letzter Zeit habe ich sie gekauft, und seitdem bin ich im Besitz eines Verzeichnisses sämtlicher Mitglieder der Gegenpartei. Dieses Verzeichnis wird uns noch gute Dienste leisten – aber nicht jetzt, denn Preußen ist zu drohend. Nun kommt der unglückselige Petitmaître von Zweibrücken und schlägt sich womöglich zu diesen sogenannten Patrioten! Da Sie einmal hier sind, Fürst – könnte man dem jungen Mann nicht ebenfalls das Maul mit dem Goldenen Vlies stopfen? Vielleicht schluckt er's, und dann ist wenigstens diese Gefahr beseitigt.«

»Ein Gedanke, der sich hören läßt«, sagte Lobkowitz. »Sondieren Sie den Herzog, womöglich noch heute abend. Ich werde unterdessen nach Wien depeschieren und die Sache ins rechte Licht stellen. Oder wollen *Sie* und soll *ich* –«

»Überlegen wir«, antwortete Lehrbach und nahm eine Prise.

Ziemlich wider sein Erwarten fand Lehrbach, als er am folgenden Morgen den Herzog von Zweibrücken überraschte, die freundlichste Aufnahme. Die erste, vorsichtige Andeutung, daß der Toison d'or auch dem Herzog verliehen werden könne, versetzte Karl in eine Begeisterung, die zweifellos echt war. Der höchste Orden, den es in der Welt gab, blendete ihn; zwar glaubte Lehrbach zu bemerken, daß der Herzog im ersten Augenblick neben der Überraschung auch Bedenken hatte, indessen drängte er diese sogleich zurück und versicherte auf alle Weise seine Dankbarkeit, die er dem Kaiser für eine solche Auszeichnung schulden werde.

Karl sandte sogar von nun ab täglich seinen Diener zu Lehrbach und ließ fragen: ob sich Wien noch immer nicht entschieden habe. Endlich erhielt er die erhoffte Auskunft. Der Kaiser war mit der Verleihung einverstanden. Das Goldene Vlies mit dem Band und dem Statutenbuch war angekommen, zugleich ein kaiserliches Handschreiben.

Der Herzog eilte sofort zu Lehrbach, spannte sich das gewässerte Seidenband mit unendlichem Stolz über die Brust, hängte den Orden um den Hals und ging vor dem Spiegel auf und ab, die rechte Hand graziös in die Hüfte gestützt, die linke auf dem Degengriff.

Es wurde verabredet, daß die feierliche Überreichung des Vlieses am nächsten Tage, mittags zwölf Uhr, in der Residenz stattfinden solle; der Herzog dankte dem Gesandten nochmals und fuhr in der besten Laune nach Hause.

Hier fand er ein Billett Maria Annas vor.

Sie bat ihn, gegen acht Uhr mit ihr zu soupieren, später würde man eine Partie Trisett spielen und musizieren, überhaupt sei die Gesellschaft zwar nicht zahlreich, aber so interessant, daß Karl es gewiß aufs tiefste bedauern werde, wenn er nicht käme.

Die Einladung war ihm sehr erwünscht: so konnte er die Nachricht von der Ordensverleihung schleunigst weitererzählen. Er versprach sich davon einen gewaltigen Eindruck.

In der Tat war die Gesellschaft klein. Die Herzogin hatte außer der Seyssel nur noch den Hofrat Andre, Obermayer, Lori und den Obersten Ancillon hinzugezogen. Karl erschien mit seinen beiden ständigen Begleitern, den Zweibrückener Ministern von Hofenfels und von Esebeck.

Maria Anna begegnete ihm mit der gewohnten und trotzdem ungewöhnlichen Liebenswürdigkeit, obgleich sie etwas angestrengt aussah und eine gewisse Nervosität nicht verbergen konnte, je später es wurde; sie und ihre Freunde beglückwünschten ihn aufs lebhafteste zu der bevorstehenden Auszeichnung. Bei der Zwanglosigkeit, die sie im engen Kreis liebte, fiel es nicht weiter auf, daß sich die Münchener Gäste verabschiedeten, noch ehe der Herzog eine solche Absicht zu verstehen gegeben hatte, und so kam es, daß er sich unerwartet mit Andre und seinen beiden Ministern allein sah.

»Es wird uns nichts übrigbleiben«, sagte er, »als uns ebenfalls zurückzuziehen, obgleich es noch nicht einmal elf Uhr ist . . .«

»Bleiben Sie getrost«, antwortete die Herzogin. »Ich muß Ihnen gestehen, daß dieser plötzliche Aufbruch der anderen auf meinen Wunsch erfolgt ist. Ich habe Ihnen, lieber Karl, etwas mitzuteilen, was nur für Sie und Ihre Begleiter bestimmt ist.«

»Ich brenne vor Neugier!«

»Daran tun Sie recht. Brennen Sie aber nicht hier, es wäre schade um die seidenen Tapeten und die Vorhänge! Folgen Sie mir in einen Raum, der vielleicht weniger komfortabel eingerichtet ist, dafür jedoch den Vorzug hat, daß wir dort vor jedem Lauscher sicher sind.«

»Die Sache wird immer geheimnisvoller!«

»Sie muß tiefstes Geheimnis bleiben! Ich könnte Ihnen Ihr Ehrenwort abverlangen, Herzog, daß Sie schweigen werden – aber das ist nicht nötig, denn bei Ihrer Klugheit werden Sie einsehen, daß Sie schweigen *müssen.* Ist alles in Ordnung, Andre?«

Der Hofrat nickte, nahm zwei Armleuchter vom Tisch und ging voran.

Er führte die Gesellschaft durch mehrere anstoßende Zimmer

auf einen Flur hinaus, dann zwei Treppen empor in einen Bibliotheksraum, von dem aus eine eiserne Wendeltreppe, wie sie in dergleichen Räumen häufig zu finden sind, durch ein viereckiges Loch im Plafond nach oben lief. Immer verwunderter kletterten die Gäste diese Treppe hinauf, hinter dem letzten verschloß Andre das Loch mit einer Falltür. Das Gemach, in dem sie sich jetzt befanden, war fast leer und so groß, daß der Kerzenschimmer nicht die gegenüberliegende Wand erreichen konnte. Dort sah man im Dunkeln die Ritzen einer Tür, hinter der Licht brannte.

Der Hofrat klopfte und öffnete.

Die Gesellschaft betrat eine kleine Dachstube, notdürftig mit einem Bett, einem Tisch und ein paar Stühlen möbliert. Am Kamin hatte ein Mann gesessen, der sich jetzt erhob und die Eintretenden durch eine Verbeugung begrüßte.

»Es tut mir leid, Herzog«, sagte Maria Anna, »daß ich Ihnen zu dieser Stunde noch eine so seltsame Wanderung zumuten mußte, aber Ihre Mühe wird sich lohnen. Ich habe die Ehre, Ihnen den Herrn Grafen Johann Eustach von Görtz vorzustellen, den Abgesandten Seiner Majestät des Königs von Preußen!«

Karl brauchte seine ganze Selbstbeherrschung, nicht zurückzuprallen wie vor einem Gespenst, obgleich Görtz in seiner sanftlächelnden, eleganten Art durchaus nicht an ein Gespenst erinnerte. Aber der Herzog dachte an das Goldene Vlies: im letzten Augenblick war er in eine böse Falle geraten!

Als jeder seinen Platz am Tisch hatte, überreichte Görtz dem Herzog sein Beglaubigungsschreiben.

Karl warf einen abwesenden Blick darauf und gab es an Hofenfels weiter. »So sehr ich mich freue, die Bekanntschaft eines so schätzenswerten und ausgezeichneten Mannes zu machen, so kann ich Ihnen doch nicht meine augenblickliche Überraschung verbergen«, sagte er mit dem Versuche, sich zu sammeln, »indessen werden Sie verstehen –«

»Der Graf«, erklärte Maria Anna, »ist heute abend in meinem Gartenschlößchen angekommen und hat einige Zeit später, als Lakai verkleidet, das Tor passiert. Niemand außer den hier Versammelten ahnt etwas von seiner Anwesenheit, daher diese geheimnisvolle und umständliche Komödie. – Sie wissen, Herzog, daß der kürzlich abgeschlossene Vertrag das bayrische Land – Ihr Erbe! – zerstückelt hat; Sie wissen ferner, daß Ihre Anwesenheit in München dazu mißbraucht werden soll, daß auch Sie diesen Vertrag durch Ihre Unterschrift gutheißen und sich an ihn binden. Das Goldene Vlies, Bester, wird Ihnen nicht geschenkt

– glauben Sie aber wirklich, daß dieser Orden eine hinreichende Bezahlung ist für eine halbe Million Landeskinder? Glauben Sie, daß der Fluch Ihres verratenen Volkes sich durch ein Ordensband zudecken läßt?«

»Der Wiener Vertrag«, sagte Karl, verblüfft über diese leidenschaftliche Sprache, »ist rechtsgültig, und zwar ohne meine Mitwirkung. Ich kann Ihnen versichern, daß ich, als regierender Kurfürst, wahrscheinlich niemals in die Gebietsabtretung gewilligt hätte – indessen regiere nicht ich, und ich kann daher einen Vertrag weder schließen noch seinen Abschluß verhindern.«

»Aber Sie können ihn zerreißen!« rief Maria Anna. »Sie können sich weigern, ihn anzuerkennen«

»Wenn Ihro Durchlaucht mir gnädigst erlauben wollen«, sagte Görtz in seiner beruhigenden und friedlichen Weise, »so werde ich, vor jeder weiteren Stellungnahme des Herrn Herzogs, den Standpunkt und die festgefaßten Entschließungen Preußens darlegen!« Er hielt einen klaren Vortrag über die Lage. Der König von Preußen werde die Zerstückelung Bayerns niemals dulden; er werde zunächst mit allen diplomatischen Mitteln eingreifen und, wenn das nichts nütze, sogar den Krieg an Österreich erklären. »Wir sind davon unterrichtet«, sagte Görtz, »daß Österreichs Kriegspartei nur klein ist; der Kaiser und Kaunitz gehören zwar zu ihr, aber Maria Theresia will ihrem Volke das Elend eines neuen Waffenganges durchaus ersparen. Es versteht sich jedoch, daß Preußen erst dann und nur dann eingreifen kann, wenn es von Bayern zu Hilfe gerufen wird. Der Kurfürst wird dies nicht tun – wer soll es also tun? Es gibt nur einen, der das Recht dazu hat: der Erbe – Sie, Durchlaucht! Ziehen Sie es vor, zu schweigen und dereinst über ein machtloses, zerstückeltes Land zu herrschen? Der König ersucht Sie, ihm selbst und dem Reichstag zu Regensburg einen Protest zu übersenden. Ich bin ermächtigt, Ihnen mitzuteilen, daß die Krone Frankreichs Seine Majestät bereits davon verständigt hat, daß sie in einem etwa kommenden Krieg neutral zu bleiben gedenkt, trotz allen familiären Bindungen an das Haus Habsburg. Können Sie jetzt noch zögern? Können Sie noch im Zweifel sein, was zu tun ist?«

»Ich bitte Sie!« sagte Maria Anna mit aufgehobenen Händen. »Denken Sie an Ihr Volk! Ich habe keine anderen Gründe, bei Gott! als die Liebe zu Bayern!«

Karl antwortete: »Ich bin überzeugt, daß unser Unglück aufhören wird, sobald Seine Majestät daran teilnimmt!«

»Das gibt Ihnen der Himmel ein!«

»Weh? Ich weiß nicht. Eigentlich, weh tut mir gerade nichts«, sagte Andre lächelnd und stellte seine Augen aus der unabsehbaren Grenzenlosigkeit auf die menschliche Nähe zurück, »nur gerade besonders wohl ist mir auch nicht. Da geh her, Theres! Wie alt bist du?«

»Auf Lichtmeß war ich zwanzig.«

»Soso...«, nickte er, »und ich bin akkurat doppelt so alt. Nach rechten könnt' ich also dein Vater sein – wenn mich deine Mutter gemöcht hätt'! Kuriose Idee! Hm, hm... Wenn ich mir so vorstelle, daß du meine Tochter wärest...«, er schüttelte aufs neue den Kopf, »das ist doch rein zum Lachen!«

Sie lachten wirklich beide.

»Wär' gar nicht so übel«, sagte die Theres und steckte sich die Zöpfe im Nacken fester, »eine leibhaftige Hofratstochter in der Stadt – was hab' ich schon da heraußen?«

»Das da!!« sagte er und deutete auf die reine, blühende Welt. »Oder ist das vielleicht nichts?«

»Ja... schon...« Sie setzte die Wasserschüssel, die sie mitgebracht hatte, auf den Tisch und begann, Andres Verband vorsichtig aufzuwickeln. »Es wird schon besser!«

»Dann laß. Die Sonne soll drauf scheinen. Ich bind's mir nachher schon selber zu, oder ich ruf' dich.«

Sie ging wieder ins Haus, und er blickte ihr nach. Sie war ein hübsches, braunes, rundes Ding, gesund zum Zerspringen.

Andre sah seinen Schatten auf dem Sand und dachte: Warum ich heute nur immer den Kopf schütteln muß?

Weil das Frühjahrswetter von einer prachtvollen Beständigkeit war, begannen die Gartenfeste in Nymphenburg schon im April. Fuhr Karl Theodor durch die Stadt hinaus, so bezeigte ihm zwar jedermann die schuldige Achtung, aber weil er's wußte, spürte er es: sie haßten ihn alle, und die ihn nicht haßten, waren seine Kreaturen bei Hofe, die von seinem Tische lebten.

Er begriff die Bayern nicht. Anstatt ihm dankbar zu sein, daß er den Frieden mit Österreich erkauft hatte, wollten sie Krieg! München war ihm von jeher zuwider gewesen, jetzt hielt er es kaum mehr in der Stadt aus und wäre gern wieder nach Mannheim zurückgekehrt – aber er durfte es nicht wagen, das sah er ein; erstens band ihn das Hausgesetz, das er unterzeichnet hatte, zweitens wäre seine Abreise in diesen Monaten des Kriegsfiebers und der Gefahr gleichbedeutend gewesen mit einer endgültigen Trennung vom Volk. »Ein Glück, daß ich mir wenigstens noch erlauben darf, nach Nymphenburg zu fahren«, sagte er zu Vieregg. »Sollte mir wirklich einmal ein heiterer Tag gestattet sein?«

O nein! Zum Teufel: Als er draußen ankam, stand die Herzogin Maria Anna vor allem Hofstaat und bewillkommnete ihn mit dem schönsten und tiefsten Knicks.

Der Gipfel der Unverschämtheit! dachte er und küßte ihre Hand – mit einer Rakete sollte man das Frauenzimmer in die Luft schießen, und auf dem Monde sollte sie kleben bleiben! »Wir haben uns lange nicht gesehen, Frau Schwägerin, und es gibt niemanden, der das mehr bedauert als ich.«

»Niemand außer mir, Durchlaucht«, sagte sie herzlich.

»Wahrhaftig, Sie machen sich selten!«

»Ich weiß, wie angenehm Ihnen Frauen sind – aber junge und hübsche. Alte Drachen wie ich sind Ihnen zuwider, das begreif' ich sehr wohl.«

»Sie hätten's nicht nötig, nach Komplimenten zu angeln. Freilich wird man nicht jünger, aber mit dem, was da an unserem Hof herumläuft, nehmen Sie es noch immer auf.«

»Durchlaucht sind kritisch.«

»Wie stets, wenn ich wirkliche Werte vor mir habe.«

Da sie sich nicht von der Stelle rührte, mußte er ihr wohl oder übel den Arm reichen – ein recht erbaulicher Anfang dieses Festes, auf das er sich unvorsichtigerweise beinahe gefreut hätte!

»Wie geht es meiner Schwester, Durchlaucht?«

»Die Kurfürstin befindet sich in Mannheim äußerst wohl. Im Vertrauen: sie war klüger als ich, da sie dort blieb.«

»Derlei Urteile betrüben jedes Bayernherz.«

»Ich bin Pfälzer!« sagte er, unbeherrscht heftig, und lenkte mühsam wieder ein: »Was freilich nicht ausschließt, daß ich die Vorzüge der bayrischen Landschaft, insonderheit dieses Parks, zu schätzen weiß. Wie hübsch könnte das alles sein!«

»Es steht wohl bei Eurer Durchlaucht, es wirklich so zu finden!«

»Nicht immer und nicht ganz, Schwägerin. Böse Menschen machen einem das Leben sauer genug.«

»Ja, ja – die Österreicher!« seufzte sie. »Ich verstehe das recht gut!«

Er kochte innerlich. »Die Politik ist eine so leidige Angelegenheit, daß man unter freiem Himmel nicht davon reden sollte.«

Sie nickte. »Sicherlich! Sie wird ja auch meist im geheimen ausgebrütet, hinter verschlossenen Türen.«

»Oder hinter Samtvisieren, Madame!« Karl Theodors Geduld war zu Ende.

»Wissen Sie schon, daß man meinen Rentmeister letzthin angeschossen hat?«

»Nein! Angeschossen? Schade! Wer?«

»Wer sonst als die Landplage eines gewissen Gebietes, die Österreicher!«

»Vermutlich haben die Leute ihre Gründe gehabt.«

»Vermutlich! Die Gründe, die jeder Straßenräuber hat. Sonst wüßt' ich nicht —«

»Ich muß Sie um Ihre Ahnungslosigkeit beneiden und wünschte nur, ich wäre ebenso ahnungslos!«

»Ich bitte Sie, in Wien wegen dieses Überfalls vorstellig zu werden!«

»Das ist —« der Kurfürst verschluckte mit äußerster Anstrengung, was er eigentlich hatte sagen wollen, »das ist zu erwägen, obwohl ich nicht glaube, daß es viel helfen wird. Aber ich will mit Lehrbach sofort darüber sprechen. Entschuldigen Sie mich also!«

Er ließ sie stehen. Die Herzogin tauchte in Ehrerbietung bis zum Boden.

Wäre Andre in München gewesen, er hätte der Herzogin dringend abgeraten, den Kurfürsten so zu reizen. Freilich bestand keine unmittelbare Gefahr; denn Karl Theodor war seiner Sache viel zu unsicher und fürchtete die Preußen viel zu sehr, um die Patriotenpartei seine Hand fühlen zu lassen; so schwer es ihn ankam: er vermied alles, was den Konflikt hätte verschärfen können. Aber er vergaß auch nichts; Maria Anna war im Grunde eine zu einfache Natur, um dies zu bedenken — und Andre konnte sie jetzt nicht warnen.

Er saß in Schwaiganger, und mit jedem Tage rückte die große Welt, aus der er so plötzlich entfernt worden war, noch weiter von ihm weg. Er war in einer seltsamen Verfassung — wußte nicht: wachte er allmählich aus dem Traum auf oder sank er langsam in einen neuen hinein. Was sollte er als wirklich und lebenswert gelten lassen? Unglaublich, daß er einmal als Bauernbursch nach München gewandert war... und doch wurde eben jetzt sein Bauernblut wieder wach, der Heimatboden redete zu ihm, er fühlte, wie die Bindungen seines Wesens an diese Wälder, Wässer und Berge niemals gerissen, sondern nur überstaubt gewesen waren von Puder, wie er den Duft der Wiesen nur vergessen hatte über dem Patschuligeruch. Aber nun wurde das alles wieder greifbar — — und mit einemmal kam ihm der Gedanke, daß er seine schönsten Jahre gleichsam in der Fremde zugebracht habe.

Drüben in Rieden saß der Bruder auf dem Schreiberhof, den er für den Hofrat verwaltete. Andre wanderte alle paar Tage hinüber; mit seinem Gelde war das Gütchen ganz stattlich ausgebaut worden. Wie wär's, wenn man hierbliebe?

Er wurde immer nachdenklicher, und eines Morgens, als er vor dem Spiegel stand und sich rasierte, mußte er sich wundern, welch sonderbarer Ausdruck in seine Augen gekommen war. Das war nicht nur Ruhe und Beschaulichkeit – es war eine stille Wehmut. Wehmut über ... ja ... er log sich nicht an: über seine verlorene Jugend. Mit seinen einundvierzig Jahren hätte er auf der Höhe des Lebens stehen müssen. Aber er fühlte sich nicht so. Er fühlte sich alt. In dem braunen Haar waren viele weiße Fäden. Man hatte sich aufgearbeitet. Andre bekam es wieder mit dem Kopfschütteln.

Drunten am Brunnen stand die Theres, wusch rotkarierte Bettwäsche und sang. Auf ihren braunen, runden Armen spielten die Spiegellichter des Wassers.

Vermutlich wäre der Hofrat über diesen braunen, runden Armen noch viel nachdenklicher geworden – aber da ritt jemand ganz gemächlich zur Einfahrt herein und hatte einen langen schwarzen Rock an, und das war der Pater Kirchmayr, Maria Annas geistlicher Berater, ein sehr guter Mann.

Andre beeilte sich mit seinem Anzug und ging hinunter.

Der Pater, durchaus zufrieden mit der Welt, brachte ihm einen Brief der Herzogin und manche mündliche Nachricht.

Im Laufe des Gesprächs fragte ihn der Hofrat: »Sagen Sie, Hochwürden, wie gefällt Ihnen eigentlich die Welt?«

Der Kirchmayr machte große Augen. »Wieso, Bester?«

»Ich denke, daß ein geistlicher Herr seinen Frieden haben müßte mit allem, was es gibt?«

»Hab' ich auch, Gott sei Dank!« antwortete der Pater.

»Und Sie haben nie etwas vermißt? Ich meine, zum Beispiel, Weib und Kinder?«

»Ach so ...«, sagte der geistliche Herr ruhig. Er kannte die Menschen und ließ sich nicht überraschen. »Ja – so in ganz jungen Jahren, wissen Sie, hat unsereins freilich auch seine inneren Kämpfe. Das muß sein, und man wird auch damit fertig, eben weil es sein muß. Indessen denk' ich: wir beide –?«

»Hm ...!« machte der Hofrat.

Der Pater schwieg. Als Beichtvater der Herzogin wußte er ziemlich genau Bescheid. Schließlich sagte er: »Es gibt höhere Ideale!«

Nun schwieg Andre.

»Mir scheint, lieber Hofrat, daß Sie Ihre Zeit zum Spintisieren benützen. Lassen Sie's bleiben. Es kommt selten etwas Gescheites heraus dabei.«

»Wissen Sie das bestimmt?«

»Ja. Für die Weltordnung zu sorgen, ist nicht unsere Sache, dafür gibt es höhere Instanzen.«

»Aber für uns selbst zu sorgen — wie ist's damit?«

Kirchmayr lächelte. »Wenn ich es recht bedenke, so haben Sie doch wohl ganz fleißig für sich gesorgt?«

»Es könnte so scheinen. Aber seit ich hier bin — —« Andre seufzte. Er wollte dem guten Pater nicht in die Augen sehen, und so sah er an ihm vorbei, und es war ein Zufall, daß dort, wohin er blickte, gerade die Theres stand.

Oha! dachte Kirchmayr, so weht der Wind! Armer Hofrat! *Den* Wehdam mußt du dir schon selber kurieren — da hat, solange die Welt steht, noch kein geistlicher Zuspruch geholfen. Und ohne daß er's wollte, fuhr ihm ein bekümmertes »Jaja . . .!« heraus.

Andre zuckte bemerkbar zusammen über dem Klang dieser herzlichen Beileidskundgebung. »Ich glaube«, sagte er, »ich muß in die Stadt zurück! Man braucht mich dort notwendiger als hier!«

»Vielleicht«, antwortete Kirchmayr, »vielleicht wär' es sehr gut. Indessen ist's Ihnen verboten. Die Herzogin hat mir noch gestern eingeschärft: Sie sollen in Schwaiganger bleiben, bis Sie gerufen werden.«

»Aber es bekommt mir nicht gut!«

»Arbeiten Sie. Das ist das beste Mittel gegen dumme Gedanken.«

»Hab' ich denn dumme Gedanken?«

»Das fragen Sie mich? Ich meinte nur.«

»Wollen Sie mir die Zeit vertreiben helfen?«

»Ich wollte schon, aber ich kann nicht. Morgen muß ich zu einer Primiz in Kochel sein, werde also noch heute nachmittag hinüberreiten — wofern Sie meine Exerzitien auf dem Pferderücken gütigst als Reiten anerkennen. Die Herzogin erwartet gewiß, daß ich ihr einen Brief von Ihnen mitbringe.«

»Das versteht sich«, sagte Andre und ging sogleich in sein Zimmer hinauf. Sobald er das Papier vor sich hatte und die Feder, einen verwunderlich fremd gewordenen Gegenstand, darüber hingleiten sah, wurde es ihm klarer im Herzen. Nach wenigen Zeilen stellte sich die Verbindung mit Maria Anna in einer seltsamen, beinahe magischen Weise wieder her; er hörte die Worte, die er schrieb, und sah das Gesicht der Herzogin, vernahm ihre Stimme, spürte ihr Wesen, das ihm scheinbar ferngerückt war. Ja, es war nicht anders: während er schrieb, verliebte er sich aufs neue in diese Frau, der er alles verdankte, was er geworden, und empfand, wie sehr sie eins waren.

Der Pater wunderte sich nicht wenig, als Andre völlig verwandelt zum Mittagessen herunterkam, ganz der alte, aufgeräumt, scharfblickend, mit gutem Humor und entschiedener Haltung.

»Entschuldigen Sie meine vorige Verstimmung«, sagte der Hofrat, »ich hätte Sie nicht damit belasten sollen. Indessen, welcher Mensch ist vollkommen?«

Als der Geistliche davonritt, hatten sie die Rollen getauscht, denn jetzt war Kirchmayr nachdenklich und Andre bei guter Laune.

»Weg mit dem Stadtgewand« sagte er und zog den peinlich stäubchenlosen Rock und das gefältete Jabot aus, »soll ich wie ein Fremder da herumsitzen?« Der Verwalter mußte ihm ein Paar Bauernhosen und einen Janker geben; das Hemd hatte die Theres selber gesponnen und gewebt. Am folgenden Morgen um vier Uhr wanderte Andre, die Sense über der Schulter, auf die nächste Wiese und mähte ein Stück Gras zum Grünfutter für das Vieh, das noch nicht auf der Alm war. Die Theres begleitete ihn mit dem Karren und wunderte sich, wie gut er noch mähen konnte.

»Den Hofrat kennt dir keiner an!«

»Wahrhaftig?« fragte er, beinahe stolz.

»Und gut beieinand!« lobte sie seine kräftigen Arme.

Zum erstenmal seit vielen Tagen lachte er laut auf.

Nur das lange Haar, das er sonst eingerollt, frisiert und gepudert trug, genierte ihn. Aber da ließ sich helfen. Die Theres mußte mit der Schere kommen, er setzte sich auf einen Stuhl in die Mitte des Zimmers, und während ab und an ein neugieriges Ehhaltengesicht durch den Türspalt grinste, schnitt ihm die Theres das Haar ab, bis er einen richtigen gescherten Kopf auf hatte. Dabei zwickte und zupfte sie ihn nicht wenig, schnitt ihn auch einmal ins Ohr; aber er hielt es mit wahrhaftem Vergnügen aus, denn während dieser eifrigen Hantierung ließ es sich gar nicht vermeiden, daß ihm die Theres mit ihrer äußerst gesunden Rundlichkeit verwirrend angenehm zu nahe kam oder ihre Knie an die seinen stieß, wohingegen es der Hofrat für angebracht hielt, sie mehrmals wohlwollend und scherzhaft auf die Hinterseite des

Faltenrockes zu patschen beziehungsweise auf das, was unter dem Rock war.

So gingen die Tage nun heller hin, und in diesen Wochen reifte ihm der Entschluß: wenn Frieden bliebe, wollte er die Herzogin um Entlassung bitten.

Fürs erste freilich schuf ihm der Gedanke Beklemmungen. Er malte sich aus, wie sie seine Bitte aufnehmen würde. Daß dabei mehreres Porzellan in Trümmer ging, war unausbleiblich. Er dachte sich, wie er vor ihr stand, in ihrem Arbeitszimmer in der Maxburg. Die anderen waren fortgegangen – – »Geh du auch schlafen, Andre!« sagte sie. – »Ich habe noch etwas ...«, sagte er und fuhr sich mit den Fingern unter der viel zu engen Halsbinde hindurch. – Sie machte ihre erstaunten Augen. »Nämlich?« – Und dann begann er zu reden, seine wohleinstudierte, mit listigen Gründen gestützte Rede, deren Logik ihn jetzt verwirrte und die ihm selber sonderbar kläglich vorkam. Aber er hielt durch und ließ sich auch von ihrem Blick nicht irremachen, in dem Erstaunen, Zorn, Enttäuschung, Kummer miteinander abwechselten wie Licht und Schatten unter einem wolkendurchjagten Föhnhimmel. – »So!« sagte sie schließlich, »so! Weißt du auch, was du da zusammentratschst, Esel?« – »Durchlaucht ...!« – »Laß die Faxen! Oder willst du dich hinter Formen verstekken? Das sind ja alles elende Lügen, Andre!« – »Nein!« – »Ja! Soll ich dir die Wahrheit sagen? Leicht wird mir's nicht, aber ich will es doch tun, damit du siehst, daß ich mehr Mut habe als du. Ich bin dir zu alt geworden. Verliebt hast du dich! Das ist die Sache! Nein, komme mir nicht mit Redensarten, ich weiß genau, was du sagen willst: Dankbarkeit gegen mich und das Schicksal! ... niemals eine Trennung ... immer so wie früher ... oh, das kenn' ich! Und sprich nicht von Seele, Mensch! Sondern schäme dich, daß du zu nichts weiter Mut hast als zum Lügen!« Der Hofrat Andreas Andre krampfte die Finger zusammen. Er fühlte sich durchschaut, so, wie er selber niemals gewagt hatte, sich zu durchschauen. Er schämte sich entsetzlich, sah, wie weh er dieser Frau getan – – nicht durch die Bitte um Abschied, sondern durch seine Unaufrichtigkeit – und wachte auf, völlig benommen von dem quälenden Traum.

Er sah die blasse Morgendämmerung am Fenster stehen, hörte das Zwitschern der ersten Vögel und fand sich, erhitzt, fiebernd, einer Folter entronnen, in der kühlen, still ahnungslosen Wirklichkeit.

Bei einer Gesellschaft, die Lehrbach gab, nahm er sich die Seyssel beiseite.

»Kennen Sie einen Mann namens Doropp?«

»Nein.«

Der Gesandte sah in ihre hübschen blauen Augen, als wollte er auf den Grund ihrer nichtsnutzigen Seele blicken. »Ich gestehe, Gräfin, daß ich in der letzten Zeit Ihrer Person wegen einigermaßen stutzig geworden bin.«

»Da tun Sie mir unrecht.«

»Ich soll Ihnen glauben, daß Sie nicht wissen, wo sich Andre aufhält?«

»Bis heute mittag hab' ich's wahrhaftig nicht gewußt. Jetzt bin ich dahintergekommen: er sitzt in Schwaiganger, einem Gut der Herzogin.«

»Was tut er da?«

»Vielleicht fängt er Grillen. Es soll dort ziemlich viele geben?«

»Gut. – Also: Doropp – Sie haben den Namen nie gehört?«

»Nicht daß ich mich erinnern könnte.«

»Man hat sich in Wien von jeher für ihn interessiert. Er ist preußischer Untertan. Die kaiserliche Regierung hat gestern bei mir angefragt, ob er sich noch immer in München aufhalte und unter welchem Vorwand. Es sind Briefe abgefangen worden, in denen er über die gegenwärtige Stärke des kurbayrischen Heeres nach Berlin berichtet.«

»Rundweg?«

»Natürlich nicht. Unter Deckworten aus dem Getreidehandel. Niemand wird sich durch solche kindlichen Schliche täuschen lassen.«

»Ihr Vertrauen ehrt mich – aber was soll ich dabei tun?«

»Was Sie dabei tun«, antwortete Lehrbach, »hängt selbstverständlich von Ihren eigenen Entschlüssen ab. Sie wissen, daß ich niemals bevollmächtigt oder in der Lage bin, Ihnen irgendwelche Aufträge oder Weisungen zu geben; ich bin österreichischer Gesandter, nicht Vorsteher eines Spionagebüros. Ich wollte Ihnen den Fall nur mitteilen, da ich Ihre Geldbedürftigkeit kenne. Wien hat es noch niemals an Belohnung für gute Dienste fehlen lassen.«

»Gesetzt, ich finde den Mann – so kann ich ihn doch nicht verhaften lassen, Exzellenz!«

»Nein, das können Sie freilich nicht, ebensowenig wie ich«, sagte Lehrbach achselzuckend und wandte sich wieder den Pharaotischen zu.

Mit Genugtuung sah er, daß die Seyssel an diesem Abend Summen verspielte, die weit über ihre Verhältnisse gingen. Solange der Spielteufel sie beim Genick hatte, konnte man auf ihre Dienste rechnen.

Anderntags trank sie bei der Herzogin Tee und häkelte Frivolitäten.

»Nun, wie war es?« wollte Maria Anna wissen.

»Langweilig, wie stets. Abgesehen von einem Spielchen, bei dem ich anstandshalber verlieren mußte.«

»Viel?«

»Fünfzig Louis.«

»Diese Gesellschaften bei Lehrbach kommen mich teuer zu stehen«, sagte die Herzogin und schloß ihre Schatulle auf. »Ist es Tatsache, daß österreichische Diplomaten in Berlin sind?«

»Man sprach davon. Maria Theresia will keinen Krieg, aber der Kaiser und Kaunitz wollen ihn.«

»Im übrigen?«

»Der Name Doropp fiel...«, sagte die Seyssel beiläufig.

»Doropp ... Doropp ... warten Sie, den Namen hab' ich auch schon gehört ... aber wann?«

»Mir war er unbekannt.«

»Mir ist er auch nicht geläufig. Ich muß mich erkundigen.«

Die Herzogin brauchte nicht zu lügen. Es gab allerdings gewisse Verbindungen der Patriotenpartei zu Doropp, nur wußte Maria Anna nichts davon. Andre verhandelte gelegentlich und sehr geheim mit dem ehemaligen preußischen Leutnant, der sich im Siebenjährigen Kriege ausgezeichnet hatte, später aber schuldenhalber entlassen werden mußte; er war ein ungewöhnlicher Kopf, als Charakter ziemlich verwegen – ein Mensch, wie man ihn bei den Zietenhusaren brauchen konnte; der König ließ ihn damals ungern gehen, aber an den Rand des von Ddoropps Obersten erzwungenen Abschiedsgesuches hatte er geschrieben: »Bevor er sich durch eine Mariage arrangiert, soll er's mit dem Aufhenken probieren.« Der Leutnant hatte weder das eine noch das andere getan; er zog es vor, eine Kavaliersreise zu unternehmen; die Kosten brachte er dadurch auf, daß er mit bemerkenswerter Menschenkenntnis Leute zu finden verstand, denen gewisse Geschicklichkeiten beim Hasardspiel entgingen. So war er auf seinen Kreuz- und Querzügen nach München gekommen; der Gesandte Klinggräffen hatte ihn hier aus einer fatalen Situation gezogen, erkannte seine Verwendbarkeit und bediente sich seiner mit Vorliebe, um Nachrichten über den Stand der Provinzgarnisonen zu sammeln.

Andre, der solche Existenzen nicht schätzte, hielt ihn dem Kreis um Maria Anna ängstlich fern; er war ungemein vorsichtig und fürchtete stets, man werde sich eines Tages mit derartigen Leuten gründlich kompromittieren. Vollends die Herzogin erfuhr nichts von Doropp; so gescheit sie war – sie blieb eine Frau, und ihr Temperament ließ sie manchmal Dinge sagen und tun, die besser ungesagt und ungetan geblieben wären. Andre mißtraute – aus seinem Instinkt heraus – auch der Seyssel, und es hatte deshalb schon heftige Auseinandersetzungen gegeben zwischen ihm und Maria Anna, die von der Zuverlässigkeit der Gräfin überzeugt war und den Hofrat gereizt aufforderte, ihr Beweise des Gegenteils zu bringen – was er einstweilen freilich nicht konnte.

Die Seyssel ging also unverrichteterdinge aus der Maxburg. Es war ihr aber ein Geringes, Doropps Wohnung bei der Polizei zu erfragen, und noch am gleichen Nachmittag erfuhr Lehrbach, daß der erwähnte Herr im »Grünen Baum« an der Isarlände zu logieren pflegte, also klugerweise außerhalb der Stadtmauern, an der Stelle, wo die von Tölz herunterkommenden Flöße anlegten; augenblicklich sei er allerdings verreist. Sehr vornehm war das Quartier gerade nicht.

»Eben diese Reisen«, sagte Lehrbach, »machen mich neugierig.«

»Fahren Sie ihm nach!« erwiderte die Seyssel gleichmütig.

»Das wäre Ihre Sache!«

»Es ist mir unbekannt, wo sich Doropp aufhält. Sie wissen, daß ich gestern hundert Louis verspielt habe. Reisen kosten Geld . . .!«

»Als Beamter kann ich Ihnen nicht helfen. Als Privatmann ist es mir unmöglich, Sie im Elend sitzenzulassen«, sagte der Gesandte ironisch und zog sein Portefeuille.

Indessen konnte die Gräfin nicht herausbringen, wo sich Doropp aufhielt; der Wirt vom »Grünen Baum« meinte zwar, er sei vielleicht in Ingolstadt, aber obwohl die Seyssel sofort dorthin fuhr, fand sie ihn nicht. Maria Anna, der die Abwesenheit auffallen mußte, ließ sich leicht beruhigen: Sie habe – sagte die Gräfin – sich überzeugen wollen, ob die Österreicher sich wirklich im Bereich der Festung zu schaffen machten, wie man gehört habe. »Der Kommandant«, meldete sie, »ist sehr österreichfeindlich – aber was wird ihm das nützen? Er hat den Befehlen des Kurfürsten zu gehorchen, und solche Befehle – – – treffen leider nicht ein. Sonst wär' es ein leichtes, die tatsächlich umherstreifenden kaiserlichen Truppen fernzuhalten. Übrigens ging es für mich nicht ohne Schwierigkeiten ab: man hat mich angehalten und scharf verhört.«

»Das ist in unruhigen Zeiten immer so.«

»Trotzdem war es nicht angenehm. Allein die Berufung auf Euer Durchlaucht machte die Soldaten freundlicher. Vielleicht wäre es gut, ich hätte eine Zeile von Ihrer Hand . . .«

Maria Anna ließ sich über die Ängste, die die Seyssel angeblich ausgestanden haben wollte, des langen und breiten erzählen. Die Gräfin log so vortrefflich, daß Maria Anna ihr für künftige Fälle einen Zettel schrieb: sie reise im herzoglichen Auftrag. Die Seyssel dankte und hob das kostbare Papier gut auf.

Der Sommer kam, ohne daß sich in dem quälenden Hin und Her der Politik etwas geändert hatte. Keine von den beiden Parteien wollte die Verantwortung übernehmen: ein Feuer anzuzünden, das vielleicht auf ganz Europa übergriff. Vollends Bayern, um das es sich eigentlich handelte, rührte sich nicht.

Fast ratlos saß Andre in seiner friedlichen Verbannung. Die spärlichen Nachrichten, die er aus München erhielt, brachten kaum etwas Neues. Trotzdem war er damit nicht unzufrieden; je länger er in Schwaiganger blieb, desto fremder, ja sinnloser wurde ihm die Welt da draußen – wenigstens schien es ihm so. Es ging gewiß auch ohne ihn.

Jeden Abend spazierte er auf einen kleinen Hügel, der hinter dem Hofe sanft anstieg, und ruhte sich dort auf seiner Lieblingsbank aus; man hatte von hier den besten Blick über das enge Tal und hinauf zum Heimgartengipfel, an dem noch die letzten warmen Abendstrahlen hingen.

Die Theres begleitete ihn immer – zwischen beiden war etwas Seltsames.

In der Abendstille, durch die nur hin und wieder noch ein verirrter Kuhglockenton klang, saßen sie nebeneinander, als müßte das so sein, und brauchten sich nicht zu sagen, wie gut eines den andern verstand. Die Theres hatte den Hofrat herzlich lieb – mit jener Art von Liebe, die aus Kindlichkeit, Bewunderung und Weibtum gemischt ist. Sie wußte, daß die Leute schon über sie redeten, aber es war ihr gleichgültig. Nicht gleichgültig war ihr die sonderbare Zurückhaltung Andres; daß er sich gar so väterlich benahm, verstand sie nicht. Manchmal versuchte sie, ihn mit den kleinen, naiven Mitteln, die in der ganzen Welt dieselben sind, zutraulicher zu machen – und war insgeheim über die Maßen ratlos, warum er dann immer so schwermütig wurde. Denn daß ein so gescheiter Mann nicht begriff, wie gern sie ihn mochte – das gab es ja gar nicht.

Aber der Hofrat ging über ein gelegentlich etwas derbes Wohlwollen nicht hinaus, so leicht sie's ihm auch gemacht hätte. Wie es ihm dabei ums Herz war, zeigte er nie.

Oder doch. Einmal. Das war an einem Juliabend, sie saßen wieder auf ihrer Bank. Der Rosenhauch des Abends verblaßte, im Osten stieg vor veilchenzarter Dämmerung der Mond herauf.

»Gar nicht reden mag er heut...«, sagte die Theres und lehnte sich zutraulich an ihn.

»Weil ich den ganzen Tag so weit weggedacht habe«, antwortete er, »ich hab' eine Unruhe in mir . . .«

»Wahrscheinlich denkt jemand an dich«, sagte sie wieder, halb neckend, halb forschend, »eine schöne Dame, in München, der du recht abgehst.«

»Das wär' schon möglich.«

»Wer?«

»Die Herzogin.«

»Ach, die. Eine junge, mein' ich!«

Es war gut, daß sie sein Gesicht nicht sah. »Gar keine junge?«

»Gewiß nicht.«

»Warum?«

Er schwieg lange. Dann sagte er: »Das hab' ich verpaßt, Theres.« Und da sie lachte: »Gewiß ist's wahr! Man kann scheint's im Leben nicht alles haben.«

»Ich tät's halt probieren!«

»Wüßt nicht, mit wem.«

»Ich schon!«

»Du, Theres«, sagte er da und setzte sich aufrechter hin, »mit solchen Dingen ist nicht zu spaßen. Laß es lieber bleiben. Es tut kein gut. Ich bin nicht mehr jung genug zum Scherzen.«

»Wenn ich aber gar nicht scherze?«

»Dann ist's um so schlimmer.«

Nun saß er ganz gerade da, denn er mußte sich mit aller Gewalt eine Haltung verschaffen. Ja, da saß der gescheite Hofrat Andreas Andre, der mit so schwierigen Dingen umging, und spürte das große Zittern in sich. Er spürte, daß dies vielleicht die letzte Minute war, in der er seinem Leben einen anderen Weg weisen konnte – die letzte Gelegenheit, er selber zu sein . . . wenn er das wirklich selber war: der sich jetzt so danach sehnte, dieses warme junge Wesen festzuhalten. War er's? Der Hofrat dachte plötzlich an den Weg, den er bisher gegangen; er sah die noblen Zimmer im Schloß mit ihren goldenen Möbeln vor mattblauen Seidentapeten, er sah die kluge, feine Gesellschaft, er sah die Herzogin, seine Herzogin, in ihrer Gepflegtheit – er sah überhaupt alles – – und war mit einemmal so unglücklich und zwiespältig wie noch nie. Warum konnte man immer nur eines im Leben haben? Warum hatte der liebe Gott die Welt so entsetzlich einseitig gemacht?

Er seufzte herzzerbrechend. Das schlimmste an diesem Augenblick war: daß er genau fühlte, wie ungeschickt er sich benahm und wie ihm seine Biederkeit wieder einmal einen Knüppel zwischen die Füße warf. Gewissenhaft wog er sein Leben ab und versuchte, die Waage ins Gleichgewicht zu bringen, wo doch nur ein Faustschlag Ordnung schaffen konnte. All das wußte der arme Hofrat genau, und deshalb seufzte er, zu Tode betrübt über sich selber.

»Was ist denn?« fragte die Theres, mitleidig und beinahe mütterlich, »sag's halt – leicht, daß ich dir helfen kann!«

»Halt auch . .«, antwortete er, und in diesen beiden Worten lag seine ganze Ratlosigkeit gegenüber den zwei Seiten seiner Seele, die er noch nie so deutlich und schmerzhaft empfunden hatte wie jetzt.

Die Theres rückte nahe an ihn, in dem kühlen Abend spürte er ihre junge Wärme.

»Du!« sagte sie.

Es war ein durchaus entscheidender Augenblick, und die beiden Menschen, ganz allein im Weltall, waren plötzlich sehr ernst.

Indessen gibt es eine Art von boshafter Teufelei, die es liebt, zwischen ernste und entscheidende Augenblicke mit irgend etwas gräßlich Banalem hineinzupfuschen.

Man sollte erwarten, daß der Hofrat Andreas Andre jetzt endlich zu einer männlichen Tat sich aufraffte, ein großes Wort mit Festigkeit aussprach oder die Theres beim Kopfe nahm.

Doch er fuhr unvermutet auf und sagte: »Oha –!«

Die Theres empfand das in jeder Hinsicht als unpassend.

Aber der Hofrat hatte schon recht. Denn durch den völlig stillen, menschenvergessenen Abend hörte er einen galoppierenden Hufschlag, der auf dem Wege von Murnau daherkam.

Der Reiter tauchte zwischen den Bäumen auf, dann verschwand er im Schwaiganger Hof, und wenige Augenblicke später erschien ein Mann am Fuße des Hügels, auf dem die beiden saßen; genauer: nur die Theres saß noch . . . »Andre?«

»Ja?«

»Kommen Sie!«

»Wer ist das?«

»Ancillon.«

»Was gibt's?«

»Der König von Preußen hat den Krieg an Österreich erklärt!«

IV

Die Theres empfand die Kriegserklärung Preußens mit Recht als eine große Rücksichtslosigkeit. Sie war der Meinung, es hätte wohl noch eine halbe Stunde Zeit gehabt, und neigte, wie alle Frauen, dazu, sich von der Weltgeschichte persönlich beleidigt zu fühlen.

Aber das half nun nichts, zumal der Hofrat anderer Ansicht zu sein schien. Er lief mit unglaublicher Hast den Hang hinunter. Ancillon lehnte jede längere Unterhaltung ab: das würden sie unterwegs erledigen können.

»Einen Wagen!« befahl Andre.

Aber: »Nein«, sagte der Oberst, »das geht zu langsam! Zwei frische Pferde, die besten, sofort!«

»Ich soll bis München reiten? In der Nacht?«

»Befehl der Herzogin!«

Während der Hofrat, soweit es möglich war, einen Reitanzug zusammensuchte und sich stiefelte, wurden die Pferde gesattelt.

»Aber wenn der Krampf aus ist, kommst du wieder...?« fragte die Theres.

»Ja, ja...«, antwortete er, bereits abwesend.

Ohne weiteres trabten sie in die sternhell gewordene Nacht hinaus. Die Theres blieb stumm zurück, und obgleich sie keineswegs zur Sentimentalität neigte, war sie doch in einer Stimmung, die sie gewiß tragisch genannt hätte, wäre ihr dieser Ausdruck bekannt gewesen.

»Was sagen Sie nun?« fragte Ancillon, als sie den Hof hinter sich hatten.

»Ich bin erstaunt. Ich hatte das nicht mehr erwartet. Ich hoffte schon —«

»Von unserem Standpunkt aus gibt es nur eine Hoffnung, Bester, nämlich die, daß Österreich gezwungen wird, die abgetretenen Gebiete wieder herauszugeben! Wozu hätten wir, wozu hätten Sie sonst gearbeitet und den Hals riskiert?«

»Das ist wahr.«

»Sie freuen sich nicht?«

»Ich bin nicht der Mann, der sich freut, wenn Menschen erschossen werden.«

»Tragen *wir* die Schuld daran?« fragte der Oberst verwundert.

»Haben Sie jemals einen Krieg gesehen, an dem jemand die Schuld gehabt hätte? Nein, schuld sind immer nur die anderen.«

»Sie haben sich, scheint's, in Ihrem Tusculum eine neue und sonderbare Weltanschauung zurechtgelegt.«

»Vielleicht war ich zuviel in der frischen Luft.«

»Meinetwegen. Aber ich sage Ihnen das eine: beten Sie – falls Sie überhaupt beten –, daß Preußen den Krieg gewinnt.«

»Das versteht sich!«

»Denn abgesehen davon, daß Bayern auf seinen alten Stand zurückgebracht werden muß: wenn Österreich gewinnt, hängt uns der Kurfürst alle miteinander auf. Das kann er sich dann leisten, und ich versichere Ihnen, er wird es mit Vergnügen tun!«

»Das ist freilich auch ein Gesichtspunkt«, sagte Andre gleichmütig. »Indessen will ich Ihnen verraten, daß es mir in der letzten Zeit bisweilen so vorkam, als ob Aufgehängtwerden nicht das Schlimmste sei, was einem passieren kann.«

Bei Tagesgrauen ritten sie in den Park des Klemensschlößchens ein. Andre konnte kaum mehr gehen vor Reitweh. Trotzdem ächzte er in das Schlafzimmer der Herzogin hinauf, sagte: »Da wär' ich!« und sank in den Lehnstuhl neben dem Bett.

Maria Anna hatte sich das Wiedersehen nach einer so langen Trennung und nach dieser großen Entscheidung ein bißchen heldischer gedacht. Nun aber mußte sie ihren Hofrat nehmen, wie er war, und lachte hell auf.

»Du kannst freilich lachen«, sagte er gekränkt, »aber wenn wir die Rollen tauschten – *ich* wäre gewiß zu feinfühlend, um zu lachen!«

»Ich weiß, ich weiß: ich bin eine grobe und herzlose Person. Männer müssen stets mit Samthandschuhen angefaßt werden.«

»Hirschtalg wäre mir lieber als Samthandschuhe; ich glaube, ich sitze auf den bloßen Knochen.«

»Armer! Zieh dir die Stiefel aus und leg dich in mein Bett!«

Ohne weitere Verhandlungen tat er das und streckte sich mit einem Seufzer der unendlichen Erleichterung lang aus.

Unterdessen hatte sie die Briefschatulle geholt.

»Ich muß mit dem letzten Brief des Königs anfangen!« sagte sie eifrig.

»Hm!«

»Er ist vom 1. Juli datiert: ›Da die Bemühungen, den Frieden in Deutschland aufrechtzuerhalten, vergeblich waren, bin ich jetzt gezwungen, den Krieg zu erklären. Wenn wir Glück und Erfolg haben, so hoffe ich, die bayrische Angelegenheit in einer Weise regeln zu können, die Euer Durchlaucht zufriedenstellt.‹ Das war das letzte, was ich bekam. Tatsächlich ist inzwischen die Kriegserklärung erfolgt, und am 5. sind die preußischen Truppen in Böhmen eingerückt! Was sagst du dazu?«

Der Hofrat Andreas Andre sagte gar nichts dazu. Denn er war eingeschlafen.

Die Herzogin schüttelte den Kopf und legte die Briefe beiseite. Jetzt einzuschlafen – das brachte nur ein Mann fertig! Sie beugte sich über Andre, strich ihm behutsam das Haar aus der gefurchten Stirn und betrachtete ihn so lange und nachdenklich, wie man einen Schlafenden zu betrachten pflegt. Die Kriegserklärung Preußens an Österreich versank ins Wesenlose. Maria Anna trug ein Negligé, dessen Spitzen ihre noch immer auffallend schönen Arme sehr zur Geltung brachten; als sie es am Abend anzog, hatte sie an ihn gedacht, aber was nützte es jetzt? Sie lockerte ihm vorsichtig die Halsbinde, die ihn gewiß drückte, und überlegte dabei, ob sie ihm einen Kuß geben sollte; aber dann tat sie's doch nicht, weil er gar so entsetzlich verschwitzt war.

Sondern sie stand ganz leise auf und zog die Bettvorhänge zu, denn die Sonne kam um die Fensterkante und hätte ihm gerade ins Gesicht geschienen.

Die grenzenlose Genugtuung, mit der ganz Bayern von diesem Kriege Kenntnis nahm, war sehr begreiflich. Denn man hatte mit ihm in der Tat nichts weiter zu tun, als eben davon Kenntnis zu nehmen: Seltsamerweise waren sich Preußen und Österreich in die Haare geraten und rückten aufeinander los ... der eigentliche Zankapfel, Bayern, blieb in Ruhe! Es konnte bei dem Handel nichts verlieren, sondern hoffte im Gegenteil, Verlorenes zurückzugewinnen.

Freilich forderte Kaunitz durch Lehrbach die Münchener Regierung auf, ihm Truppen zur Verfügung zu stellen, aber Karl Theodor lehnte das rundweg ab. Auf der anderen Seite bot Maria Anna den Preußen an, wenigstens ein bayrisches Freikorps zu stellen; in ihrer überschwenglichen Begeisterung glaubte sie, ohne Schwierigkeit zwanzigtausend Mann zusammenzubringen; aber der König machte von diesem Vorschlag keinen Gebrauch: er verließ sich lieber auf die preußische Disziplin als auf die bayrische Freikorpsbegeisterung – und im übrigen war er von dem Stand der kurfürstlichen Armee viel besser unterrichtet und auf dem laufenden als Maria Anna selbst; dafür sorgte der geheimnisvolle

Doropp, den seit Monaten kaum jemand zu sehen und gewiß niemand zu fassen bekam. Lehrbach war deswegen außer sich. »Ich habe Ihre Redensarten satt!« fuhr er die Seyssel an, als sie ihn darauf hinwies, daß sie besonders jetzt, nach der Kriegserklärung, reichlicher Mittel bedürfe, um Neuigkeiten hereinzubekommen. »Die Zustände in München sind so, daß man darüber lachen müßte, wenn es nicht zum Weinen wäre! Die Schwägerin des regierenden Herrn steht ganz unverblümt an der Spitze einer Clique von Staatsbeamten, die alles tun, um den Staat an Preußen zu verraten! Jeder weiß es, jeder sieht es – trotzdem fehlt das eigentliche Material, den Leuten das Handwerk zu legen. Es ist eine Groteske, wie sie eben nur hier vorkommen kann!«

»Sie wissen, daß auch der Hofrat Andre wieder da ist?«

»Der fehlte uns noch!«

»Daß sich nichts gegen die Patriotenpartei ausrichten läßt, ist nicht meine Schuld. Veranlassen Sie den Kurfürsten, energischer vorzugehen.«

Lehrbach, der von Kaunitz wegen seiner Erfolglosigkeit in den letzten Wochen ziemlich ungnädig behandelt worden und deshalb nervös war, beging die Unbesonnenheit, Karl Theodor um eine eilige Audienz zu bitten. »Wie ich erfahre«, sagte er zu ihm, »ist der Hofrat Andre wieder aufgetaucht. Man sollte –«

Der Kurfürst war in übelster Laune. »Man sollte!« erwiderte er gereizt. »Wer ist das: man? Ich erkläre Ihnen, daß mir die Erfüllung der österreichischen Wünsche bereits genug Sorgen und Unannehmlichkeiten gemacht hat. Ich soll? Gar nichts soll ich, mein Herr! Vorgestern ist die preußische Armee in Böhmen eingerückt. Wissen *Sie,* wer den Krieg gewinnt? Dann, bitte, verraten Sie es mir – ich weiß es nicht. Wollen Sie mir zumuten, gegen die Anhänger Preußens vorzugehen und dadurch zu riskieren, daß der König mein Land besetzt, wenn er die österreichischen Truppen über den Haufen marschiert hat?«

»Österreich läßt sich nicht über den Haufen marschieren, Durchlaucht!«

»Wahrhaftig? Aber man erzählt sich, daß dies bereits vorgekommen sei!«

Lehrbach, aufs empfindlichste getroffen, mußte diesen Hohn einstecken. Vor drei Tagen noch hätte sich der Kurfürst eine solche Sprache nicht erlaubt, da er wußte, daß jedes Wort nach Wien berichtet wurde. Heute durfte er es: ein Zuschauer, der den Vorteil hatte, neutral zu sein. Innerlich wütend bis zum Bersten verließ ihn der Gesandte.

Um so besser war die Stimmung im Lager der Herzogin. Einige Tage lang galt Maria Anna als die eigentliche, wahre Vertreterin und Herrscherin Bayerns.

Freilich nur einige Tage lang, während man nämlich mit fieberhafter Spannung und festem Glauben auf die Nachricht von dem ersten großen Siege Friedrichs wartete.

Diese Nachricht jedoch kam nicht, ebensowenig wie eine andere von Gewicht. Das preußische und das österreichische Heer in Böhmen vermieden einstweilen jeden Zusammenstoß.

Maria Anna, die ein sicheres Empfinden für die Volksstimmung hatte, wurde unruhig: was ging da vor? Eustachius Görtz, den der König nach seiner erfolgreichen Münchener Reise bei sich behalten hatte, schrieb der Herzogin aus Welsdorf, einem Dorf dicht über der böhmischen Grenze, wo das Hauptquartier war, recht belanglose Briefe: alles sei noch im Werden begriffen.

Die gute Laune der Herzogin sank zusehends.

»Ich begreife das nicht«, sagte sie zu Andre. »Wenn ich der König wäre, würde ich –«

Da sah sie sein Gesicht und verstummte: dergleichen Ausbrüche erweckten bei ihm stets eine sanfte, aber beklemmende Ironie, vor der Maria Anna beinahe Angst hatte; denn sie wußte, daß diese Ironie immer berechtigt war – sonst würde er sie nicht so offen gezeigt haben. »Es ist gut«, sagte er, »daß wenigstens einer von uns beiden ein so träges Temperament hat – anders wären die Pferde schon längst durchgegangen.« Er nahm seine Aktentasche unter den Arm, verließ die Maxburg und wanderte durch das Neuhauser Tor zum Klemensschlößchen hinüber, das in diesem aufgeregten Sommer ziemlich verödet war und mit geschlossenen Fensterläden sich verschlafen im Park versteckte.

Der Gärtner öffnete ihm die Haustür. Andre ging die Treppe hinauf in das Zimmer, in dem er gewöhnlich zu arbeiten pflegte, stieß die Läden auf und breitete eine Menge Papiere auf den Tisch. Sorgenvoll nahm er das eine und andere, überflog Zahlen und Aufstellungen und begann schließlich, den Text eines Blattes zu chiffrieren. Als er nach zwei Stunden damit fertig war, schrieb er das Chiffrierte mit einer sympathetischen Tinte, deren Züge sogleich unsichtbar wurden, auf die Innenseite eines Buchdeckels.

Dann trat er an das offene Fenster, das Mittagläuten klang gerade aus der Stadt herüber. »Du kannst zum Essen gehen«, sagte er zu dem Gärtner hinunter, der ein Blumenbeet jätete. »Da hast du einen Gulden, trink auf mein Wohl. Und höre: laß dir Zeit, ich bleibe solange hier.«

Der Gärtner bedankte sich. Kurz darauf sah ihn Andre links durch den Park und in den Stachus hinübergehen, den alten Schenkgarten der Münchener Stachelschützen.

Wenige Augenblicke später näherte sich von rechts her ein Mann, der offenbar schon auf das Verschwinden des Gärtners gewartet hatte und jetzt zwischen den Bäumen auftauchte.

Andre beschattete die Augen mit der Hand und schüttelte den Kopf: der Kerl sah mehr als verdächtig aus – ein Individuum, das man nur mit der Feuerzange hätte anrühren mögen. Er trug einen uralten Waffenrock der Larosee-Dragoner, der ehedem gewiß blau gewesen war, nun aber mit seinen Flecken und Flicken aussah, als habe ihn bereits ein Straßenräuber auf dem wildesten Bilde Breughels getragen; während das eine Bein in einer zerfetzten Gamasche stak, war das andere mit alten Lumpen umwickelt; auf dem Kopf hatte das Subjekt eine schmierige Lammfellmütze.

Trotz diesem verdächtigen Anzug hinkte er ganz ungeniert heran, stellte sich unter des Hofrats Fenster und grinste hinauf.

»Sind Sie's oder sind Sie's nicht?« fragte Andre.

»Lassen Sie mich getrost ein«, sagte der Mann. »Wenn ich mich nicht täusche, so bin ich's wirklich.«

Der Hofrat ging hinunter und schloß die Haustür auf. Als er sein Gegenüber in der Nähe sah, lachte er laut und streckte ihm die Hand entgegen.

Aber der andere schüttelte den Kopf: »Sie sind ein feiner Mann, Bester – seien Sie vorsichtig: ich habe mich seit drei Wochen nicht gewaschen und stinke ein bißchen. Behalten Sie lieber Ihre Hand für sich. Was sagen Sie aber zu meiner Maskerade – ist sie nicht echt?«

»Verzweifelt echt«, erwiderte Andre und ging über die Treppe voran, »man riecht's in der Tat.«

»Vorsicht ist zu allen Dingen nütze. Lieber ein paar Wochen ungewaschen, als kavaliermäßig und ein Leben lang aufgehängt!«

Sie traten in das Arbeitszimmer. »Es tut mir leid«, sagte der Mann, »aber ich bin hundsmüde, Andre!« Und damit ließ er sich auf einen von den mit altrosa Seide bespannten Sesseln fallen und streckte die schmutzigen Beine behaglich von sich. »Den Stuhl werden Sie neu beziehen müssen – nun, buchen Sie's unter Geschäftsunkosten!«

»Glauben Sie wirklich, daß Ihre Vorsicht durchaus notwendig ist?«

»Durchaus, seien Sie versichert! Man sucht mich wie eine Stecknadel und fragt alle Tage im ›Grünen Baum‹ nach mir; aber der

Wirt ist ein vortrefflicher Mann: ich habe noch keinen Menschen getroffen, der so wunderbar dumm aussehen kann wie er.«

Andre wurde aufmerksam. »Wer fragt nach Ihnen?«

»Polizei. Diener des Barons Lehrbach.«

»So!« sagte Andre. »Lehrbach! Das hat Ihnen die Seyssel eingebrockt. Kennen Sie sie?«

»Nein.«

»Dann nehmen Sie sich in acht. Eine gefährliche Person. Doppelt gefährlich, weil sich die Herzogin nicht von ihrer Infamie überzeugen läßt; sie hat uns früher gute Dienste geleistet; aber seit einiger Zeit läßt sie sich auch von Lehrbach bezahlen.«

»Wissen Sie das bestimmt?«

Andre hob die Schultern. »Was heißt bestimmt? Die Quittungen hab' ich freilich nicht gesehen. Aber ich sage Ihnen: seien Sie vorsichtig, und da Sie die Seyssel unglücklicherweise nicht kennen, so nehmen Sie sich lieber gleich vor *allen* Weibern in acht!«

»Sie verlangen Unmögliches von mir, bester Hofrat! Wozu riskiere ich den Hals, wenn ich mein ehrlich verdientes Geld nicht wie ein Kavalier verbrauchen soll? Nein, das geht zu weit.«

»Ich habe Sie gewarnt, Herr von Doropp!«

»Gut, gut. – Womit kann Ihnen nun also ein alter, invalider Dragoner dienen?«

»Lesen Sie gern Romane?«

»Leidenschaftlich, besonders die pikanten.«

»Nein, dies hier ist ein ganz neuerschienenes tugendsames Buch ›Heinrich Stillings Jugend‹.«

»Haben Sie's gelesen?«

»Mehr: ich habe es sogar geschrieben. Wenn Sie Blatt für Blatt vorsichtig über eine Spiritusflamme halten, werden Sie erkennen, wie sehr dieses Werk von meinem Geist durchdrungen ist. Noch eben, ehe Sie kamen, hab' ich den Einband fertiggezaubert.«

»Sie rühren mich durch so viel Aufmerksamkeit.«

»Abgesehen davon: ich habe einen guten Freund und wünschte sehr, daß auch er diesen vortrefflichen Roman lese. Leider kann ich ihm das Buch nicht mit der Post schicken, denn er ist zur Zeit auf Reisen. In Böhmen.«

Doropp trommelte den Hohenfriedberger auf die Armlehne seines Sessels. »Und ich soll's ihm bringen?«

»Ja. Damit Sie wissen, daß das Buch keinesfalls in andere Hände kommen darf: es enthält die Abschriften der gesamten Korrespondenz, die Karl Theodor seit sechs Wochen mit Wien gehabt hat, auch der ganz vertraulichen.«

Doropp pfiff durch die Zähne. »Donnerwetter! Gemütliche Zustände sind das hier, das muß ich sagen! Und Ihre Herzogin?«

»Weiß, wie immer, von nichts.«

»Ich meine: unter uns?«

»Wirklich nichts!«

»Andre, ich staune über Sie!«

Der Hofrat machte ein seltsames Gesicht; er konnte in solchen Augenblicken beinahe fanatisch aussehen.

»Das nennt man einen treuen Diener seiner Herrin!« sagte Doropp.

»Sie werden Geld brauchen zu dieser Reise.«

»Das versteht sich! Heute und morgen walze ich stillvergnügt durch bayrisches Gebiet, dann bin ich auf augsburgischem Boden. Sie wissen, daß ich in Augsburg ein kleines Absteigequartier habe. Dort verwandle ich mich also in einen anständigen Reisenden und fahre mit Extrapost um Bayern herum über Sachsen nach Schlesien, ins Böhmische. So etwas ist nicht billig.«

»Ich werde unseren Augsburger Bankier benachrichtigen, daß er Ihnen hundert Louis auszahlt.«

»Das langt für die Hinreise.«

»Na, na!« sagte Andre kopfschüttelnd. »Aber gut. Sie sollen ferner eine Anweisung über weitere hundert Louis haben, zahlbar wann?«

»Sagen wir: am 15. August!«

Andre schrieb den Schein.

Fünf Minuten später hinkte der alte Dragonerinvalide die Dachauer Landstraße entlang. Die Hunde bellten ihn an.

Welsdorf, ein winziger Ort in Böhmen, dicht südlich der schlesischen Grenze gelegen, war seit Kriegsbeginn das Hauptquartier des Königs.

Noch war außer kleinen Schießereien einiger Patrouillen nichts geschehen, da traf in Welsdorf – Mitte Juli – ein Reisender ein, der sich durch seinen Paß als Rat der russischen Gesandtschaft in Wien auswies und trotz dem Soldatengewimmel, trotz der Überfüllung des Dorfes mit Menschen, trotz aller Unruhe nicht sogleich weiterfuhr. Sondern er fragte nach einer Stelle, die ihm eine Audienz beim König vermitteln könne, und da der Minister Hertzberg dem Herrn noch nicht gefolgt war, wurde er an den Grafen Görtz verwiesen.

Görtz empfing ihn.

»Ich muß mich vorerst bei Ihnen entschuldigen«, sagte der

Fremde, »ich habe Sie irregeführt. Mein Paß ist falsch. Ich bin der Freiherr von Thugut, ehemals österreichischer Gesandter in Konstantinopel; weshalb ich komme, wollen Sie aus dieser Vollmacht ersehen!«

Die Vollmacht war von Maria Theresia ausgestellt. Thugut wurde darin beauftragt, Friedensbesprechungen mit Preußen einzuleiten.

»Wahrhaftig«, sagte Görtz erstaunt, »es wird Zeit zu dergleichen: der Krieg dauert bereits zwei Wochen, die Armeen haben einander noch nicht gesehen! Wenn alle Kriege so schnell endeten, wäre die Welt entschieden gemütlicher!«

»Das zu erreichen«, antwortete Thugut, »ist der Wunsch Ihrer Majestät. Die Kaiserin war von jeher gegen diesen Streit, der ganz dazu angetan ist, bei ungeschickter Behandlung Europa in Brand zu setzen; Rußland wartet nur die allernächste Entwicklung der Dinge ab – greift es ein, so wird Frankreich nicht Gewehr bei Fuß zusehen. Ich bitte Sie – das alles wegen eines Zipfels von Bayern!«

»Und was sagt der Kaiser zu dem Schritt seiner Mutter?«

»Nichs, denn er ist ihm unbekannt geblieben! Daher auch mein Inkognito, das sonst sinnlos wäre. Der Kaiser sieht in dem König so sehr sein Vorbild, daß er unbedingt einen Krieg anfangen mußte, um dieses Vorbild zu erreichen, wenn nicht zu übertreffen. Ein sehr blutiger Witz der Weltgeschichte könnte daraus werden. Sind aber einmal die Friedensbesprechungen eingeleitet, so wird er es nicht verantworten können, sie mutwillig zu stören.«

»Ich bewundere die Weisheit und Entschlossenheit Ihrer Majestät!« sagte Görtz. »Was haben Sie uns also mitzuteilen?«

»Zunächst habe ich einen Brief der Kaiserin an den König zu überbringen, den ich hier in Ihre Hände lege. Sein Inhalt ist mir bekannt, es spricht darin mehr das fühlende Herz als der nüchtern abwägende Verstand. Darf ich Sie bitten, dem König meinen Vorschlag wegen der Verhandlungen vorzutragen!«

Görtz beeilte sich, den Wunsch des Freiherrn zu erfüllen. Am selben Tage schrieb er – mit Einverständnis seines Herrn – nach München an die Herzogin und berichtete ihr von diesen neuen und überraschenden Ereignissen. Das geschah nicht ohne guten Grund: hatten die Verhandlungen Erfolg, so würde die Herzogin nicht unvorbereitet sein.

Als der Brief in München ankam, war Maria Anna aufs tiefste davon betroffen. Sie konnte nicht glauben, daß Österreich schon jetzt, noch ehe die mindeste Entscheidung gefallen war, nachgab.

»Um des Himmels willen, Andre«, sagte sie, förmlich entsetzt, »was soll das heißen? Verhandlungen? Jetzt? Dann können es nur Verhandlungen sein, die zwar nicht hinter, wohl aber auf unserem Rücken stattfinden! Sollte der König . . .?«

Andre blieb auffallend ruhig. Er wußte, Doropp war unterwegs, und wenn er rechtzeitig in Welsdorf eintraf, so mußten die Entdeckungen, die er brachte, dem König die Lust zum Verhandeln fürs erste nehmen. Also sagte der Hofrat gelassen: »Was ist zu tun? Wir werden warten!«

»Nein!« rief sie und geriet wieder einmal außer sich. »Wir werden nicht warten! Es soll eine Depesche an den Herzog von Zweibrücken aufgesetzt werden, er muß wissen, welche Gefahr droht! Gott – daß uns der König vielleicht so verrät! Der Herzog muß sogleich nach Welsdorf – und ich werde ihn begleiten!«

»Du phantasierst!« antwortete Andre. »Bei einer Reise ins preußische Hauptquartier handelt es sich nicht um einen Teebesuch! Der König wird wenig Zeit haben für galante Konversationen.«

»Klotz!« schrie sie ihn an. »Trottel! Was ist in dich gefahren? Bayern geht verloren – und der Mensch sieht zu wie bei einer Trisettpartie! Haben wir deshalb jahrelang gearbeitet? Scher dich zum Teufel, oder es gibt ein Unglück!«

Der Hofrat verbeugte sich und ging. Kaum war die Tür hinter ihm geschlossen, so bereute Maria Anna ihre Heftigkeit. Sie begriff ihn nicht; ihr Zorn über den König, die plötzliche Enttäuschung ließen sie nicht erkennen, daß Andre Gründe für sein Verhalten haben mußte. Er wiederum kannte sie zu gut, um solche Explosionen ernst zu nehmen – und vor allem: er wußte ziemlich genau, daß sie gegenstandslos waren . . . wenn Doropp rechtzeitig in Welsdorf eintraf. Aber er durfte nichts sagen: die gefährliche Verbindung mit Doropp blieb sein Geheimnis – sollte sie eines Tages schlimme Folgen haben, so würde er diese allein tragen.

Ohne ihn zu fragen, schrieb Maria Anna an Friedrich: »Die Nachricht von Verhandlungen läßt mich die Freiheit nehmen, die Güte Eurer Majestät hinsichtlich der Unteilbarkeit abermals in Anspruch zu nehmen, und da es sich gleichzeitig um die künftigen Interessen des Hauses Brandenburg handelt, erlaube ich mir, Ihnen vorzustellen, daß die geringste Zerstückelung unseres Landes dereinst den Zusammenbruch des Reiches zur Folge haben wird. Noch mehr, Sire! Sie haben uns geschützt bis zur Bloßstellung Ihrer Person und haben Ihre kostbare Zeit für unsere Rettung verwendet. Könnte ich jemals an der Dauer Ihres Schutzes zweifeln? Nein, Sire! Ich kenne Ihre große Seele zu gut, und deshalb wird mein Glaube an Sie niemals erschüttert werden, er wird in allen bayrischen Herzen zugleich mit der Dankbarkeit lebendig bleiben. Erlauben Sie also, daß der Herzog von Zweibrücken sie aufs deutlichste an den Tag legt und vor den Augen unserer Bedrücker persönlich seine Achtung und Ergebenheit für Sie beweist, und daß ich selbst ihn auf dieser Reise begleite, die für die Bayern ebenso nützlich wie tröstlich sein wird, da wir Ihnen wichtige und vielleicht sogar entscheidende Aufklärungen zu bringen haben.«

Als Görtz diesen Brief las, schüttelte er den Kopf: die Korrespondenz des Königs von Preußen sah im allgemeinen wesentlich anders aus; noch nie war ihm eine solche Hartnäckigkeit vorgekommen; sich so in eine Sache verbeißen – das konnte nur eine Frau. Görtz hatte seit seinem Münchener Besuch alle Hochachtung vor Maria Anna – nur, daß wir wegen ein paar Quadratmeilen von Niederbayern die Welt in Flammen aufgehen lassen, dachte er, das kann sie von uns nicht verlangen! Aber kenn einer die Weiber! So unbeständig sie vielleicht sind – hat sich einmal etwas in ihnen festgehakt, so hört selbst die Allmacht Gottes auf. Das kommt daher, weil sie letzten Endes alles mit dem Herzen machen, und das Herz ist das unvernünftigste Ding auf der Welt. Lieber Himmel: wie gut haben es doch die Männer dagegen! Voll tiefen Mitleids über die so sehr unglücklichen, ja geradezu und in jeder Hinsicht falsch konstruierten Weiber stand der gute alte Görtz am Fenster und sah nachdenklich in den Regen hinaus, der alle Bewegungen des Heeres lähmte. Er war am Nachmittag bei der vierten Unterredung zugegen gewesen, die der König mit Thugut gehabt hatte; Friedrich, dem dieser Krieg selber immer bedenklicher erschien, hatte dem Baron gesagt: er würde nichts einwenden, wenn die Kaiserin sämtliche besetzten Gebiete behielte, nur müßte der Kurfürst von Bayern hinreichend entschädigt werden – die Frage »womit« war offen geblieben.

»Herr Graf . . .!« sagte eine Stimme hinter Görtz.

Der wandte sich um. »Doropp!«

»Noch immer nicht vom Teufel geholt!«

»Warten Sie nur, das kommt noch!« sagte Görtz ironisch tröstend und schüttelte ihm die Hand. »Sie legen's ja darauf an, und der Teufel, glaub' ich, ernennt solche Leute wie Sie zu seinen Adjutanten!«

»Ich weiß es nicht, meine Erfahrungen in Angelegenheiten des Teufels scheinen nicht so groß zu sein wie die eines preußischen Politikers«, antwortete Doropp.

»Woher kommen Sie?«

»Auf Umwegen aus München.«

»Neues?«

»Das Neueste auf dem Büchermarkt«, sagte er und gab Görtz den Roman.

»Vielleicht in letzter Minute! Lassen Sie sich ein Quartier anweisen, essen Sie gut, trinken Sie noch besser – und verspielen Sie nicht mehr, als Sie haben! Und, lieber Doropp, wenn Sie draußen einen Diener oder etwas Ähnliches sehen: man soll mir Kerzen bringen!«

Görtz trat wieder ans Fenster. Die Dämmerung fiel ein.

Die Kerzen wurden gebracht. Görtz schickte nach seinem Sekretär. Dann zündete er eine Spiritusflamme an und hielt das Buch, Seite für Seite, darüber. Die bisher unsichtbare Schrift wurde hellbraun. Es waren verabredete Chiffren. Andre ist sehr vorsichtig! dachte Görtz. Es scheint sich um Wichtiges zu handeln.

Die ganze Nacht arbeitete er mit dem Sekretär an der Entzifferung und der Reinschrift. Am Morgen lag ein Haufen beschriebener Blätter auf dem Tisch: die Verhandlungen Karl Theodors mit Wien wegen einer geplanten Entschädigung durch den Breisgau; Wiens Ansinnen, ganz Bayern möge an Österreich angegliedert werden; Nachrichten über französische Pläne gegen Preußen – »reizend, wirklich reizend«, sagte Görtz zu seinem Sekretär. »Gehen Sie jetzt schlafen, aber melden Sie vorher bei der Adjutantur, daß ich den König sofort sprechen muß!«

Zwölf Stunden später war der Freiherr von Thugut bereits auf dem Rückweg nach Wien: zu seiner größten Bestürzung hatte der König die Besprechungen plötzlich abgebrochen.

Görtz schrieb einen liebenswürdigen Brief an die Herzogin: die Gefahr sei abgewendet – sie brauche sich den Strapazen eines Besuches im Hauptquartier nicht auszusetzen.

»Derlei gründlich verlogene Dinge sind mir in der Seele zuwider!« sagte Andre. »Ich werde krank werden, das ist am besten.«

Maria Anna war damit nicht einverstanden. »Ich habe dich im Verdacht: du hast meine Heftigkeit von neulich noch nicht vergessen! Muß ich dich um Verzeihung bitten, damit du ein freundlicheres Gesicht machst?«

Er lachte gutmütig. »Solche Ausbrüche bin ich gewohnt; mit Respekt zu sagen, sie lassen mich kalt.«

»Allerliebst!«

»Ernsthaft: wir haben alle Ursache, dem Kurfürsten ebensowenig zu trauen wie er uns. Wozu diese Einladung?«

Karl Theodor hatte den ganzen Hof zu einem Fest nach Dachau geladen. Er liebte das Dachauer Schloß mehr als alle anderen.

»Ich gehe hin.«

»Du, ja. Das mag in Ordnung sein. Aber ich?«

»Es sieht nach schlechtem Gewissen aus, wenn du fehlst. Vielleicht will er das probieren?«

»Also gut.«

Der Kurfürst war nicht wenig erstaunt, als er hörte, daß Maria Anna mit ihrem ganzen Anhang zusagte. Er hatte die Einladung an sie nur aus Höflichkeit ergehen lassen und bestimmt darauf gerechnet, daß seine heimlichen Feinde nicht erscheinen würden.

Schon wieder war ihm der Tag verdorben, trotz dem flimmernden Sonnenschein, der über dem Dachauer Moos lag, und den wundervoll dekorativen weißen Wolken, die über der braungrünen Ebene segelten.

Das Schloß schaute von seinem Berg weit über das Land hinaus. Da lag in der Ferne München wie ein rostiger Streifen, aus dem die Frauentürme emporragten. Wellige Reihen von Wäldern liefen aus der Weite heran, am Horizont zackte sich die blaue Alpenmauer hin, die Amper bog sich silbern durch die Landschaft. Im Schloßgarten, der wie eine hohe Schanze über das alles hinwegschaute, blühten schon die Georginen, und im Laub der Linden, die zu schattig gewölbten Gängen gezogen waren, brannten die ersten gelben Herbstflecke.

Bereits während der gemeinsamen Tafel im Schloß hatte Karl Theodor die Herzogin nicht angeredet, obwohl sie links neben ihm saß. Jetzt, da man sich im Garten erging, übersah er sie völlig. Andre, der zur Adelstafel nicht zugelassen war, bemerkte nun die offene Feindseligkeit des Kurfürsten mit großen Sorgen und hielt sich klüglich abseits.

Freilich war Maria Anna nicht die Frau, sich schlecht behandeln zu lassen. Sie tat ihrerseits, als ob der Kurfürst Luft für sie wäre, und traf Anstalten, ihre Anhänger um sich zu sammeln – eine Machtprobe, die gefährlich werden konnte.

Seltsamerweise schien es, als ob Lehrbach vermitteln wollte. Er benahm sich gegen die Herzogin durchaus ergeben und tat überhaupt, als ob er völlig ahnungslos sei.

»Euer Durchlaucht«, sagte er, »werden gewiß davon gehört haben, daß bedauerlicherweise ein Schritt der Kaiserin zur Versöhnung gescheitert ist?«

Maria Anna machte ihre erstaunten Augen. »Gescheitert? Nein. Ich bin nicht auf dem laufenden – Sie sehen ja, daß ich mich nicht des Wohlwollens meines Herrn Schwagers erfreuen darf. Sie setzen wahrhaftig zuviel bei mir voraus, lieber Lehrbach! Mein Interesse an der Politik ist nicht weniger platonisch als etwa an der Malerei oder Musik. Haben Sie jemals etwas anderes gehört?«

Lehrbach war gegenüber dieser eisernen Stirn nahezu waffenlos. Es gab niemanden in München, der die Rolle der Herzogin nicht kannte. Aber die kompromittierenden Beweise fehlten noch immer. Das war es ja! »Der Kurfürst«, sagte er, »glaubt wichtige Gründe zu haben zu der Annahme, daß in Bayern eine gewisse Partei – oder wie man's nennen will – seinen Absichten entgegenarbeitet, weil sie diese verkennt.«

»In der Tat! Und meinen Sie, daß man *mich* verdächtigt?«

»Ich muß es zu meinem Schmerz gestehen, ich habe davon gehört.«

»Aber es doch nicht etwa geglaubt?«

Lehrbach war in der Klemme. »Als Diplomat gewöhnt man sich das Glauben ab«, sagte er, »sondern sucht in jedem Falle nach Beweisen.«

»Tun Sie das immerhin, Lieber! Ich würde mich zu rechtfertigen wissen – nicht vor Ihnen, aber vor dem Kurfürsten.«

Schwer geärgert gingen die beiden auseinander.

Lehrbach kam zu den Tischen, an denen gespielt wurde, und setzte sich der Gräfin Seyssel gegenüber. Er sah eine Weile unbeteiligt zu und sagte dann: »Wenn man Ihr Unglück im Spiel bedenkt, Gräfin, so möchte man daraus schließen, daß Sie auf anderen Gebieten des Lebens eine wahre Kleopatra sind!«

Sie lachte. »Ich werde Ihnen das Gegenteil beweisen. Halten Sie hundert Louis?«

»Hundert?« fragte er erstaunt. »Man spielt hier nicht um solche Summen.«

»Tun Sie's getrost!«

Er nahm die Karten.

Zwanzig Sekunden später hatte die Seyssel verloren. »Ich gebe Ihnen diese Anweisung, Exzellenz.«

»Bedaure«, sagte Lehrbach kalt, »ich spiele niemals unbar. Das gilt überall als ausgemacht.«

»Trotzdem!«

»Unmöglich!«

»Die Anweisung ist gut!«

»Papier ist Papier.«

Die Seyssel reichte ihm das aufgefaltete Blatt hin, aber so, daß niemand außer ihm die Schrift lesen konnte.

Lehrbach warf einen Blick darauf. Die Anweisung war auf den Bankier Holzer in Augsburg ausgestellt – »Herr Holzer in Augsburg wolle dem Überbringer dieses, Herrn von Doropp, am 15. August zahlen einhundert Louisdor in Gold, zu Lasten unseres Kontos. Andreas Andre, herzogl. bayr. Rentmeister. München, 15. Juli 1778.«

»Um Ihnen gefällig zu sein«, sagte Lehrbach unbewegten Gesichts und steckte das Papier in die Tasche. Der Form wegen hielt er noch eine halbe Stunde die Bank, dann winkte er der Seyssel mit den Augen und stand auf.

In einer stillen Ecke trafen sie einander.

»Wie kommen Sie zu dem Ding?«

»Durch Zufall.«

»Das soll ich glauben?« fragte er ungeduldig.

»Doropp hat es vor einiger Zeit in Nürnberg an einen meiner Freunde verloren. Jeder stolpert einmal über den Zufall – dergleichen Zufälle sind vielleicht das einzige, wodurch das Dasein einer Vorsehung bewiesen wird.«

»Sie haben Ihren philosophischen Tag!« sagte Lehrbach ironisch. »Wie kommt dieser Doropp nach Nürnberg?«

»Darüber schwieg er sich aus, obwohl er viel verlor und ziemlich betrunken war.«

»Die Anweisung ist eine Falle, in der wir hoffentlich zwei Füchse fangen werden!«

»Weidmannsheil!«

»Nicht ohne Sie, liebe Gräfin! Ich vermute Zusammenhänge zwischen diesem Zettel und dem Scheitern der Friedensverhandlungen – aber wiederum: was helfen uns Vermutungen? Wir müssen einen Faden um den andern spannen. Der Anfang wenigstens ist jetzt gemacht.«

»Ich werde mir alle Mühe geben, Doropp zu finden.«

»Doropp. Ja. Aber die Hauptfigur in dem ganzen verdrießlichen Spiel? Sehen Sie da drüben unseren gelassenen, biederen, bürgerlichen Freund? Jeder Zoll ein Rentmeister und nichts weiter. An die Dame mit dem Samtvisier können wir nicht heran, aber dieser Herr Andre, denk' ich, geht uns noch ins Garn.«

»Das wird schmerzlich sein für die Herzogin«, sagte die Seyssel, »man schläft ungern allein, wenn man's anders gewohnt ist.«

»Nun, Ihro Durchlaucht ist alt genug, um auf die Pfade der Tugend zurückzukehren; es gibt in Bayern so viele Klöster ...«

»Da kennen Sie die Herzogin schlecht.«

»Übrigens braucht das nicht unsere Sorge zu sein.«

Andre, der die beiden zusammen gesehen hatte, warnte Maria Anna während der Heimfahrt wiederum vor der Gräfin. »Ich weiß nicht, zum wievielten Male!« sagte er.

»Die Seyssel horcht Lehrbach in meinem Auftrag aus!« antwortete sie.

Er schwieg. Seit einigen Wochen, vollends seit er die letzten Briefe des Grafen Görtz gelesen hatte, war ein großer Teil seiner Zuversicht geschwunden. Er wußte, daß auch die Herzogin nicht mehr so vertrauensvoll war wie früher – aber er tat so, als bemerke er das nicht. Denn sie hätte es ihm ja doch nicht zugegeben.

Um Mitternacht kamen sie am Neuhauser Tor an; nach altem Brauch waren die Tore Münchens während der Nacht verschlossen und wurden niemandem, nicht einmal dem Kurfürsten, geöffnet. Aber im Gartenschlößchen war alles vorbereitet. Als Andre sein Zimmer betrat, sah er im Schein der Kerze, die er trug, einen Mann im Lehnstuhl sitzen: es war Doropp.

»Mein Gott – was tun Sie hier? Ich erwartete Sie erst nächste Woche zurück! Sie sehen nicht nach angenehmen Überraschungen aus! Briefe vom König?«

»Nein.«

»Wie! Sie waren nicht in Welsdorf?«

»Das Hauptquartier ist nach Braunau verlegt.«

»Also in Braunau?«

»Die Österreicher sind mir in den Weg gekommen. Ich konnte nicht weiter.«

»Und?«

»Görtz war davon unterrichtet und hat mir die Briefe durch einen Kurier entgegengeschickt.«

»Und, und??«

»Der Kerl hat sich abschießen lassen!«

»Die Briefe?«

Doropp fluchte. »Sind beim Teufel oder bei Kaunitz gelandet – was ja auf das gleiche hinausläuft.«

»Verdammt!« Andre wischte sich über die feuchte Stirn. »Das hat uns gerade noch gefehlt! Wir haben kein Glück mehr, Doropp!«

»Eine Pechsträhne, das kommt vor. Hoffentlich stand nicht allzuviel in diesen Briefen. Keine Namen!«

»Der Vorsichtige rechnet immer mit dem Schlimmsten. Wenn Sie darin genannt waren . . .«

»Und Sie!«

Der Hofrat machte eine geringschätzige Handbewegung. »Sehr viel verdächtiger als ich schon bin, kann ich nicht werden. Solange der Krieg dauert, wird man mich in Ruhe lassen. Aber Sie! Wenn man Sie als Spion anklagt, trifft man so ziemlich das Richtige.«

»Was tun wir?«

»Verschwinden Sie, ehe es zu spät ist!«

»Wenn's weiter nichts ist – darin hab' ich Übung. Im Gehängtwerden bin ich weniger versiert. Aber was wird aus Ihrer Verbindung mit dem Hauptquartier?«

»Es wird freilich schwer sein, Ersatz für Sie zu finden.«

»Dann bleibt also alles beim alten.«

»Sie spielen um Ihren Kopf!«

»Herr Hofrat«, sagte Doropp, »diesen Kopf bin ich dem König von Preußen ohnehin schuldig.«

Vier Monate dauerte nun dieser Krieg, der kein Krieg war. Maria Theresia hatte ihren Sohn, der sich im österreichischen Hauptquartier befand und mit einiger Ungeduld auf Lorbeeren wartete, längst von ihren Friedensfühlern verständigt. Der Kaiser konnte dagegen nichts einwenden, wenn er es auch für unter seiner Würde hielt, sich darüber erfreut zu zeigen.

Kaunitz, der in Wien zurückgeblieben war, hatte vor Maria Theresia einen schweren Stand. Die Stimmung des Volkes, das – wie jedes Volk – den Frieden wollte, war gegen ihn und für sie. Noch hielt er an der Meinung fest, daß der Streit, wie die Dinge sich nun einmal gestaltet hatten, nur mit den Waffen geschlichtet werden könnte.

»Ich verstehe Ihren Eigensinn nicht!« sagte die Kaiserin zornig. »Ist es jemals zu spät, Vernunft anzunehmen?«

»In diesem Falle ist es zu spät!«

»Bei Ihnen vielleicht, bei mir nicht!«

Kaunitz steckte die Grobheit gelassen ein. »Ich zweifle nicht daran, daß bei Eurer Majestät die größere Weisheit ist«, sagte er, »indessen –«

»Indessen?«

»Indessen könnte man bei mir möglicherweise die genauere Kenntnis der preußischen Meinung finden.«

»Sie machen mich neugierig. Korrespondieren Sie am Ende mit –« Sie vermied es noch immer, den Namen des alten Gegners auszusprechen.

»Ich nicht, aber andere Leute.« Er legte ein Bündel Papiere auf den Tisch. »Diese Briefe, vom Grafen Görtz an die Herzogin

Klemens geschrieben, sind in unsere Hände gefallen; man ist gestern mit der Dechiffrierung fertig geworden.«

»Lassen Sie sehen!«

»Der Inhalt ist im einzelnen nicht sonderlich wichtig. Aus dem Ganzen läßt sich schließen, daß der König jetzt wieder auf der Rückgabe der bayrischen Gebiete bestehen wird. Das ist ein Vorwand für seine eigenen Absichten, aber ein guter: Europa gegenüber kann er darauf hinweisen, daß er – selbstlos wie stets! – für die Wahrung des Rechts zu Felde gezogen sei.«

»So!« sagte Maria Theresia, plötzlich ganz ruhig und nachdenklich. »Es ist gut, Kaunitz. Kommen Sie morgen wieder – ich werde Ihnen bis dahin einiges mitzuteilen haben.«

Die Kaiserin blieb den ganzen Tag in ihrem Arbeitszimmer und schrieb. Manchmal trat sie ans Fenster und überlegte mit scharf gerunzelter Stirn. Gegen Abend ließ sie ihren Geheimschreiber kommen und diktierte nach ihrem Entwurf die halbe Nacht.

Als Kaunitz am nächsten Vormittag erschien, fand er zu seinem Erstaunen ein recht umfangreiches Schriftstück vor.

»Lesen Sie!«

Er tat es, zuerst mit höflicher Gleichgültigkeit, dann mehr und mehr beteiligt.

»Ausgezeichnet«, sagte er schließlich, »ganz hervorragend! Eure Majestät werden die Gnade haben, dies zu veröffentlichen?«

»Meinen Sie?«

»Unbedingt! Sie haben das Richtige im richtigen Augenblick getan – kann es eine bessere Politik geben?«

Bereits zwei Tage später erschien das Exposé der Kaiserin im Druck – ohne Namen zwar, aber Kaunitz sorgte dafür, daß der Verfasser bekannt wurde.

Österreich erklärte darin: es sei bereit, sämtliche besetzten bayrischen Gebiete zurückzugeben, da es um nichts ernstlicher Sorge trage als um Frieden und Gerechtigkeit. Es erwarte allerdings, daß auch der König von Preußen vom gleichen Geiste beseelt sei und seine Erbansprüche auf die Markgrafschaft Ansbach und Bayreuth fallenlassen werde ...

Diese Veröffentlichung erregte das größte Aufsehen – im preußischen Hauptquartier war man darüber nicht wenig bestürzt, am tiefsten jedoch waren die Wirkungen in Bayern.

Maria Anna geriet außer sich vor Freude. »Die Kaiserin gibt nach!« jubelte sie. »Wir haben unser Ziel erreicht! Bayern ist gerettet, es bleibt ungeteilt. Der Krieg ist zu Ende.«

Andre brachte es nicht übers Herz, ihre Begeisterung durch

Nüchternheit zu ersticken. Um so längere Besprechungen hatte er mit Obermayer und Lori. »Die Kaiserin«, sagte er, »hat uns einen entsetzlichen Streich gespielt! War Preußen bisher der Verteidiger unseres Rechts, so ist ihm diese Waffe jetzt aus der Hand geschlagen. Glauben Sie, daß der König auf Ansbach und Bayreuth verzichten wird? Ich glaube es nicht! Was also? Entweder geht der Krieg weiter – niemand in Bayern wird das verstehen, Friedrich ist durch die Kaiserin ins Unrecht gedrängt. Oder man beendet ihn schließlich, aber auf wessen Kosten? Beide Parteien werden einander auf halbem Weg entgegenkommen. Wie dem auch sei, diese Veröffentlichung der Kaiserin ist von einer so niederträchtigen Schlauheit, daß nur eine Frau darauf verfallen konnte. Ach – wären doch alle so!« Er wußte, daß ihm schwere Auseinandersetzungen mit der Herzogin bevorstanden.

Nach ihrem Diktat schrieb er an Görtz einen für den König bestimmten Brief: wie sehr die Herzogin entzückt sei, daß Österreich nachgebe; der Ruhm, Bayern gerettet zu haben, werde ewig neben Friedrichs Kriegslorbeeren blühen, und der nah bevorstehende Friede werde die Früchte bringen, die Preußens Edelmut erwarten dürfe. Je hymnischer der Ton Maria Annas wurde, desto mehr verdüsterte sich des Hofrats Miene.

Schließlich – es war tief in der Nacht – warf er die Feder hin: »Das ist ja Unsinn!«

Die Herzogin unterbrach ihre Begeisterungsflut und starrte ihn verständnislos an.

»Du solltest von Maria Theresia lernen, wie man die Dinge von hinten ansieht!«

Das war das Unklügste, was er sagen konnte. Alles konnte die Herzogin vertragen – nur nicht, daß man ihr eine andere Frau als Vorbild hinstellte.

Die Heftigkeit von Rede und Gegenrede steigerte sich alsbald bedenklich. Der Hofrat, da er das Kind nun einmal im Brunnen liegen sah, machte seinem Herzen Luft und beging die zweite Torheit, indem er die Selbstlosigkeit des großen Friedrich anzweifelte und behauptete: Preußen werde auch jetzt nicht Frieden schließen, es sei denn, daß die Ansbachische Frage zu seiner Zufriedenheit geregelt werde.

Maria Anna hörte kaum mehr zu. Mit unglaublicher Hartnäkkigkeit blieb sie bei ihrer Meinung, und da Andre – im Wunsche, sie vor neuen Enttäuschungen zu bewahren – ebensowenig nachgab, geriet sie in einen Zustand äußerster Wut.

Der Hofrat auf seinem Schreibstuhl sah das Hagelwetter mit

rasender Schnelligkeit herankommen. In solchen Augenblicken war er der Herzogin gegenüber ein völlig Fremder, fast seelenlos, und ließ sich mit den gröbsten Schimpfworten überschütten. Aber wenn er auch durch vielfache Erfahrung an derlei Auftritte gewöhnt war — so schlimm wie diesmal hatte sie sich noch nie gehenlassen. Daß sie einen Fenstervorhang samt der Stange herunterriß, war eine verhältnismäßig harmlose Einleitung. Ein Weinglas, das in den kostbaren Venezianer Wandspiegel flog, verursachte Andre bereits heftigere Bedenken.

Als sie ihm aber — »Da!!« — das Tintenfaß ins Gesicht schüttete und »Da! Da!!« den Streusand nachfolgen ließ, räumte er das Feld. Der Übermacht eines herzoglich bayrischen Temperaments war ein einfacher Hofrat nicht gewachsen.

Anderntags freilich, da die vulkanischen Ausbrüche der Nacht außer einem Aschen- und Trümmerfeld nichts als Ernüchterung zurückgelassen hatten, bereute Maria Anna ihre Maßlosigkeit, die sie nun selber völlig befremdet ansah.

»Der Herr Hofrat soll kommen!«

»Der Herr Hofrat Andre ist heute mit dem frühesten nach Rieden abgegangen!«

Gründlich verstimmt kam Andre auf seinen Hof nach Rieden.

Er hatte sehr viel Geduld, aber sie war nicht endlos. Fliegende Tintenfässer als Beweise einer außerordentlichen Vertraulichkeit erschienen ihm denn doch wenig ehrenvoll.

Wirklich, seine Geduld war gerissen. Er sah genau, daß auch die Herzogin eine peinliche, enttäuschende Entwicklung der politischen Dinge nahen fühlte und daß sie nur zu eigensinnig war, sich selbst und anderen dies einzugestehen. Gut. Mochte sie tun, was sie wollte und Tintenfässer an den Kopf werfen, wem sie wollte. Andre hatte genug davon.

Schweigsam und mißmutig ging er in Rieden herum. Daß Maria Anna, bei ihrer inneren Unsicherheit, etwas Weiblich-Törichtes begehen würde, lag nahe; eigentlich hätte er sie gerade jetzt nicht verlassen dürfen — — aber nein: alles hatte seine Grenzen!

Jedoch im Frieden des herbstlichen Sees und angesichts der Berge, die so rein erhaben waren über alles Menschenkleine, ließ sein Groll nach. Schon am vierten Tag ritt er nach Schwaiganger und fragte, ob etwa Briefe aus München gekommen seien. Nein, es war nichts da. Die Theres empfing ihn in ihrer lauten, lebhaften Art. Die hätte mir aber kein Tintenfaß an den Kopf geworfen! dachte er. Über die Tinte kam er nun einmal nicht hinaus.

Ob er lange bleibe? wollte die Theres wissen.

Ja — das wußte er selber nicht. »Es gibt schon Dinge, die mich halten könnten ...«, sagte er rachedurstig und in diesem Augenblick zur Untreue entschlossen, »— aber in solchen Zeiten ahnt man nie, was kommt!« setzte er schleunigst hinzu, bereits erschrocken über seine Gedanken und voll Angst vor neuem Zwiespalt des Herzens.

Gegen Abend war er wieder in Rieden, ging an den See hinunter, setzte sich melancholisch ans Ufer und betrachtete den Sonnenuntergang, der einen Strom von rotgoldenem Licht über See und Moor fließen ließ und mit seinen schimmernden Wolken, seinen fern und hoch aufglühenden Felsen und der Schweigsamkeit seines Verblassens ein völlig heroisch gestimmtes Ende nahm, das den Hofrat in Gemütsregionen emporhob, die ihm sonst fern lagen. Als er aber — es ist nüchtern zu sagen — im unvermerkt steigenden Abendnebel niesen mußte und die Gefahr eines Schnupfens empfand, stand er auf und ging heim, wo in der warmen Stube das Abendbrot auf ihn wartete. Derlei widersprechende Gefühle und Seelen hatte er im Busen, und dies eigentlich war es, was ihn für seine Person unentschlossen und zaghaft machte. Als er im Bett lag, wurde er sich darüber klar; im Dienste der Herzogin und des Landes kannte er keine Zweifel, war mutig und ohne Rücksicht — wenn es sich aber um nichts anderes als um ihn selber handelte, verließ ihn die Sicherheit. Er war sich nicht wichtig genug; das sah er ein und erkannte auch, daß er damit sein Leben aus den Händen ließ; aber was konnte man dagegen ausrichten?

Nachdem er es, mit wachsender Unruhe, eine Woche lang in Rieden ausgehalten hatte, kam endlich eine herzogliche Reisekutsche von Murnau herüber. Sie fuhr sehr gemächlich durch die Gegend, Andre empfand dieses Tempo nahezu als kränkend.

Heraus stieg der Geheimrat von Lori und sagte: »Bester, ich komme natürlich im Auftrag unserer Herzogin, aber ich soll so tun, als ob dies durchaus nicht der Fall wäre und ich vielmehr zu meinem eigenen Vergnügen reiste. Sie werden mir also nötigenfalls bezeugen, daß ich so getan habe! Nun aber unter uns Männern: es wird Zeit, daß Sie aus Ihrer Verbannung zurückkehren, auf Ihre Tristia ex Ponto verzichten wir gern.«

»Wissen Sie, daß sie mir die Tinte ins Gesicht gegossen hat?« fragte Andre mit erneut aufquellendem Groll und weil er nicht auf den ersten Anhieb fallen wollte.

»Nein. Aber ich bitte Sie: was ist ein Tintenfaß! Was ist jenes bißchen Tinte, das vielleicht über Ihr Gesicht rann, verglichen mit jener Menge von Tinte, in der wir sitzen werden, wenn Sie nicht bald wiederkommen? Die Herzogin ist unerträglich gereizt; niemand weiß, was eigentlich geschieht, und – dies aber im tiefsten Vertrauen! – niemand weiß, ob nicht bedeutende Dummheiten gemacht werden. Unsere Frau hat die Führung ihrer Korrespondenz selber in die Hand genommen –«

»Steigen Sie ein!« sagte Andre. »Ich begleite Sie auf der Stelle!«

»Haben Sie nicht auch den Eindruck«, fragte Lori unterwegs, »daß die Herzogin die Lage nicht mehr ganz überblickt?«

»Das kommt davon, wenn man glaubt, die Politik werde mit Idealen gemacht!« antwortete der Hofrat.

»Mir ist manchmal nicht sonderlich wohl zumute.«

»Nur manchmal? Dann gratuliere ich Ihnen, Herr von Lori!«

Nach einer halben Stunde, die vom unbehaglichsten Schweigen erfüllt war, berichtete Lori: »Die Herzogin hat geglaubt, daß mit dem Nachgeben Österreichs der Krieg beendet sei.«

Andre warf ein: »Diese Meinung habe ich zu spüren bekommen!«

»Sie hat in diesem Sinne an Görtz geschrieben.«

»Und was hat er geantwortet?«

»Der König habe die Waffen ergriffen, um die Sache seiner Mitstände zu verfechten, und man könne doch nicht erwarten, daß er außer den ungeheuren Kriegskosten auch noch andere Opfer bringen solle; man werde am Ende in den Kreisen der Herzogin selbst fühlen, wie wenig aufrichtig der österreichische Vorschlag gemeint gewesen sei, und daß sogar gegen den Verzicht Österreichs auf Bayern Friedrich nicht einer rechtmäßigen Erbfolge entsagen und eine Übereinkunft aufheben könne, die mit Zustimmung seines ganzen Hauses schon vor sechsundzwanzig Jahren geschlossen worden sei. Jeder einsichtsvolle und gutgesinnte Stand –«

»Ganz, wie ich mir dachte!« sagte Andre.

Als die beiden nach München kamen, ließ er sich bei Maria Anna melden – für gewöhnlich hätte er auf diese Förmlichkeit verzichtet.

In ihrem Vorzimmer traf er jemanden, den er hier am allerwenigsten erwartet hätte: den österreichischen Gesandten.

Sie begrüßten einander auf fünf Schritt Entfernung und würden die freundschaftlichste Unterhaltung begonnen haben, wäre nicht eben jetzt die Herzogin erschienen.

»Scharmant«, sagte sie, »zwei seltene Besuche auf einmal – das hat etwas zu bedeuten. Welchen Dienst darf ich Ihnen erweisen, Exzellenz?«

Lehrbach, der stets, wenn er sie sah, ein sauersüßes Gesicht nicht völlig verbergen konnte, erwiderte: »Meine Bitte geht an Euer Durchlaucht allein ...«

»Oh, reden Sie getrost – der Hofrat ist über meine Angelegenheiten sehr unterrichtet.«

»In der Tat«, meinte Lehrbach, »über alles unterrichtet? Nun, das ist günstig! Durchlaucht – ich habe Ihnen mitzuteilen, daß der König von Preußen vor einigen Tagen einen großen Teil jener Korrespondenz veröffentlicht hat, die der Kurfürst zu Anfang dieses Jahres mit Wien führte. Ich brauche nicht zu betonen, daß Seine Durchlaucht der Kurfürst dieser Indiskretion völlig fernsteht, ja, daß er darüber um so mehr empört ist, als die Veröffentlichung das österreichische Friedensangebot in einem sehr zweifelhaften Licht erscheinen läßt. Ich sage nicht zuviel, wenn ich berichte, daß der Kurfürst außer sich ist vor Zorn!«

»Und was haben wir damit zu tun?«

»Seine Durchlaucht geruhte mir die ehrenwörtliche Versicherung zu geben, daß *er* nicht wisse, woher der König den Text dieser Briefe habe. Er geruhte ferner, mich darauf hinzuweisen, daß seiner Meinung nach Sie selbst –«

Die Herzogin fuhr auf. »Ich? Was fällt Ihnen ein!«

Lehrbach hatte den Eindruck, daß sie tatsächlich ahnungslos war. Mit einem letzten Rest von Mut fragte er: »Und Sie, Herr Hofrat?«

Andre blickte ihn gelassen an. »Ich bin nicht ermächtigt, irgend etwas ohne Vorwissen Ihrer Durchlaucht zu tun. Exzellenz werden daraus die richtigen Schlüsse ziehen. Überdies komme ich im Augenblick von – von einem Landaufenthalt zurück und muß Ihnen erklären, daß ich fürs erste über die laufenden Geschäfte nicht Bescheid weiß.«

Als Lehrbach draußen war, fragte sie: »Andre! Weißt du wirklich nichts von dieser Affäre?«

»Nein!« sagte er ohne Besinnen.

Lehrbach an Kaunitz:

»Das Betragen des Kurfürsten gegen die Herzogin ist noch immer so kaltsinnig, als es vorher gewesen; indessen brachte sie es durch Intrigen und allgemeinen Anhang so weit, daß sie unter der Hand in den Geschäften einen stärkeren Einfluß als jemals hat, was um so bedenklicher ist, als auch ihr Eifer für die preußische und zweibrückische Sache sich um ein Namhaftes vermehrte. Ich gab mir schon alle erdenkliche Mühe, die eigentlichen Wege, so sie zur Ausführung ihrer Kabalen wählt, zu entdecken; allein es sind die Anstalten der Übelgesinnten gegen alle meine Nachforschungen auf solche Art getroffen, daß ich hierin nur ganz langsame Fortschritte zu machen hoffen darf.«

Der einbrechende Winter war für beide Parteien eine willkommene Gelegenheit, die Feindseligkeiten vollends ruhen zu lassen. Das diplomatische Pulver war verschossen, die unterbrochenen Verhandlungen wurden wiederaufgenommen.

Es gab nur einen Menschen, der an den Idealen festhielt, um derentwillen dieser sogenannte Krieg angeblich begonnen worden war: die Herzogin Maria Anna. Mit einem Eigensinn, gegen den Andre ebenso vorsichtig wie vergeblich kämpfte, schickte sie noch immer ihre Briefe an den König, schwärmte von einem bayrischen Freikorps und hoffte, für ihr Land alles zu retten, was auf dem Spiel stand. Sie weigerte sich innerlich, die vorbereitenden Erklärungen zu verstehen, die Görtz ihr als Antwort schickte, und wälzte die phantastischsten Pläne.

Daß sie ihre eigenen Anhänger damit immer mehr gefährdete, je näher der Frieden rückte, daran dachte sie so wenig wie alle, die einem Ideal nachjagen.

Der Hofrat betrachtete die Lage mit dem größten Mißtrauen. Doropp, für den er nichts Ernstliches mehr zu tun hatte, blieb den ganzen Winter über verschwunden. Als Andre Anfang Januar die Abrechnung des Augsburger Bankhauses erhielt, fiel ihm auf, daß seine eigenen Bücher eine Mehrausgabe von hundert Louis anzeigten; er suchte den Fehler und fand, daß es Doropp gewesen sein mußte, der den fraglichen Betrag nicht erhoben hatte. Daß Doropp eine so große Summe einfach vergaß, war bei seiner ewigen Geldbedürftigkeit ausgeschlossen. Hätte er die Anweisung verloren oder an einen Dritten weitergegeben, so wäre sie gewiß ebenfalls eingelöst worden. Was also war hier vorgegangen? Der Hofrat hatte ein überaus unbehagliches Gefühl: er sah in dieser wahrscheinlich sehr wichtigen Sache nicht klar. Wenn jemand darüber Auskunft geben konnte, so war es Doropp – aber wo steckte er?

Andre forschte nach. Er schrieb an die vereinbarte Deckadresse nach Nürnberg. Umsonst, er bekam weder eine Antwort, noch erschien Doropp selber. Vollends unbehaglich wurde ihm zumute, als er von der Herzogin gesprächsweise erfuhr, daß die Seyssel nicht in München sei. »Ich hatte im Augenblick nichts für sie zu tun, und so ist sie ins Hessische zu Verwandten gefahren – ich glaube, es handelt sich um eine kleine Erbschaft, die ich der treuen Seele wohl gönnen möchte.«

Der Hofrat hatte über die treue Seele von jeher seine besonderen Gedanken, aber seit der unvergessenen Geschichte mit dem Tintenfaß hütete er sich mehr denn sonst, Maria Anna offen zu widersprechen. Sie war in diesem Winter außergewöhnlich reizbar.

Ende Januar – es war ein ziemlich milder Winter – erschien in dem Nürnberger Absteigequartier Doropps eine Dame.

Sie gab an, aus München zu kommen, und machte auf die alte Vermieterin einen so vornehmen Eindruck, daß diese – ohnehin ahnungslos – ihr bereitwillig die wenigen Auskünfte gab, die sie geben konnte. Der Herr sei sehr selten da, immer nur ein bis zwei Tage, eigentlich nur, um sich auszuruhen und die Post abzuholen.

»Eben der Post halber bin ich hier!« sagte die Dame, »Herr von Doropp ist in Dresden und hat mich gebeten, ihm die Briefe mitzubringen.«

»Es ist nur ein einziger gekommen, er liegt schon seit einem Monat auf dem Tisch.«

Die Dame nahm den Brief an sich und ging mit freundlichem Dank davon.

Im Gasthaus schärfte sie den Dienstboten ein, jeden Besuch abzuweisen, verschloß ihr Zimmer, setzte sich an den Tisch und fuhr mit einer heißen Messerklinge vorsichtig unter dem Siegel des Briefes durch, daß sich das Wachs löste und das Papier sich auseinanderfalten ließ.

Dacht' ich's doch! sagte sie zufrieden, mein Freund Andre! Sie las: »Mein Lieber, ich bin in aufrichtiger Sorge Ihretwegen, da ich seit dem Sommer nichts mehr von Ihnen gehört habe und aus keinerlei Geschehnissen oder Umständen schließen kann, daß Sie noch am Leben sind. Ich vertraue Ihnen zu sehr, kenne Ihre Klugheit zu genau, als daß ich an Ihrem Eifer für unsere Sache zweifeln sollte. Immerhin bitte ich Sie aufs dringlichste, mir bald Nachricht zukommen zu lassen, wann Sie wieder für uns verfügbar sind. Aber vergessen Sie nicht: nur an mich! Vermeiden Sie jede Angabe Ihres Namens, jede Anspielung. Eine Nachricht, daß die Zinsangelegenheiten unserer böhmischen Güter im nächsten Quartal bereinigt werden, genügt mir und wird mich einem Zustande der Beunruhigung entreißen, der, wie ich Ihnen gestehen muß, fast nicht mehr erträglich ist. Kommen Sie nach München, so seien Sie doppelt vorsichtig, hüten Sie sich insbesondere vor der S., welcher durchaus nicht traut Ihr A. A.«

Die Dame lächelte boshaft. »Die S., Herr Hofrat, fühlt sich durch Ihr Mißtrauen sehr geehrt. Schade, daß Sie sich nicht offener aussprechen, alter Fuchs – Sie würden mir die Arbeit dadurch um vieles erleichtern. Indessen wird es auch so gehen; überlegen wir ein wenig!«

Sie rückte das Schreibzeug zurecht und begann, Andres Handschrift zu üben. Das war nicht schwer, denn er bediente sich sorgfältig abgemessener, pedantischer Züge, denen man anmerkte, daß er absichtlich jeden persönlichen Charakter unterdrückte. Nach zwei Stunden lag ein ganzer Haufen von Blättern auf dem Tisch, die zuletzt fertig gewordenen sahen aus, als ob Andre sie selber geschrieben hätte.

Die Seyssel nahm einen neuen Bogen, rückte die beiden Kerzenleuchter noch näher heran und verfertigte mit der neuerworbenen Geschicklichkeit einen Brief; das Datum ließ sie offen, das abgelöste Siegel Andres verpackte sie vorsichtig in einem mit Watte gefüllten Puderschächtelchen.

Dann schob sie den Riegel der Tür zurück, läutete und sagte zu dem eintretenden Wirt: »Sorgen Sie dafür, daß ich morgen abreisen kann. Noch eins: ich zweifle nicht, daß Sie in Schreibarbeiten Erfahrung haben?«

»Einigermaßen, Madame – was man so braucht.«

»Würden Sie die Gefälligkeit haben, nach meinem Diktat einige Zeilen zu Papier zu bringen? Eine kürzliche Verstauchung der Hand macht mir das Schreiben zur Qual – Sie sehen, wie viele Blätter ich bereits vergeblich –«

»Ganz zu Ihren Diensten, Madame!«

Der Wirt nahm ihren Platz am Tisch ein. Sie diktierte: »Lieber Freund! Ein kleiner Unfall, wie er auf Reisen nahezu unvermeidlich ist, hat mich für einige Zeit außer Gefecht gesetzt, weshalb ich sogar beim Schreiben auf die Hilfe gefälliger Mitmenschen angewiesen bin. Ich teile Ihnen, um Sie zu beruhigen, daher in Kürze mit, daß die Zinsangelegenheiten Ihrer böhmischen Güter durchaus in Ordnung sind oder, wo dies nicht der Fall sein sollte, doch mindestens zu Ihrer Zufriedenheit geregelt werden dürften. Die näheren Umstände hoffe ich Ihnen mündlich erklären zu können, da ich, sobald es mein Befinden erlaubt, Sie gewiß besuchen werde.«

»Die Unterschrift, Madame?«

»Die werde ich selbst hinzukritzeln. Wenn Sie nur noch die Adresse schreiben wollen: Herrn Hofrat Andreas Andre in München.«

Ende Januar des Jahres 1779 näherten sich die Friedensverhandlungen, durch die dieser unblutige Krieg aus der Welt geschafft werden sollte, einem greifbaren Ergebnis. Österreich hatte sich mit dem Übergang Ansbachs und Bayreuths an Preußen einverstanden erklärt unter der Voraussetzung, daß es einen Teil der besetzten bayrischen Gebiete behalten dürfe; der Herzog von Zweibrücken wehrte sich zwar – unterstützt von Maria Anna – nach wie vor gegen jegliche Abtretung, und Friedrich der Große sah ein, daß er dabei auf seiner Seite stehen müsse – schließlich aber entschied ein Schreiben der russischen Kaiserin: sie bat den König, wegen der Abtretung »von Burghausen und Umgebung« keine Schwierigkeiten mehr zu machen. Friedrich gab nach.

Er schrieb an die Herzogin: »Wenn alles nur von meinem eigenen Willen abhinge, so würden Euer Durchlaucht eine vollständige Genugtuung erhalten. Aber ich muß Rücksicht nehmen auf gewisse Vermittler, für die es wichtiger ist, die augenblicklichen Wirren in Deutschland zu schlichten als die künftigen Folgen ins Auge zu fassen. Euer Durchlaucht ist zu aufgeklärt, um nicht zu begreifen, daß es Österreich alle Trümpfe in die Hand geben hieße, wenn ich mir gerade jetzt die Feindschaft Rußlands und Frankreichs zuzöge. Ich habe, soweit es von mir abhing, mein möglichstes getan, und Sie werden mir zugeben müssen, daß Bayern viel verloren hätte, wenn ich nicht die Angelegenheit in die Hand genommen hätte.«

Zusammen mit einigen anderen, für den Gesandten von Klinggräffen bestimmten Schriftstücken schickte Görtz diesen Brief an die preußische Gesandtschaft in Dresden, welche die Weiterbeförderung übernehmen sollte.

Doropp, der sich seit langem in Dresden aufhielt, bekam wiederum den Bescheid: es sei nichts für ihn zu tun.

»Das ist zum Teufelholen!« sagte er zu dem Sekretär des Gesandten. »Man braucht mich einfach nicht mehr! Solange die Sache gefährlich war – ja, da tat man mir schön! Aber jetzt, wo morgen oder übermorgen der Friede ausbrechen wird, will man nichts mit mir zu tun haben. Wovon unsereiner leben soll, das kümmert die Herrschaften freilich nicht. Es ist ein verdammtes Gewerbe, für große Herren den Kopf zu riskieren; der Einsatz ist zu kostbar, und man kann zuwenig dabei gewinnen.«

»Nun«, antwortete der Sekretär mit vertraulichem Lächeln, »soviel ich vorgestern bei der Herrenpartie des Grafen Vitzthum gesehen habe, gewinnen Sie anderweitig genug, Herr von Doropp! Wenn Sie die Bank halten, steht das Glück auf Ihrer Seite.«

»Wie meinen Sie das?« fragte Doropp mißtrauisch: in diesem Punkte hatte er niemals ein ganz reines Gewissen.

»Nur so, wie ich es sagte. Sie haben ein kleines Vermögen gewonnen.«

»Vermögen! So! Und meine Schulden? Glauben Sie, dieser Rock sei mir geschenkt worden? Ich bin es gewohnt, mein Herr, als Kavalier aufzutreten!«

»Niemand zweifelt an Ihren Qualitäten!«

»Das möcht' ich auch keinem geraten haben! Übrigens wissen Sie nicht, wie schauderhaft ich in den letzten Wochen verloren habe. Der kleine Fischzug bei Vitzthum ist mir wohl zu gönnen, ich konnte ihn verdammt gut gebrauchen. Man hat Ausgaben.«

»Sehr galante dazu!«

»Warum nicht? Der liebe Gott hat die Weiber schließlich nicht zum Ansehen geschaffen.«

»Auch in diesem Punkte ist Ihr Glück sprichwörtlich. Es gibt Damen, die Ihnen nachlaufen.«

»Sie übertreiben.«

»Keineswegs! Noch gestern abend war jemand da, der sich nach Ihrer Wohnung erkundigte.«

»Wer?«

»Eine Dame.«

»Versteht sich – aber welche?«

»Sie hat ihren Namen nicht genannt.«

»Wie aufregend!« sagte Doropp und rückte unwillkürlich seine Halsbinde zurecht. »War sie hübsch?«

»Sehr!«

»Jung?«

»Passabel.«

»Gestern abend? Entschuldigen Sie mich – ich muß nach Hause – vielleicht ist inzwischen etwas gekommen – – gesteh' ich's nur: ich habe ... ich war die ganze Nacht außerhalb ... Sie begreifen!«

»Ich begreife, daß Sie unverbesserlich sind.«

»Wenn Sie damit sagen wollen, daß meine Qualitäten den höchsten möglichen Grad erreicht haben, so will ich's Ihnen hingehen lassen. Andernfalls wär' es eine Beleidigung, die nur mit Blut –«

»Später, Bester, später! Fürs erste haben Sie wohl wichtigere Geschäfte!«

»Ich kann Ihnen nicht widersprechen!«

Doropp empfahl sich eilig. Der Sekretär blickte hinter ihm her:

die Eleganz seiner Bewegungen war bereits etwas mühsam, man sah, daß er älter war, als er sich gab.

Doropp fand in seinem Quartier ein Briefchen. Die Dame – die ihren Namen auch jetzt noch nicht nannte – teilte ihm mit, daß sie ihn in einer dringenden und geheimen Angelegenheit sprechen müsse und deshalb um sechs Uhr wiederkommen werde. Doropp, der die dringenden und geheimen Eigenschaften derartiger Angelegenheiten zu kennen glaubte, rief den Wirt und besprach mit ihm ein Souper zu zweit, obwohl es mit seiner Kasse bereits wieder nicht zum besten stand, da er den Nachmittag damit zu verbringen gedachte, den Rest seiner drückenden Schulden zu bezahlen.

Ermüdet von dieser unvergnüglichen Beschäftigung kehrte er in der Dämmerung zurück, fand den Tisch gedeckt und machte umständlich Toilette.

Punkt sechs Uhr wurde die Dame gemeldet.

Sie sah den zärtlich hergerichteten Tisch und lächelte.

»Wenn diese Vorbereitungen mir gelten, Herr von Doropp«, sagte sie, »so muß ich Sie zunächst in große Verlegenheit setzen: wissen Sie denn, wer ich bin?«

»Ihre Erscheinung, Madame, läßt mich die Neugier nach Ihrem Namen durchaus vergessen. Übrigens war ich von jeher der Meinung, daß Höflichkeit eine Pflicht ebenso gegen Bekannte wie gegen Unbekannte ist.«

»Vortrefflich. Erlauben Sie also, daß ich in gleicher Weise höflich bin und Ihnen meinen Namen nenne. Ich bin die Gräfin Seyssel.«

Doropp trat einen Schritt zurück. Dann nahm er den dreiarmigen Leuchter vom Tisch und hielt ihn so, daß der helle Schein in ihr Gesicht fiel.

Sie hob die Schultern. »Ich kann nichts dafür, daß ich's bin!« Dabei lächelte sie so hübsch, ja beinahe hilflos, daß er seine augenblickliche Aufwallung unterdrückte.

»Ich weiß, man hat Sie vor mir gewarnt. Wahrscheinlich hat man mich sogar sehr schlecht gemacht. Aber sagen Sie selbst: habe ich Ihnen jemals etwas Böses getan?«

»Nein –!« antwortete er. »Ich könnte mich allerdings nicht erinnern – unsere Wege haben sich auch niemals gekreuzt, soviel ich weiß – – wie sollten sie auch!« Er faßte sich. »Sie sehen, ich lebe hier wie hundert andere, die ein widriges Schicksal aus den gewöhnlichen Bahnen des Daseins geworfen hat, und wüßte wahrhaftig nicht –«

»Ähnlich geht es mir, Herr von Doropp. Von Natur aus sind wir Verbündete, und ich habe stets bedauert, Sie nicht zu kennen. Indessen läßt sich, wie Sie sehen, ein solches Versäumnis bei gutem Willen nachholen. Ich meinerseits habe ihn, sonst wäre ich nicht hier.«

»Ich weiß die Ehre zu schätzen ...«, sagte er, ohne die Ironie in seiner Stimme zu verbergen. »In wessen Auftrag kommen Sie?«

Sie gab ihm einen Zettel: »Die Frau Gräfin Seyssel reist in meinem Auftrage. Maria Anna.«

»Ich habe nicht die Ehre, der Frau Herzogin vorgestellt zu sein!« sagte Doropp.

»Das ist mir bekannt. Aber Sie sind über die Stellung Ihrer Durchlaucht in dem gegenwärtigen Konflikt unterrichtet.«

»Ich verstehe Sie nicht ganz.«

»Dann erlauben Sie, daß ich Ihrem Gedächtnis nachhelfe!« sagte die Seyssel ruhig und zog aus ihrer Korsage einen Brief.

Doropp hielt ihn nahe an die Kerzen, erkannte das Siegel und sah die Gräfin erstaunt an. »Wissen Sie, was darinsteht?«

»Dem Inhalt nach, ja. Lesen Sie ungeniert, ich werde mich einstweilen setzen.«

»Verzeihen Sie!!« Doropp beeilte sich, ihr einen Stuhl zurechtzurücken.

Dann brach er das Siegel auf. »Lieber D., seit September warte ich vergeblich auf ein Lebenszeichen von Ihnen. Meine Versuche, Sie zu erreichen, waren ebenso vergeblich. Ohne mir dies erklären zu können, muß ich Ihnen doch mitteilen, daß Ihre hartnäckige Abwesenheit vielleicht ein Glück für Sie war. Die Entwicklung der Dinge, die Ihnen ebenso bekannt ist wie mir, hat sich ungünstiger gestaltet, als gewisse Personen annehmen wollten, und meine Voraussagungen erweisen sich zum großen Teil als richtig. Der bevorstehende Friede wird unserem Herrn freie Hand geben, und ich habe Anlaß zu der Befürchtung, daß sich diese Hand auf alle legt, die ihm konterkarriert haben. Sie wissen, wie sehr ich Sie schätze, und werden daraus die Aufrichtigkeit eines Ratschlages erkennen, der lautet: überschreiten Sie die bayrische Grenze nie wieder! Da mir Ihre stets einigermaßen unsichere Lage bekannt ist, so wünschte ich, Beträchtliches für Sie tun zu können; die Einzelheiten meines Vorschlages wird Ihnen die Überbringerin dieses Briefes mitteilen, über die ich meine Ansichten denn freilich revidieren mußte. Schließlich, da nichts in der Welt unabänderlich zu sein scheint, hoffe ich, Sie vielleicht doch noch einmal zu sehen, dann aber gewiß in besseren Zeiten. Ihr getreuer Andreas Andre.« Doropp sah nach dem Datum; es lautete: »München, den 5. Februar«, der Brief war also noch keine Woche alt.

Er ließ das Blatt sinken und sah die Gräfin an: »Ich gestehe: noch nie in meinem Leben war ich erstaunter!«

»Ich nehme an, der Brief enthält eine Bemerkung über mich?«

»Ja. Auch. Und was soll das heißen: er wartet seit September vergeblich auf ein Lebenszeichen? Ich habe mich bemerkbar gemacht, so oft ich konnte! Mir, Gräfin, *mir* ist es so ergangen, *ich* wartete auf ein Lebenszeichen von *ihm*!«

»Meine Ahnung!« sagte die Seyssel erregt.

»Sie meinen?«

»Ich bin überzeugt, daß es Lehrbach gelungen ist, die gesamte Korrespondenz in die Hände zu bekommen. Einiges hat er durchgelassen, um den Schein zu wahren und nicht allzu großen Verdacht zu erwecken; aber das Wichtigste hat seinen Adressaten niemals erreicht.«

»Das wäre eine Erklärung!«

»Soweit sie *mich* betrifft, ist sie ohne Zweifel richtig, denn ich habe die Beweise dafür. Oder glauben Sie, ich sei grundlos in die fatale Lage gekommen, in der ich bin?«

»Sie?«

»Ja doch! Verhaftung oder schleunige Abreise — — Sie sehen, welche von beiden Möglichkeiten mir angenehmer war.«

»Ich bin sprachlos«, sagte Doropp, »welcher tückische Witz des Schicksals! Sie!! Apropos – haben Sie Hunger, Gräfin?«

»Ich sehe, daß Sie auch in der Aufregung das Notwendigste nicht vergessen!« antwortete sie verlegen. »Der Hofrat hatte also recht, da er mir riet, mich Ihnen anzuvertrauen . . .«

Doropp stand auf. »Verzeihen Sie meine vorige Kälte, Gräfin – ich konnte wahrhaftig nicht ahnen, welches sonderbare Geschick uns heute vereinigt. Nun die Hauptsache erklärt ist, werden wir mit möglichster Ruhe soupieren.«

Während des Essens bemühte sich Doropp, das Gespräch bei harmlosen Dingen zu halten, und die Seyssel ging bereitwillig darauf ein. So gewann er Zeit, die verblüffenden Neuigkeiten, die sie ihm mitgeteilt hatte, noch einmal zu überdenken – zugleich machte er mit Vergnügen die Bemerkung, daß der Sekretär nicht gelogen hatte, da er die Gräfin als sehr hübsch bezeichnete. Sie hatte jenes Katzig-Blonde – ein bedenkenloser Engel. »Ihr Wohl!« sagte Doropp und hob das Champagnerglas. »Das meinige dazu: wir sind Schicksalsgenossen, keiner von uns beiden ist auf dem Felde der Ehre gefallen!«

»Sie werden unverschämt!«

»Ich fühle mich Ihnen so verbunden!«

»Das könnte sein!«

»Was meint übrigens der Hofrat mit seinen Andeutungen?«

»Eine Frage, auf die ich seit langem warte! Sie betrifft Ihre Zukunft!«

»Eine so angenehme Gegenwart wie diese läßt mir die Zukunft ziemlich gleichgültig sein.«

»Sie sind leicht zufriedengestellt.«

»Sagen Sie das jetzt noch nicht!«

»Zu Ihrer Frage: die Herzogin hat ein Gut in Ungarn, recht weltentlegen freilich. Andre bietet Ihnen dort einen Posten an.«

»Weltentlegen?«

»Warten Sie doch! Er läßt Ihnen sagen, daß diese Zuflucht für Sie stets offen ist – für mich übrigens auch –, wenn Sie einmal in Verlegenheit kommen sollten; unbedingt sind Sie dort in Sicherheit und können ruhig abwarten, bis Ihnen das Glück wieder günstiger ist. Schütteln Sie nicht den Kopf, Herr von Doropp – was mich betrifft, so bin ich froh, eine solche Zuflucht zu wissen. Männer freilich kommen leichter durchs Leben – eine Frau ist auf größere Ausgaben angewiesen, wenn sie nicht ganz heruntersinken will, und das will ich keineswegs. Für meine Person habe ich die Absicht, Andres Angebot anzunehmen.«

»Wollen Sie in dieser Jahreszeit durch Rußland reisen, um die ungarische Grenze von Osten her zu erreichen?«

»Nein. Ich fahre, wie jeder Vernünftige, durch Österreich.«

»Und werden schon an der Grenze verhaftet!«

»Sie halten mich für unbesonnener, als ich bin. Sehen Sie das da!« Die Gräfin gab ihm zwei Pässe über den Tisch; der eine enthielt ihre Personalbeschreibung, der andere die seine – aber beide waren auf fremde Namen ausgestellt. »Der Hofrat hat mir das besorgt – für den Fall, daß wir zusammen die Reise machen . . .«

»Vortrefflich! Und was hat er besorgt für den Fall, daß wir die Reise nicht machen?«

»Ich verstehe Sie nicht.«

»Liebe Gräfin«, sagte Doropp, »ich muß Ihnen das ganz geheim erzählen. Erlauben Sie also, daß ich mich neben Sie aufs Kanapee setze! – Warum, in aller Welt, sollten wir uns in irgendeinem trostlosen Karpatennest jetzt schon begraben lassen? Von mir will ich nicht sprechen – aber Sie, Sie sind dazu viel zu jung und hübsch! Allerdings bedürfen derartige Vorzüge eines Beschützers, denn die Menschen sind schlecht; vortrefflich: wir bleiben einstweilen in Dresden; hier sind wir sicher und haben die interessanteste Gesellschaft. Es ist wahr, unbedingt sorglos wird diese Existenz nicht immer sein, Sie wissen, daß ich spielen muß – und zwar glücklich spielen muß –, um zu leben. Aber es ist mir bisher gelungen, mich durchzubringen, und ich denke, wenn *Sie* mein Leben teilen und Ihre Aufgabe verstehen ...«

»Aufgabe?« fragte sie und sah ihn aus ihren schönen Augen an.

»Nun ja!« Er spielte mit einer Locke, die blond geringelt auf ihrer Schulter lag. »Die Menschen sind nicht nur schlecht, sondern glücklicherweise auch sehr dumm; insbesondere möchte ich das von den Männern behaupten. Und denken Sie: ich habe die alte Regel noch immer bestätigt gefunden, daß ein Mann um so mehr Unglück im Spiel hat, je mehr Glück er in der Liebe hat ...«

»So! Und was verstehen Sie unter Glück in der Liebe?«

»Dies«, sagte Doropp, »dies zu entscheiden, würde in jedem Falle *Ihre* Sache sein, Gräfin!«

Sie nestelte an der Kette ihres Lorgnons. »Es wäre zu überlegen ...«

»Wir werden eine zweite Flasche Champagner trinken, damit Ihnen das Überlegen leichter fällt.«

»Bedenken Sie, daß ich heute noch nach Hause muß!«

»Wer sagt das?«

Obwohl Teschen, der Ort der Friedensverhandlungen, weitab lag, spürte man in Dresden doch, daß der Krieg, wenn auch noch nicht buchstäblich, so doch tatsächlich zu Ende war; Diplomaten und Offiziere reisten hin und her, die Gasthäuser waren überfüllt, die Stadt hatte ihre graziöse Ruhe gegen einen ziemlich martialischen Trubel vertauscht und mußte eine Menge Leute beherbergen, die von den guten Bürgern nicht gern gesehen wurden. Aber das Geschäft blühte, besonders an jenen Zweigen, die auf der Schattenseite wuchsen.

Doropp hatte eine Wohnung gemietet und sie aufs eleganteste ausgestattet; sie bestand aus einem Schlafkabinett, in dem nicht viel mehr als ein Doppelbett Platz hatte, und drei Salons. Zwar gab es eine Vorschrift, die das Glücksspiel verbot; da aber im Hause der hübschen und sehr galanten Gräfin Seyssel der und jener Minister verkehrte, so brauchte das Paar nichts zu fürchten, denn die Polizei drückte mindestens ein Auge zu. Doropp hielt Abend für Abend die Bank, die Gäste drängten sich, das Gold rollte – häufig rollte es in die Kasse der Bank; man war damit zufrieden.

Eines Aprilabends tauchte in dieser Gesellschaft, in der die wenigsten einander kannten, ein Fremder auf, der von Tisch zu Tisch ging, dem Spiel zuschaute, sich aber nicht daran beteiligte. Die Seyssel bemerkte das, machte sich an ihn heran und war die liebenswürdige Wirtin, der nichts als das Wohl ihrer Gäste am Herzen lag.

»Ich bin nicht des Spielens wegen hier«, sagte der Fremde unbewegten Gesichts.

»Sie suchen eine bestimmte Person?«

»Allerdings.«

»Und wen?«

»Sie, Madame!«

Die Gräfin wurde unruhig. »Gehen wir in das nächste Zimmer, mein Herr, dort sind wir vorerst ungestört. – Ich habe nicht die Ehre, Sie zu kennen ...«

»Mein Name ist gleichgültig. Es wird Ihnen genügen, zu erfahren, daß ich aus Wien komme.«

»Ah –!«

»Man wartet dort auf Sie!«

»Ich glaubte –«

»Binnen vier Wochen wird der Friede unterzeichnet sein. Sie begreifen, daß Sie *vorher* in Wien sein müssen!«

»Und wenn es mir hier in Dresden sehr gut gefällt?«

»Ich vermute, Madame, daß es Ihnen bereits morgen nicht mehr so gut gefallen wird!« sagte der Fremde mit einem mehr als sonderbaren Lächeln und verließ die Wohnung.

Die Seyssel dachte im Laufe der nächsten halben Stunde mit wachsender Beklemmung über diesen Besuch nach. Doropp saß an einem Tisch, wo gerade heute mit besonderer Leidenschaft gespielt wurde – es war unmöglich, ihn auch nur für eine Minute zu sprechen; daran, daß er die Bank jetzt aufgab, war vollends nicht zu denken. Die Gräfin ging in das Schlafzimmer und packte das Allernotwendigste und den Schmuck, den ihr Doropp im Laufe der letzten Wochen geschenkt hatte, in ein Köfferchen, das man bequem in der Hand tragen, nötigenfalls sogar unter dem Muff verbergen konnte; den Platz, der blieb, füllte sie mit Goldstücken aus. Dann ging sie wieder zur Gesellschaft zurück.

Um halb zwölf Uhr nachts – überall klingelte das Gold auf den Tischen – sah sie den Geheimrat von Krienitz eintreten, einen jovialen Herrn, der in diesen Räumen häufig erschien. Er winkte sie mit den Augen zu sich.

»Eine sehr peinliche Sache, liebe Gräfin – erschrecken Sie nicht mehr als nötig – immerhin – – verzeihen Sie die lakonische Kürze meiner Mitteilung, aber es eilt wahrhaftig, wie Sie sogleich sehen werden. Denken Sie: vor einer Stunde – ich lag schon im Bett –, vor einer Stunde klingelte mich der Bediente meines Chefs aus den süßesten Träumen – ich träumte, glaub' ich, von Ihnen! – und bringt mir die schriftliche Ordre, ich solle unverzüglich zum Minister kommen. Gut, ich gehe. Was eröffnet mir der Chef? Auf Grund einer Anzeige, die von sehr gewichtiger Seite eingelaufen ist, wird die Polizei noch heute nacht einen ungebetenen Besuch in diesen Räumen abstatten müssen!«

»Wann?« fragte die Seyssel mit blassen Lippen.

»Punkt zwölf Uhr. Ich habe das selbst angeordnet, Sie können sich denken, wie mir das Herz blutete und –«

»Weiter, weiter – nach meiner Uhr haben wir nur noch zwanzig Minuten!«

»Sie brauchen deshalb die Nerven nicht zu verlieren, Beste, ich habe für alles gesorgt. Nur um eines muß ich Sie bitten: niemand darf erfahren, daß Sie gewarnt worden sind! Hören Sie jetzt gut zu. Die Polizei wird also mit der üblichen Rücksichtslosigkeit hier eindringen. Großes Tableau. Befürchten Sie aber nichts: es wird niemand in Gewahrsam genommen, wir wollen jeden Skandal vermeiden.«

»Auch ich nicht?«

»Nein. Lediglich das Geld wird beschlagnahmt, damit dem Gesetz Genüge getan ist. Auf der gegenüberliegenden Seite der Straße hält ein geschlossener Reisewagen, den ich für Sie gemietet habe. Sie und Herr von Dоropp werden die Güte haben, im Durcheinander des ersten Schreckens zu verschwinden – die Polizei ist angewiesen, Ihnen dabei keine Hindernisse in den Weg zu legen. Sie reisen sofort ab und passieren noch heute nacht die böhmische Grenze auf dem Wege nach Prag. Hier ist ein Ausweis, der Ihnen den Schlagbaum öffnet.«

»Ich danke Ihnen, Ihre Güte –«

»Ohne Umstände! Da wir, wie gesagt, jeden Skandal vermeiden wollen, bedeutet Ihr schleuniges Verschwinden nur eine Gefälligkeit gegen uns.«

»Der Wagen steht bereits auf der Straße?«

»Ja.«

»Würden Sie Ihrer Liebenswürdigkeit die Krone aufsetzen und mein kleines Reisenecessaire hinunterbringen?«

»Warum nicht!«

»Ich werde Sie dafür in mein Abendgebet einschließen.«

»Fatal zu denken, daß ich keine Gelegenheit mehr haben werde, dieses Abendgebet mitzubeten ... Ihre Frömmigkeit beim Einschlafen hat mich stets so entzückt ...«

»Noch zehn Minuten!« sagte die Gräfin. »Kommen Sie!« Im Schlafzimmer gab sie ihm das Köfferchen und schob ihn durch die Hintertür ins dunkle Treppenhaus.

Dann stellte sie sich hinter Doropp, so, daß sie die Pendeluhr auf dem Kamin im Auge behielt.

Zwei Minuten vor Mitternacht, als Doropp eben aufs neue die Karten mischte, sank sie plötzlich ohnmächtig um, gerade auf seine Schulter.

Er, der sich im ersten Augenblick über die plötzliche Last auf seiner Schulter nicht im klaren war, sah nur am Erschrecken der Gegenübersitzenden, worum es sich handelte.

Zugleich aber hörte er einen Hauch an seinem Ohr: »Polizei! Trag mich ins Schlafzimmer! Keine Angst!«

Aufstehend ließ er sie vollends in seine Arme gleiten, stammelte eine Entschuldigung zu den Gästen und trug die Gräfin hinaus.

Als sie die Tür ins Schloß fallen hörte, sprang sie auf die Füße und schob den Riegel vor.

»Frag nicht ... alles ist vorbereitet ... hier, den Mantel ... und den meinen ... still!« Sie öffnete die rückwärtige Tür, durch die der gefällige Geheimrat vor wenigen Minuten verschwunden war, und lauschte in den Hausflur hinunter.

Richtig: Unten wurde die Haustür geöffnet, schwere Stiefel polterten über die Steinfliesen, Säbel rasselten die vordere Treppe empor.

»Komm!«

Während oben die Polizei eindrang, verließen sie das Haus. Auf der Straße wartete der Wagen. Das Elbtal herunter heulte ein lauer Märzwind, aus dem Dunkel fielen die ersten Tropfen.

»Ich weiß nicht, was mir angenehmer gewesen wäre«, sagte Doropp, als sie am nächsten Vormittag das böhmische Städtchen Bodenbach verließen, »in Dresden wegen des bißchens Hasard acht Tage eingesteckt zu werden, oder mit einem wirklich schlechten Gewissen nach Wien zu fahren ...«

»Du vergißt unsere falschen Pässe!« beruhigte sie ihn. »Niemand wird Argwohn haben.«

Er wiegte zweifelnd den Kopf. »Dabei bestenfalles die Aussicht, sich in einem ungarischen Dorf zu begraben, wo die Füchse einander gute Nacht sagen!«

»Wer hindert uns, in Wien zu bleiben?«

Doropp lachte mißvergnügt. »Ich hab' es mein Lebtag mit der Unverschämtheit gehalten – aber so unverschämt bin ich nun doch nicht!«

Am vierten Tag kamen sie nach Wien und stiegen in einem Gasthaus in der Salesianergasse ab. Doropp war in übelster Laune, er hatte sich unterwegs erkältet, spürte ein Fieber und wurde von schlimmen Ahnungen geplagt. »Hätten wir wenigstens um diese verdammte Stadt einen Bogen gemacht!« sagte er. »Bei dem Gedanken, hier krank zu werden, möcht' ich mich aufhängen!«

»Ohne Sorge! Wir haben Geld, und das ist die Hauptsache. Bleib im Bett, morgen ist alles vorbei.« Sie stand vor dem Spiegel.

»Wohin willst du?«

»Ein paar Einkäufe: ohne Kleider und Wäsche können wir nicht nach Ungarn reisen.«

»Kommst du bald zurück?«

»So bald wie möglich.«

Er blieb allein, aber es hielt ihn nicht im Bett. Von einer entsetzlichen Unruhe gequält, stand er auf und kleidete sich an. Als er den eleganten, gestickten Seidenrock anzog, lächelte er trübselig: das war freilich kein Reisekleid ... wer, zum Teufel, mochte diese Suppe in Dresden eingebrockt haben? Ohne an Besonderes zu denken, nur immer nebenhin auf seine erregt schwingenden Nerven achtend, trat er an den Tisch, auf dem das Necessaireköfferchen lag – ihr einziges Gepäck – und öffnete es. Außer einigen Sächelchen, wie sie die weibliche Eitelkeit braucht, lagen etwa zweihundert Goldstücke lose darin, und in drei kleinen Samtetuis fand er den Schmuck, den er ihr in Dresden geschenkt hatte. Ein wunderbarer Brillantring war dabei; er hatte ihn eigentlich für sich gekauft, weil er ihm so ausnehmend gefiel. Doropp steckte den Ring an den Finger und ließ das Licht in dem Stein spielen. Mit diesem Ring, dachte er, braucht der Mensch wahrhaftig nicht nach Ungarn ... Ein Vermögen! Unsinniger Einfall, dieses Wien! Man sollte ins Venedische und von da aus nach Italien hinein! Was hält mich hier? Weiß Gott, eine vortreffliche Idee – sie soll ihren Schmuck und die Hälfte des Geldes haben – – und im übrigen weiter nichts als das Nachsehen!

Hastig zählte er die Dukaten auf den Tisch. Es klopfte.

Doropp strich das Geld möglichst geräuschlos zusammen, verschloß es wieder und rief Herein.

Die Tür öffnete sich — — — und in diesem Augenblick wußte er alles.

Ein Mann im schwarzen Rock, hinter ihm zwei Gendarmen...

Zu spät! Eine Viertelstunde zu spät! ging es ihm durch den Kopf. Seine Spannkraft erlahmte plötzlich, das Fieber griff wieder nach ihm.

»Sie sind Herr von Doropp!« sagte der Schwarze.

Er schwieg.

»Ich habe den Auftrag, Sie zu verhaften.« —

Zur selben Zeit stand die Seyssel in der Staatskanzlei, im Vorzimmer zu dem Büro des Fürsten Kaunitz, und sprach mit dem pockennarbigen Sekretär Casalbigi. »Ich werde dieses Zimmer nicht eher verlassen, bis Sie die Nachricht in Händen haben, daß er wirklich verhaftet ist, und bis Sie die Anweisung an die Hofkasse unterschreiben!«

»Beides sollen Sie haben«, sagte der Sekretär gleichgültig, »wenn Sie sich ein wenig gedulden wollen.« Er deutete auf einen Stuhl. »Es wäre vorteilhafter für Sie gewesen, wenn Sie schneller gearbeitet hätten.«

»Vom Schreibstuhl aus sieht dergleichen immer sehr einfach aus.«

»Dieser Doropp hat uns ungeheuer geschadet.«

Ein Soldat kam und übergab Casalbigi eine Meldung.

»Nun also«, sagte der Sekretär, »die Sache ist zur Zufriedenheit erledigt. Quittieren Sie bitte diese Anweisung über dreihundert Dukaten.« Sie tat es. »Jetzt können Sie gehen.«

»Höflichkeit scheint Ihre starke Seite nicht zu sein, mein Herr!«

Er beugte sich über seine Schreibarbeit und antwortete nicht.

Als die Seyssel wenige Minuten später ihren Schein an der Hofkasse vorlegte, fühlte sie eine schwere Hand auf ihrer Schulter.

»Sie sind also die Gräfin Seyssel?«

»Allerdings —«

»Folgen Sie mir!«

»Warum?«

»Sie sind verhaftet.«

Sie kreischte auf und versuchte sich loszureißen. »Was fällt euch ein! Sind Sie verrückt?«

»Ohne Umstände!«

»Ein albernes Mißverständnis! Ohne mich —«

»— würden dem Grafen Neipperg vor zwei Jahren in Regensburg — —«

Die Seyssel knirschte die Zähne zusammen und fuhr dem Manne mit beiden Händen ins Gesicht. Drei Leute hatten zu tun, die Wütende zu bändigen. Dann knickte sie um. »Wohin?«

»Im Spinnhaus ist Platz genug.« –

In einer schmutzigen Wachstube, wo allerhand Gesindel auf den Wandbänken lungerte, wurde Doropp einem ersten Verhör unterzogen. Er berief sich auf seinen Paß, aber der Auditeur machte ihn mit mildem Kopfschütteln aufmerksam, daß dieser Paß in der österreichischen Staatskanzlei selber ausgefertigt und der Seyssel geschickt worden sei.

»Dann allerdings ...«, sagte Doropp achselzuckend. »Aber bitte: kurz!«

»Sie waren Offizier?«

»Ja.«

»Es tut mir leid«, sagte der Beamte mit einer Art von teilnahmsvoller Höflichkeit, »daß ich Ihren Wunsch nach einem kurzen Prozeß nicht erfüllen kann. Sie werden, wenn nur erst die nötigen Akten zur Stelle sind, genau verhört werden, einmal – zweimal – dreimal – – je nach den Mitteilungen, die Sie freundlichst machen.«

»Ich habe keine Mitteilungen zu machen.«

»Das wird sich finden.«

Einstweilen wurde er in eine Untersuchungszelle gesperrt. Jemand lachte ihm entgegen: »Auch erwischt?«

Es war ein Landstreicher.

»Dich auch?«

»Mich lassen sie heute laufen. Ich habe genug gesessen.«

»So?« fragte Doropp und wälzte einen Einfall. »Wohin gehst du? Hast du Geld?«

»Geld? Woher?«

Doropp trat auf ihn zu. »Wenn's dir gleich ist, wohin du gehst, Bruder – dann geh nach München! – Was ist das hier?«

»Alle Teufel«, sagte der Landstreicher und beugte sich im kümmerlichen Licht der Fensterluke über den Brillantring, »das sieht gut aus!«

Aus seinem Taschenbuch riß Doropp eine Seite und kritzelte ein paar Zeilen darauf. »Das Papier gibst du dem Hofrat Andreas Andre in München, aber nur ihm selber!«

»Ist recht.«

»Hier! Den Ring! Mach damit, was du willst, aber sei vorsichtig – man findet dergleichen bei Leuten deiner Art selten!«

»Ohne Sorge!« grinste der andere.

»Wirst du auch Wort halten?«

»Bei meiner armen Seele!« Der Kerl streckte ihm die dreckige Hand entgegen.

Doropp nahm sie. »Das ist das letztemal, daß mir einer die Hand gibt«, sagte er, »nun, hoffentlich war es die Hand eines anständigen Menschen.«

V

Der Kurfürst saß in seinem Arbeitszimmer. Kreittmayr hatte ihm Vortrag gehalten und eine Abschrift des Friedensvertrages überreicht, der vor einigen Tagen, am 5. Mai 1779, zu Teschen von den Bevollmächtigten unterzeichnet worden war. Der Kanzler hatte einige Fragen des Herrn erwartet. Aber Karl Theodor sagte nichts als: »Es ist gut. Lassen Sie das hier.« Worauf sich Kreittmayr mit drei tiefen Verbeugungen zurückzog – nicht ohne vorher die untertänigste Bemerkung gemacht zu haben, wie beglückt Europa über die Beendigung des Krieges sein müsse und wie glücklich sich besonders Bayern preisen dürfe, dem unter einer so weisen Leitung die Kriegslasten erspart geblieben seien.

Karl Theodor nickte nur und vermied es, den Kanzler anzusehen.

Allein geblieben, las er das Friedensinstrument durch. Österreich behielt nur das sogenannte Innviertel, also 38 Quadratmeilen statt der ursprünglich besetzten 160, und 80 000 Seelen statt einer halben Million; das Erbfolgerecht des Königs von Preußen in den Markgrafenschaften Ansbach und Bayreuth wurde bestätigt. Dies waren die Hauptpunkte.

Keiner hatte alles durchgesetzt, was er wollte.

Der Kurfürst warf den Akt auf die Tischplatte, daß es klatschte, und lehnte sich nachdenklich zurück.

Die Falten seines dicken runden Gesichts hatten sich sehr vertieft, seit er in der fatalen Münchener Luft leben mußte, und seine gewaltige Hakennase schien noch größer geworden zu sein.

Draußen stand ein fröhlicher Mai vor den Fenstern, aber die Mauern der Residenz waren noch voll Winterkälte ... in Mannheim blühten jetzt schon die Rosen ... überhaupt Mannheim: dort wäre es den Untertanen gar nicht eingefallen, ihm ein Land zu retten, das er nicht haben wollte. Ein verzweifelt dickschädliges, eigensinniges Volk, diese Bayern!

Er klingelte.

»Vieregg! Kunzmann!«

Ein paar Minuten später traten der Minister und der Geheimrat ein.

»Wir dürfen uns gratulieren, meine Herren«, sagte Karl Theodor, »unser teures Vaterland ist uns nahezu vollständig erhalten geblieben – und ich habe das Vergnügen, es zu regieren. Nun, finden Sie keinen Trostspruch für mich?«

»Durchlaucht –«, begann Kunzmann.

»Ich weiß, was Sie mir zu bedenken geben wollen: diese ganze leidige Geschichte hat mich beim Volke gründlich verhaßt gemacht, es wäre daher vor allem darauf zu achten, die Unpopularität einigermaßen zu kurieren.«

»Durchlaucht treffen mit kurzen Worten den Kern der Sache.«

»Einer Sache, die Sie natürlich schonender und weitläufiger umschrieben haben würden. Gewiß. Aber die Form ändert nichts an dem Inhalt. Indessen, meine Herren, sagen Sie selbst: wer hat denn gegen mich gehetzt? Die Bayern selber! Man stellt mich als den leibhaftigen Gottseibeiuns hin – warum? Nur weil ich diese widerlichen Raufereien vermeiden wollte. Das sogenannte Volk, meine Herren, ist eine merkwürdige, unberechenbare Mischung. Max Emanuel hat sein Leben lang Kriege geführt, das Land hat unter ihm unsäglich gelitten, an seinen ungeheuren Schulden zahlt der Untertan noch heute – und was geschieht? Das Volk vergöttert ihn als seinen Heros! Und ich, der ich nichts wollte, als neues Elend und neue Ausgaben vermeiden, bin der schwarze Mann, mit dem die Mütter ihre Kinder ins Bett jagen. Nein – lassen Sie mich mit dem Volk in Ruhe, ich bringe kein Verständnis dafür auf.«

»Alles wird sich jetzt bessern, Durchlaucht«, sagte Vieregg beschwichtigend, »der Stein des Anstoßes ist aus der Welt geschafft –«

»Halt! *Dieser* Stein, meinen Sie. Aber die Leute, die ihre Lebensaufgabe darin sehen, sich an Steine zu stoßen, werden schleunigst einen anderen finden, und wenn sie ihn hundert Klafter tief aus der Erde kratzen müßten; denn sonst ist ihnen nicht wohl.«

»Die nächste Aufgabe wäre also«, sagte Kunzmann, »vor allem jene gewissen Leute zu beseitigen.«

Karl Theodor, der erregt im Zimmer herumgegangen war, blieb stehen und sah überrascht auf Kunzmann. Er schauspielerte vorzüglich. Auf eben diesen Punkt hatte er das Gespräch lenken wollen. Aber mißtrauisch und vorsichtig wie er war, wünschte er, daß ein anderer den Gedanken aussprach und daß er selbst als der Beratene erschien, dem derartige Regungen an und für sich ferne lagen.

»Wissen Sie denn, an wen ich im besonderen dachte?«

Vieregg und Kunzmann wechselten einen Blick. Keiner hatte den Mut, jenen Namen zu nennen, und jeder hoffte, der andere werde es tun.

»Wenn ich nicht völlig auf Irrwegen bin, Durchlaucht«, sagte der Minister schließlich, »so dürfte das nicht schwer zu erraten sein.«

»Das Samtvisier ist in den letzten Monaten äußerst durchsichtig geworden!« fügte der Geheimrat hinzu.

Karl Theodor setzte sich seufzend. »Aber meine Herren! Welche Absichten wollen Sie mir aufzwingen! Selbst wenn die Dame, auf die Sie zielen, nicht meine Schwägerin wäre – ja, bitte, von wem reden Sie denn sonst! –, ich sage: selbst wenn dies nicht der Fall wäre – halten Sie es für ratsam oder überhaupt für möglich, gegen ein Mitglied des Kurhauses ernstlich vorzugehen? Wir leben doch nicht im Mittelalter! Bedenken Sie, wozu Sie mich veranlassen wollen!«

Er war in diesem Augenblick sehr zufrieden mit sich: die Verantwortung hatte er glücklich auf die andere Seite hinübergeschoben.

Vieregg indessen, der ihn recht wohl durchschaute, ließ den Pfeil zurückprallen: »Es hat mir vollkommen ferngelegen, an irgendein Mitglied des Hauses zu denken.«

Und Kunzmann: »Zudem würde jede Maßnahme gegen die gedachte hohe Persönlichkeit bei deren grenzenloser Beliebtheit nur neues Mißvergnügen verursachen.«

»Wozu und wovon reden Sie also?« fragte Karl Theodor geärgert.

Der Kammerdiener trat ein. »Seine Exzellenz, der Herr Baron von Lehrbach, lassen untertänigst um Verzeihung bitten wegen unangemeldeten Erscheinens – bitten jedoch dringend mit einer wichtigen Meldung vorgelassen zu werden.«

»Bleiben Sie getrost!« sagte der Kurfürst zu seinen beiden Beamten.

Lehrbach schwänzelte herein. Seitdem der Krieg zu Ende war, hatte er von seiner selbstbewußten Haltung viel verloren.

Karl Theodor nickte ihm mit betonter Herablassung zu. »Es muß freilich etwas Wichtiges sein, lieber Lehrbach, daß Sie so früh aufstehen!«

»In der Tat, Durchlaucht: ein Expresser bringt mir soeben aus Wien die Depesche, daß man dort den Doropp verhaftet hat!«

Der Kurfürst zog die Brauen hoch. »Wahrhaftig! Und was hat er gestanden?«

»Nichts – aber da war nicht mehr viel zu gestehen. Ein Teil seiner Korrespondenz mit dem Hofrat Andre ist in den Händen der Staatskanzlei. Doropp hat ihre Echtheit bestätigt. Die kompromittierendsten Dinge sind dabei! Abschriften treffen demnächst ein.«

Karl Theodor wandte sich zu Vieregg: »Nun, was sagen Sie dazu?«

»Ich sage, daß Herr von Lehrbach im richtigen Augenblick gekommen ist – wie stets. Jetzt endlich wurde der Name genannt, der bisher im Hintergrund blieb.«

»Im Hintergrund wie der Mann selber!« hinkte Kunzmann nach.

»So! Also Andre!« Die vier sahen einander an und wußten, daß jeder dasselbe dachte. Der Kurfürst hob die Schultern. »Unsere Rücksichtnahme kann weit gehen – allzuweit kann sie nicht gehen. Vieregg!«

»Durchlaucht!«

»Veranlassen Sie das Nötige!«

»Durchlaucht befehlen –«

»Sie sind lange genug in meinen Diensten, um zu wissen, was ich wünsche. Muß man alles haarklein erzählen, um nicht mißverstanden zu werden? Guten Morgen, meine Herren!« Karl Theodor verließ das Zimmer.

»Immer wir!« sagte Kunzmann nach einer respektvollen Pause. »Immer uns schiebt er die Entscheidung zu! Was denken Sie, Herr Minister?«

In diesen Tagen versammelten sich die Häupter der Patriotenpartei noch einmal bei der Herzogin im Klemensschlößchen: Obermayer, Lori, Andre, ein paar adlige Würdenträger.

Der Kanzler von Kreittmayr fehlte. Er hatte sich entschuldigen lassen mit der unumwundenen Begründung: vorerst wage er nicht mehr, bei Maria Anna zu erscheinen, der Kurfürst habe ihn allzudeutlich als einen Übelgesinnten behandelt. Zugleich ließ er durch den Obersten Ancillon warnen: wenn ihn nicht alles täusche, so sei Schlimmes im Werke. Man möge sich vorsehen!

Maria Anna hatte den halben Erfolg ihrer jahrelangen Bemühungen noch nicht verwunden. Zwar sah sie ein, daß Friedrich die Wahrheit sagte, wenn er behauptete, er habe sein möglichstes getan. Aber bei der Hartnäckigkeit, die nun einmal in ihrem Wesen lag, kam sie nicht darüber hinweg, daß der Sieg nicht vollständig war. Die Warnung Kreittmayrs erschien ihr unwichtig.

»Der Kurfürst«, sagte sie mit wegwerfender Handbewegung, »würde mich freilich je eher, je lieber vergiften, aber er wird niemals den Mut dazu haben. Übrigens: was hülfe es jetzt auch! Dieser mißlungene Friede ist nun einmal da, wir werden uns wohl oder übel damit einverstanden erklären müssen. Schlimm genug!«

»Euer Durchlaucht sind indessen zur wahren *Patrona Bavariae* geworden!« sagte Lori. »Wem hat Bayern sein künftiges Dasein zu danken, wenn nicht Ihnen? – Was übrigens die Warnung des Kanzlers betrifft, so möchte man sie denn doch nicht ohne weiteres in den Wind schlagen. Der Kurfürst mag an uns Rache nehmen, soviel er will – glauben Sie, daß der König von Preußen wegen drei oder vier Patrioten – sie mögen nun einige geringe Verdienste haben oder nicht! – einen neuen Krieg anfängt? Der Einsatz wäre zu hoch, ich bin, gesteh' ich's nur, auf alles gefaßt.«

Die Herzogin schüttelte den Kopf. »Sie leben unter meinem Schutz – und den möcht' ich sehen, der die Courage hat, mit mir anzubinden. Der Kurfürst gewiß nicht!«

Als Andre am nächsten Morgen das Schlößchen verließ und in die Maxburg gehen wollte, um dort seine gewohnten Arbeiten zu erledigen, gab es am Neuhauser Tor ein kleines Geschrei.

Die Wache wollte einen zerlumpten Kerl nicht in die Stadt hineinlassen.

»Da kommt ja der Herr Hofrat selber!« rief der Unteroffizier.

Andre trat hinzu.

Der Landstreicher machte seinen schönsten Kratzfuß. »Euer Gnaden sind der Herr Hofrat Andreas Andre?«

»Ich denke!«

»Alsdann hätt' ich Euer Gnaden diesen Blumenstrauß zu überreichen – von einer Verehrerin!«

Verwundert nahm Andre den Strauß, der aus gemeinen Feldblumen notdürftig zusammengebunden war. Dabei sah er den Kerl an, und der Kerl zwinkerte so schlau mit den Augen, daß der Hofrat stutzig wurde. »Und warum willst du nach München hinein?«

»Ist nicht mehr nötig, Euer Gnaden. Habe die Ehre, Herr Unteroffizier, und spiel Er weiter den Wachthund für ehrliche Leute!«

Der Soldat zielte mit einem Tritt nach ihm.

Andre ging, achtungsvoll gegrüßt, durch das Tor. In dem Blumenstrauß spürte er etwas wie ein zusammengefaltetes Papier.

Als er die Pforte der Maxburg hinter sich hatte, zog er dieses schmutzige, zerknitterte Papier heraus.

Doropps Handschrift!

»Bin in Wien verhaftet und werde schweigen, aber die Sache ist aussichtslos. Hüten Sie sich, und leben Sie wohl.«

Der Hofrat mußte sich setzen, die Knie zitterten ihm.

Verdammte Bescherung. Er betrachtete den Zettel ein zweites und drittes Mal. In Wien verhaftet? Der arme Doropp — da gab es freilich keine Rettung mehr.

Der Kreittmayr hat recht! dachte Andre verstört, jetzt packen sie zu! Wär' ich nur —

Was?

Ruhe. Ruhe vor allem. Wenn Doropp in Wien verhaftet worden ist — überlegte er —, so muß man dort über ihn recht genau Bescheid wissen. Weiß man's dort, so weiß man's auch hier in München — — das heißt: vielleicht weiß man's hier doch nicht. *Noch* nicht!! Andre sah wieder auf den Zettel — das Datum war nicht angegeben. Immerhin mußte der Bote ein paar Tage gebraucht haben für den Weg. Die amtliche Nachricht von Doropps Verhaftung mußte diesen Weg freilich ebenfalls zurücklegen. »Wahrscheinlich ist sie schon da. Wenn ich ein unerhörtes Glück hätte, wäre sie — sagen wir — erst gestern gekommen, oder sie trifft erst heute ein. Und ich? Vor einer Viertelstunde war ich noch außerhalb der Tore — jetzt sitz' ich in der Mausefalle. Verdammt, verdammt! Verdammtes Pech!«

Andre stand auf. Er wollte ans Fenster treten, wie es seine Gewohnheit war, wenn er scharf nachdachte; aber beim letzten Schritt prallte er zurück: niemand brauchte ihn zu sehen! Wahrhaftig: eine Mausefalle. Welcher Entschluß?

Es gab nur eins: sich darauf zu verlassen, daß die Nachricht von Doropps Verhaftung vielleicht eben doch nicht bekannt war, und zu versuchen, sofort, ungesäumt, in dieser Minute aus der Stadt zu entkommen. Einmal draußen, konnte man spurlos verschwinden.

Er klingelte.

»Ihre Durchlaucht die Frau Herzogin?«

»Sind in der Kirche.«

Der Hofrat nickte. Das war das Schlimmste dieses Augenblicks: Maria Anna nicht mehr zu sehen. Aber es ließ sich nicht ändern, er durfte keine Sekunde verlieren. Vielleicht glückte es noch.

Er nahm Hut und Stock und verließ die Maxburg im gemütlichen Spaziergängerschritt.

Aus einem unklaren Einfall heraus ging er nicht den nächsten Weg zum Neuhauser Tor, sondern wanderte durch ein paar enge Gassen. Aber dann mußte er die breite Neuhauser Straße überqueren und hatte dabei die Empfindung, daß er von irgend jemandem beobachtet wurde. Auf der anderen Seite tauchte er wieder ins Gewirr der alten Häuser und trat schließlich in seiner Herzensangst in die Kirche, die zum Kloster der Servitinnen gehörte.

Es war ganz still da.

Die Morgensonne schien durch die bunten Fenster und spannte farbige Bänder in die leise nach Weihrauch duftende Luft.

Warum bin ich eigentlich hier? dachte er und sah mit leeren Augen zu dem goldschimmernden Hochaltar. Die Zeit vergeht, die kostbare Zeit! Er raffte sich zusammen. Als er auf die Straße hinaustrat, standen da zwei Offiziere. Sie grüßten.

Der Hofrat dankte mit aller Höflichkeit.

Der eine stellte sich ihm in den Weg: »Herr Hofrat Andre, wenn ich nicht irre?«

Andre sah ihn fragend an.

»Ich bedaure unendlich, daß ich Ihren Spaziergang unterbrechen muß. Im Namen Seiner Durchlaucht des Kurfürsten: Sie sind verhaftet!«

Andre zuckte die Achseln. »Ich bin es gewohnt, den Befehlen Seiner Durchlaucht zu gehorchen. Aber ich versichere Ihnen, hier liegt ein Irrtum vor, der sich ehestens aufklären wird.«

»Ich bin davon überzeugt. Indessen habe ich den Befehl.«

»Wohin bringen Sie mich?«

An der Straßenecke hielt ein Wagen. »Bitte!« sagte der Offizier. Er stieg mit Andre ein, sein Kamerad salutierte und blieb zurück.

Ohne angehalten zu werden – die Wache war offenbar verständigt – verließ die Kutsche durch das Neuhauser Tor die Stadt.

Die Herzogin war von ihrem Kirchgang zurückgekehrt und hatte das schwarze Kleid mit einem von jenen weißen vertauscht, die sie zu tragen liebte, weil ihre frischen Farben darin kräftiger zur Geltung kamen und sie wesentlich jünger aussah.

Sie saß am Schreibtisch und war eben im Begriff, die Feder einzutauchen, als draußen im Vorzimmer ein aufgeregtes Geräusch und Stimmendurcheinander entstanden.

Da prallte auch schon der Oberst Ancillon durch die jählings aufgerissene Tür.

»Durchlaucht – – Andre ist vor einer Viertelstunde verhaftet worden!«

Sie sah in fassungslos an.

»In der Nähe des Tores! Auf Befehl des Kurfürsten!«

»Um Gottes willen ...!« sagte Maria Anna. Nicht einmal aufspringen konnte sie vor Schrecken. »Wissen Sie das wirklich genau? Waren Sie dabei?«

»Der Hauptmann der Torwache hat's mir erzählt. Er hat es gesehen.« Ancillon berichtete das Nähere.

»Was tun wir?«

»Ich schlage vor: sofort ein Bittgesuch an den Kurfürsten ...!«

»Eine Anfrage wenigstens!«

»Also eine Anfrage.«

»Vor allem muß man erfahren, wohin er gebracht worden ist! Daun wird es wissen, zum mindesten wird er es herausbringen können.«

»Ja, Daun!«

Die Herzogin hastete ein paar Zeilen hin und schickte damit einen Diener zu Daun. Mittlerweile war ihre erste Fassungslosigkeit überwunden – sie wachte auf wie aus einer leeren Erstarrung. Warf die Feder hin und sprang auf. »Der Kurfürst! Dieser Feigling!«

»Durchlaucht!«

Aber jetzt brach sie los. »Dieses Schwein! Natürlich: den Mut hat er nicht, ihn in München zu lassen! Weil er weiß – – Gott, aber er soll mich kennenlernen! Er soll mich kennenlernen, sag' ich Ihnen!« Sie raste durch das Zimmer. »Dieser gemeine, heimtückische Schuft! An mich traut er sich nicht heran – nicht einmal in mein Haus traut er sich – – auf der Straße muß er ihn verhaften lassen! Aber warte nur! Wir sprechen uns noch. Andre! Verhaftet! Ancillon – gibt es noch größere Niedertracht?«

»Durchlaucht –«

»Schweigen Sie! Ich will nichts hören!« Ihre schreiende Stimme überschlug sich. »Mir das zu bieten! Mir, die ich ihn hätte wegwischen sollen wie einen Dreckspritzer! Diese Gemeinheit –« Sie rannte einen Stuhl um, warf sich mit halbem Leib über den Tisch und hämmerte mit den Fäusten. »Oh! Ich werd' ihm ins Gesicht springen – ausräuchern werd' ich ihn – ich – ich – –« Und nun kam ein Weinkrampf, wie ihn selbst der getreue Ancillon noch nicht erlebt hatte, obgleich er Maria Anna seit seinen Leutnantsjahren kannte. Während er noch überlegte, was da zu tun sei, krümmte sie sich plötzlich zusammen, schnellte im nächsten Augenblick auf und fiel der Länge nach rücklings auf den Fußboden. Da blieb sie liegen, offenbar besinnungslos.

Der Oberst rief nach Wasser, fand ein Fläschchen mit Riechsalz auf dem Schreibtisch und bemühte sich mit der Zofe um die Herzogin. Die Ohren gellten ihm noch.

Schließlich wachte sie wieder auf und ließ sich zum Sofa führen.

»Was war denn? Ich glaube, ich bin etwas heftig gewesen, Oberst? Tut nichts. – Was gibt's?«

Der Adjutant Dauns kam: Andre sei, soviel der Feldmarschall habe erfahren können, nach Rothenberg gebracht worden.

»Rothenberg?« fragte sie. »Das liegt doch bei Amberg? Eine weite Reise! Um so besser ... Ancillon, trauen Sie sich zu, den Wagen einzuholen?«

»Zu Pferde, ja. Indessen –«

Maria Anna machte eine beruhigende Kopfbewegung und versuchte sogar zu lächeln. »Keine Bedenken, Oberst – ich mute Ihnen nicht zu, den Wagen zu überfallen und den begleitenden Offizier niederzuschießen. Ich weiß auch sehr wohl, daß es keinen großen praktischen Zweck hat – – scheinbar.« Sie war jetzt ganz ruhig. »Aber bedenken Sie doch, Andre muß wissen, daß wir von seiner Verhaftung Kenntnis haben und daß ich – daß ich –«

»Der Gedanke, daß Sie diese Angelegenheit in die Hand nehmen, wird ihn aufrecht halten.«

Die Herzogin sah ihn dankbar an. »Vielleicht hat er Ihnen auch etwas zu sagen.«

»Das wäre wichtig.«

»Und dann«, sagte sie und brach in Tränen aus, »nehmen Sie ein kleines Paket mit, das ich inzwischen machen werde: ein wenig Wäsche ... und Geld ...«

»In einer halben Stunde bin ich fertig.«

Als er zurückkam, lag das Paket bereit. Maria Anna gab es ihm. »Verzeihen Sie meine vorige Haltlosigkeit. Hier ist also einige Leibwäsche, wie ich sie in seiner Kommode finden konnte. Und da – alles Geld, das ich im Augenblick habe, ganze neunundzwanzig Konventionsthaler ... ach, Ancillon ... es ist ja so trostlos ... seit er weg ist, bin ich wie ein kleines Kind ... er sorgte für alles ... er hatte immer Geld ... ich weiß bei Gott nicht, wie ich mir helfen soll ...« Sie brach auf dem Sofa zusammen und weinte sehr.

»Durchlaucht –«

Sie winkte, ohne sich aufzurichten.

Der Oberst ging.

Auf der Treppe und im Hof, während er noch einmal selber die Gurten und Riemen des Pferdes prüfte und das Paket hinter dem Sattel festschnallte, überlegte er: wenn Andre wirklich nach dem Rothenberg gebracht worden war – da Daun es sagte, war kaum ein Zweifel daran –, so hatte der Wagen um die ganze Stadt fahren müssen. Vielleicht ist es besser, ich nehme den gleichen Weg, dachte er, draußen bin ich unbeobachtet. Rothenberg – unter Max Emanuel hatten die Österreicher die kleine Festung zerschossen, später war sie wieder aufgebaut worden, der Oberst kannte die neuen Anlagen ziemlich gut, es waren da Gefängniskeller, die sehr übel ausschauten ... was man so eine Oubliette nennt! dachte er. Wer einmal darin ist, wird leicht vergessen ... Unwillkürlich gab er dem Pferd die Sporen.

Aber nach einer Viertelstunde Galopp sah er ein, daß es keinen Sinn hatte, das Tier auszupumpen. Er ließ es in einen ruhigen Trab fallen. Der Wagen mit dem Gefangenen mochte etwa zwei Stunden Vorsprung haben, das war nicht viel, verglichen mit der weiten Strecke, die er zurückzulegen hatte; also nahm sich der Oberst Zeit und kam abends nach Ingolstadt, wo er Andre zu finden hoffte. Aber niemand wußte etwas von einem Gefangenentransport. Ancillon, müde von dem langen Ritt, beschloß trotzdem, hier zu übernachten.

Bei Sonnenaufgang machte er sich wieder auf den Weg und trabte scharf zu. Jedoch gelang es ihm erst nachmittags, den Wagen einzuholen: in dem alten Universitätsstädtchen Altdorf, auf nürnbergischem Gebiet gelegen. Die Kutsche stand vor einem Gasthaus.

Ancillon betrat die Wirtsstube und sah niemanden; der Wirt sagte ihm, die beiden Reisenden speisten in einem Zimmer des ersten Stockwerks, der Offizier habe sich jeden Besuch strengstens verbeten.

»Melden Sie mich immerhin!« sagte Ancillon. »Ich muß den Hauptmann dienstlich sprechen.«

Nach einer Weile kam der Offizier in die Gaststube herunter.

»Es tut mir wahrhaftig leid, Herr Oberst«, sagte er, »aber ich darf Sie nicht zu dem Herrn Hofrat einlassen.«

Ancillon wollte dagegenreden, indessen ließ ihn der andere nicht zu Wort kommen. »Vollends hier in Altdorf darf die Anwesenheit eines so populären Mannes überhaupt nicht bekanntwerden. Es stünde sonst zu befürchten, daß die Studenten den Versuch machen, ihn zu befreien — und was dann?«

»Ja wirklich: was dann!« sagte der Oberst ironisch. »Es wäre in der Tat eine Katastrophe, würde ein bayrischer Patriot nicht ins Gefängnis gesperrt! Gleichviel: Sie haben sich nach Ihren Befehlen zu richten. Würden Sie aber die Güte haben, dem Herrn Hofrat dieses Paket mit Weißzeug und diesen Beutel mit Geld einzuhändigen?«

»Gern! Übrigens mache ich Sie darauf aufmerksam, daß meine Aufgabe erfüllt ist in dem Augenblick, da ich den Gefangenen an den Rothenberger Kommandanten abgeliefert habe; ich rate Ihnen also, dem Wagen zu folgen. In wenigen Stunden werden wir in Rothenberg sein; Sie können sich dann melden lassen und werden dort vielleicht die Genehmigung erhalten, mit Andre zu sprechen.«

Der Oberst dankte; er werde sich nach diesem Ratschlag richten.

Als die Sonne unterging, stand er Andre in der Stube des Festungskommandanten gegenüber. Der alte General war aufs peinlichste betroffen, daß er einen solchen Mann in Gewahrsam halten sollte. »Eigentlich darf ich Sie nicht unbeaufsichtigt lassen, bester Herr Hofrat!« sagte er. »Aber da ich annehme, daß Ihnen ein Fenstersprung von zwanzig Klaftern denn doch zu hoch ist und daß Herr von Ancillon meine Ordnungswidrigkeit dem Kurfürsten nicht melden wird — so schließe ich die Herren jetzt ein und werde in einer Viertelstunde zurückkommen. Das ist freilich alles, was ich für Sie tun kann.«

Sie blieben allein.

»Mein Freund«, sagte Ancillon und umarmte den Hofrat, »wer hätte mit einer solchen Niedertracht gerechnet?«

»Ich!« antwortete jener und erzählte, wie er Doropps Warnung zu spät erhalten habe.

»Sie sehen nicht gut aus —«

»Würden Sie sich freuen, hier eingesperrt zu werden? Weiß man denn, wie lange das dauert? Nach der Energie, die der Kurfürst plötzlich zeigt, werde ich wohl bis zu meinem Ende hier sitzen müssen.«

»Welcher Unsinn! Ich habe Ihnen von unserer Frau mitzuteilen, daß sie alles tun wird, um Sie zu befreien — und Sie kennen sie gut genug, um zu wissen, daß sie Himmel und Hölle in Bewegung setzen wird. Der Kurfürst dürfte keinen guten Tag mehr haben, bis Sie frei sind.«

»Ich auch nicht«, sagte Andre trübe. Dann plötzlich lebhafter:

»Das einzige, was mich aufrecht hält, ist wahrhaftig der Gedanke an unsere Frau. Ein Glück, daß Sie da sind, Ancillon – aber nur dann ein Glück, wenn Sie möglichst rasch machen, wieder wegzukommen.«

»Sie meinen?«

»In meinem Schlafzimmer steht eine eiserne Truhe, ich konnte mich bei meinem hastigen Versuch, zu entkommen, nicht mehr um sie kümmern. In der Truhe, Oberst, sind alle Papiere, die meine heimliche Verbindung mit Doropp betreffen. Die Herzogin weiß davon nichts. Hier ist der Schlüssel, nehmen Sie ihn, reiten Sie sofort nach München zurück, öffnen Sie die Truhe, und verbrennen Sie alles, was Sie darin finden! Kommen Sie noch rechtzeitig, glückt es Ihnen, so retten Sie mich damit – wahrscheinlich. Fallen aber die Briefe in des Kurfürsten Hände, so haben Sie mich heute zum letztenmal gesehen.«

»Ich bin morgen abend in München, Andre, und wenn meine alten Knochen im Sattelleder steckenbleiben sollten!« Vor der Tür räusperte sich der General. Die Zeit war um.

»Bedenken Sie die Folgen für uns alle!«

»Schon gut. Keine Minute mehr! Und nun –«

»Ohne Sentimentalität, Oberst!«

»Auf Wiedersehen!«

Der Kommandant war ziemlich erstaunt, daß Ancillon sich so hastig und ohne sonderlichen Dank verabschiedete. Kopfschüttelnd sah er hinter ihm her. Dann: »Herr Hofrat –«

»Ich bin Ihr Gefangener.«

»Leider. Wären Sie Offizier, so könnt' ich Ihnen eine von den Kammern zuweisen, in denen gelegentlich ein Leutnant über seine dummen Streiche nachdenken muß. So aber . . .«

»Ich weiß, daß Sie keine Schuld daran tragen.«

»Bei Gott, nein! Ich werde noch heute eine dringende Anfrage nach München schicken, ob ich Ihnen nicht doch – einstweilen aber: nehmen Sie hier die beiden Decken, es ist die einzige Vergünstigung, die ich Ihnen fürs erste verschaffen darf.«

»Danke.«

»Sergeant!«

Andre wurde abgeführt. Der Soldat trug ein Öllämpchen voraus. Sie stiegen viele steinerne Stufen hinab, kamen in einen modrigen Kellergang. Eine eiserne Doppeltür wurde aufgeschlossen.

Der kleine, viereckige Raum war mit feuchtem Stroh ausgelegt. Eine Holzpritsche stand da, ein Wasserkrug, ein Eimer. Kein Fenster. In der Decke war ein Luftloch.

Andre schauderte.

»Laß wenigstens das Licht hier ...«

»Verboten.«

Die beiden Eisentüren fielen zu, eine nach der anderen. In der letzten Ritze verlosch der Goldschimmer des Lämpchens, Riegel schnappten ein. Andre tastete sich nach der Holzpritsche.

Lehrbach an Kaunitz, 11. Juni 1779:

»Da aber dieser Mensch seine Wohnung bei der Frau Herzogin hat und der Herr Kurfürst doch noch Anstand nahm, dessen gewaltsame Hinwegnehmung in den Zimmern der Frau Herzogin veranstalten zu lassen, so konnte die Arretierung nicht ehender als gestern vormittags bewerkstelligt werden. Die Bedenklichkeit des Herrn Kurfürsten, den Andre nicht in seinem Zimmer arretieren zu lassen, hat nun freilich die unangenehme Folge, daß man seine Papiere nicht zu Handen gebracht hat, indem aus solchen die wichtigsten Entdeckungen gemacht und der Grund zu weiteren Inquisitionen hätte gelegt werden können. Der geheime Rat von Kunzmann hat bei der Einleitung dieses Vorgangs den wesentlichsten Dienst geleistet, es bestrebet sich dieser Mann, durch die heiligsten Zusicherungen mich zu überzeugen, für die Zukunft sich in den ihm anvertrauten Geschäftshandlungen so benehmen zu wollen, daß er gewiß das Vertrauen meines Allerhöchsten Hofes verdiene. Der vorzüglichste Wunsch des Herrn Kurfürsten geht dahin, die Frau Herzogin dahin vermögen zu können, daß sie sich von hier entfernt. Die Arretierung des Andre muß ihr schon aufs empfindlichste zu Herzen dringen, und der Herr Kurfürst bestrebet sich auf alle nur mögliche Art, ihr mit der größten Lauigkeit zu begegnen, in der Hoffnung, die Frau Herzogin werde hierdurch beweget werden, ihre Wohnung anderswo aufzuschlagen, indem höchstgedachter Herr sich nicht versprechen kann, in den bayrischen Landen einiger Ruhe zu genießen und sich das Vertrauen und die Liebe der Untertanen erwerben zu können, solang die Frau Herzogin ihren Aufenthalt dahier hat. Man nimmt auch noch dahier unausgesetzt die größte Abneigung sowohl gegen den allerhöchsten kaiserlichen Hof als gegen den Herrn Kurfürsten gewahr, und man hat sich bisher nicht entsehen, solches bei jeder Gelegenheit öffentlich merken zu lassen.«

Nachdem er diesen Bericht zu Ende geschrieben hatte, fuhr der Gesandte an den Hof, wo er um eine Audienz nachgesucht hatte.

»Der Gedanke läßt mich nicht los: man müßte bei Andre Papiere finden, durch welche die Doroppschen Verhörsprotokolle aufs wertvollste und überraschendste ergänzt werden könnten«, sagte er zu dem Kurfürsten.

Karl Theodor zog die Brauen hoch und wiegte den Kopf: »Bedenken Sie, daß man zu diesem Zweck in die Maxburg eindringen müßte.«

»Das ist keine Festung, Durchlaucht.«

»Glauben Sie? Dann lesen Sie zunächst dieses Billett, das meine Frau Schwägerin noch gestern an Seinsheim geschickt hat.« Lehrbach vertiefte sich in das Schriftstück. Die Herzogin beschwerte sich darin in den erregtesten Ausdrücken über die Verhaftung Andres, forderte seine Freilassung und verlangte vor allem die Gründe für diese »schändliche und ungerechte Gewalttat« zu wissen.

»Euer Durchlaucht haben geantwortet?«

»Ich habe antworten lassen: es sei mir leider nicht bekannt gewesen, daß der Mensch in den Diensten der Herzogin stehe, dafür aber seien hinreichende Gründe vorhanden gewesen, derart gegen ihn zu verfahren.«

»Die Frau Herzogin wird über diese angebliche Unwissenheit vor Zorn bersten!«

»Ich fürchte, sie tut es nicht! Derartige Naturen haben eine beklagenswerte Widerstandsfähigkeit.«

»Und die Papiere des Andre?« fragte Lehrbach hartnäckig.

»Soll ich sie etwa selber holen?«

»Man dürfte glauben, daß Eure Durchlaucht genug gehorsame Diener –«

»So? Dürfte man?« Der Kurfürst klingelte und ließ Kreittmayr und Kunzmann rufen.

»Mein Herr Kanzler«, sagte er zu Kreittmayr, »Seine Exzellenz macht uns aufs neue die dringlichsten Vorstellungen wegen der Papiere des Andre. Sie erinnern sich, daß ich bereits gestern daran dachte, ohne jedoch zu einem Entschlusse zu kommen.«

»Durchlaucht –«

»Sie werden also die Güte haben, mit dem geheimen Rat von Kunzmann sich unverzüglich in die Maxburg zu begeben und die Untersuchung vorzunehmen.«

Kreittmayr und Kunzmann wechselten einen Blick.

»Ich bitte ganz untertänigst, mich dieses Auftrages entheben zu wollen«, sagte der Kanzler mit einem merklichen Zittern in der Stimme. »Bei den vielen Beweisen der Freundschaft, welche ich die Ehre hatte, von der Frau Herzogin zu empfangen, muß mir eine solche Untersuchung in ihrem Hause aufs äußerste beschwerlich fallen. Vielleicht könnte eine geeignetere Person –«

»Da haben Sie die gehorsamen Diener!« sagte Karl Theodor ironisch zu Lehrbach. »Und Sie, Kunzmann?«

Der Geheimrat war blaß geworden. »Euer Durchlaucht kennen den unbegrenzten Grad meiner Ergebenheit ...«, stammelte er. »Niemals würde ich es wagen, einem Befehle nicht sogleich zu gehorchen. Nur – nur – –«

»Was?«

»Halten zu Gnaden: ich fürchte – vielmehr, ich bin fest überzeugt, daß ein solches Vorgehen nicht zu dem gewünschten Erfolge führen würde.«

»Sie setzen mich in Erstaunen!«

Kreittmayr kam Kunzmann, dem schon der Schweiß in dicken Tropfen auf der Stirn stand, zu Hilfe. »In bestimmter Voraussicht eines solchen allerhöchsten Befehls, Durchlaucht, habe ich bereits alle Möglichkeiten mit Herrn von Kunzmann durchgesprochen. Er wie ich sind der Ansicht, daß – daß – bei der bekannten – – bei der allerseits nur zu wohl bekannten Heftigkeit der Frau Herzogin keiner von uns mit dem Leben aus dem Maxischen Palais zurückkommen würde, geschweige denn mit den Papieren!«

Trotz allem Ärger lachte der Kurfürst laut auf. »Da sehen Sie meine bayrischen Löwen, Lehrbach!«

»Durchlaucht!« beschwor ihn Kunzmann. »Mein Leben für Euer Durchlaucht, jederzeit – aber nicht auf solche Weise! Kein fatalerer Gedanke als der: von einer Frau mit dem Schürhaken erschlagen zu werden!«

»Beim höllischen Feuer!!« schrie der Kurfürst plötzlich los. »Soll ich meine Artillerie gegen die Maxburg auffahren lassen? Was fällt Ihnen ein?« Die beiden knickten zusammen. »Ich befehle Ihnen, sich noch heute abend dahin zu begeben. Haben Sie mich verstanden?«

Tief gebeugt retirierten sie.

»Da hilft freilich nichts«, sagte Kreittmayr draußen. »Kein schwererer Gang für mich als dieser! Ein tragischer Konflikt, Kunzmann! Wer sorgt für meine Witwe?«

»Man wird uns gemeinsam begraben – aber was hab' ich davon?«

»Das kann ich mir denken: selbst im Grabe noch mit einem Vorgesetzten!«

»Sie machen Witze, während ich bereits vom Leben Abschied nehme!«

»Galgenhumor!«

»Warten Sie doch noch!«

»Entschluß! Kommen Sie, Kunzmann!«

»Ich werde unterwegs sterben.«

»Desto besser für Sie!«

Durch die schon abendlichen Straßen schlotterten sie zur Maxburg. Noch im Hof standen sie endlos zögernd.

»Ich kann's nicht!!« sagte Kreittmayr verzweifelt. »Sie, Kunzmann, haben wenigstens bloß Angst – aber ich, ich bin ein anständiger Mensch, das läßt sich viel schwerer überwinden!«

»Halt – – wer da?« rief der Geheimrat erschreckt und fuhr herum.

Durch das Hoftor klapperten Pferdehufe herein.

Der Reiter, fast unkenntlich vor Staub und Schweiß, sprang aus dem Sattel, ließ das Tier einfach stehen und rannte ins Schloß.

»War das nicht Ancillon?« fragte Kreittmayr.

»Es schien so.«

Der Kanzler überlegte: »Ancillon ...?«

»Also kommen Sie«, sagte Kunzmann mit blasser Entschlossenheit.

Kreittmayr erwischte ihn beim Ärmel: »Eilen Sie doch nicht so arg – das Leben ist so schön – –«

Im Vorzimmer mußten sie wohl eine halbe Stunde warten, ehe die Herzogin erschien. Als sie endlich kam, fragte Kreittmayr, nach den notwendigsten Höflichkeiten, wo Ancillon sei?

»Der Oberst ist dringend beschäftigt, aber ich denke, daß er mit seinen Arbeiten bald fertig sein wird. Und womit kann ich den Herren dienen?«

Kunzmann würgte eine Rede heraus, bei der unter fünf Sätzen vier Entschuldigungen waren.

»Ich verstehe«, sagte Maria Anna, »man ist heimlich von der Unschuld meines guten Andre überzeugt, möchte aber nachträglich Beweise für seine Schuld finden! Ich bin eine treue Untertanin und werde nichts tun gegen diesen Versuch – so kränkend es immer sein mag, mein Haus durchschnüffelt zu sehen. Kommen Sie!«

Sie selber führte die beiden in Andres Zimmer. »Durchsuchen Sie alles genau!«

Während sie am Fenster stand und gleichgültig auf die Straße hinunterschaute, wisperte Kunzmann: »Wie erklären Sie sich das? Man hat die Papiere bereits beiseite geschafft!«

Hoffentlich! dachte Kreittmayr.

Sie zogen alle Schubladen heraus, untersuchten insbesondere den

Schreibtisch, ohne indessen etwas anderes zu entdecken als Rechnungen, belanglose Akten und Kontobücher.

»An dieser Truhe, Durchlaucht«, sagte Kunzmann, »fehlt leider der Schlüssel!«

»Vielleicht ist sie überhaupt nicht verschlossen?«

Die Truhe war in der Tat offen – und völlig leer.

Kunzmann stotterte eine Entschuldigung. Er und der Kanzler verabschiedeten sich mehr als kleinlaut.

Auf dem Flur begegneten sie Ancillon.

»Die Herren gehen schon?« fragte er. »Wie schade: ich hätte mehreres mit Ihnen zu besprechen gehabt!«

»Wir haben hier nichts mehr zu suchen«, antwortete Kreittmayr bedeutungsvoll.

Der Oberst blieb mit Maria Anna allein. »Ich habe alles zu den Karmeliterinnen hinübergebracht, Durchlaucht. Die Äbtissin selber hat die Papiere in Empfang genommen und weggeschlossen.«

»Gott sei Dank! Sie waren unser guter Engel, Oberst. Und nun: erzählen Sie!«

Lehrbach an Kaunitz, 15. Juni 1779:

»Ihro kurfürstliche Durchlaucht lassen die gegen die dahiesigen Übelgesinnten angefangene Untersuchung noch unausgesetzt fortsetzen. Noch am letzten Freitag hat sich der Herr Baron von Kreittmayr in Gesellschaft des Herrn von Kunzmann zu den beiden dahiesigen Räten von Obermayer und von Lori begeben, Ihnen die Entlassung ihrer Dienste angezeigt, sich ihrer Schriften versichert und ihnen den weiteren kurfürstlichen Befehl angekündigt, sich in 3 mahl 24 Stunden aus der dahiesigen Stadt zu entfernen. Für den Obermayer ist Amberg und für Lori Neuburg zum Orte des ferneren Aufenthalts angewiesen, doch sollen beide ihre bisher genossene Besoldung in so lange weiter zu beziehen haben, als sie nicht durch ein ferneres strafbares Betragen sich dieser besonderen kurfürstlichen Gnade unwürdig machen werden. Es stehet aber nicht zu erwarten, daß man aus den Schriften große Entdeckungen machen werde, indem sie unter der Hand schon leider von ihrem bevorstehenden Schicksal einigen Wind hatten und folglich gewiß nicht verfehlet haben, alles jene auf die Seite zu räumen, was sie nicht allenfalls der kurfürstlichen Kommission wollten in die Hände fallen lassen. Der Obermayer hat sich ganz gelassen benommen, der Lori aber hat sich bei dieser Gelegenheit mit dem rühmlich unverschämten Schwärmen wieder ausgezeichnet, das man jederzeit in seiner Aufführung wahrgenommen hat. Ganz verrückt im

Kopfe, von einem tollkühnen Fanatismus, trieb er hierauf die Verwegenheit noch so weit, daß er öffentlich auf der Straße ausrufte: er gehe in den Tod wie ein Römer! Der kursächsische Gesandte Herr Graf von Riancour setzet aber in dieser ganzen Sache alle erforderliche Behutsamkeit aus den Augen, er tritt als ein öffentlicher Verteidiger der dahiesigen Übelgesinnten auf, begab sich selbst zu dem kurfürstlichen Hofpfarrer und geistlichen Rat Frank, um ihm wegen des kurfürstlichen Verfahrens Vorstellungen zu machen; es wies ihn aber letzterer mit Anführung seiner Unwissenheit von der Sache ganz kurz ab. Ihro kurfürstliche Durchlaucht jedoch bezeigen seit der ganzen Zeit, da der Anfang gegen die dahiesigen Übelgesinnten gemacht worden ist, eine ganz ausgezeichnete Beruhigung; Sie fühlen darin schon einen großen Trost, daß man seitdem unter den dahiesigen Inwohnern eine mehrere Behutsamkeit wahrnimmt, und hierdurch sich die Hoffnung zur Herstellung der erforderlichen Ruhe sehen läßt.«

Daß gerade der sächsische Gesandte sich der Verfolgten mit so großer Wärme annahm, war – auf Umwegen – leicht zu erklären. Maria Anna hatte sich in ihrer Herzensangst sogleich an Friedrich den Großen gewandt; der König beabsichtigte freilich nicht, es wegen dreier bayrischer Räte zu neuen Verwicklungen kommen zu lassen, aber er fühlte doch die Verpflichtung, mittelbar einzugreifen; Klinggräffen, der an der ganzen Sache gefährlich beteiligt war, mußte dabei im Hintergrund bleiben; so wandte man sich an den Grafen von Riancour, der denn auch sein möglichstes tat.

Ihrem ersten Billett an Seinsheim hatte die Herzogin einen ausführlichen Brief folgen lassen, der abermals an deutlichen Ausdrücken nichts zu wünschen übrig ließ. Der Obersthofmeister spürte weder Lust noch Mut, mit der gefürchteten Dame anzubinden; er bestätigte also nur den Empfang und gab den Brief an den Kurfürsten weiter. Karl Theodor genoß seine Rache mit Behagen – endlich hatte er einmal die Oberhand, gedachte mit Maria Anna gründlich abzurechnen und ließ den Brief überhaupt unbeantwortet.

Diese offenkundige Nichtachtung verdoppelte den Zorn der Herzogin. Von morgens bis abends und in ihren schlaflosen Nächten dachte sie darüber nach, wie es ihr gelingen könnte, den Schwager ihre Macht fühlen zu lassen – daran, ihn zu *bitten*, dachte sie nicht. Immer mehr erschien ihr Lehrbach als der eigentliche böse Geist, der das ganze Unheil angestiftet hatte, und sie war so temperamentvoll, Seinsheim gegenüber zu erklären: sie werde nicht eher ruhen, bis sie nicht diesen Lehrbach »tot oder lebendig« von seinem Posten entfernt habe. Seinsheim hatte nichts Eiligeres zu tun, als dem Gesandten dies mitzuteilen, und Lehrbach berichtete es mit aller erdenklichen Schadenfreude nach Wien.

Aber diese Schwüre und Verwünschungen besserten die Lage nicht um das mindeste, der Kurfürst stellte sich taub, und Andre saß nach wie vor auf dem Rothenberg; er durfte nicht schreiben, Maria Anna wußte daher nicht, wie schlecht es ihm in Wirklichkeit ging.

Auf die Anfrage des Rothenberger Festungskommandanten, ob dem Hofrat nicht einige Erleichterungen zu gewähren seien, kam die Antwort, daß von Erleichterungen keine Rede sein könne, der Gefangene vielmehr ebenso streng wie jeder Staatsverbrecher zu halten sei, und daß eine Kommission sich von der genauen Ausführung der Vorschrift überzeugen werde; der General durfte daraufhin nichts weiter wagen, als Andre eine etwas bessere Verpflegung zukommen zu lassen. Im übrigen blieb es bei der entsetzlichen Dunkelzelle, in die nur um die Mittagsstunde durch das Luftloch in der Decke ein dämmriger Lichtschein fiel.

Der Hofrat hätte diese Unmenschlichkeit nicht allzu viele Tage ausgehalten, wäre ihm der Gedanke an Maria Anna nicht tröstlich gewesen, die gewiß alles tat, ihn zu befreien.

Grübelnd, mehr als einmal fast verzweifelnd, saß er in der dumpfen Steinhöhle und fühlte, wie ihm das Leben sinnlos zu werden begann. Im Grunde seines Wesens war noch immer jene stille Erdverbundenheit einer bäuerlichen Natur, die sich widerstandsloser in Unvermeidliches fügen kann als die gespannte Nervosität des Städters; sie half ihm nach solchen Augenblicken, in denen er schon den ledernen Leibriemen in Händen hatte, um ein Ende zu machen; die Geduld des Bauern, der seit Geschlechtern weiß, daß alles seine Zeit zur Reife braucht und der Gang der Welt im Grunde nicht um eines Atemzuges Länge beschleunigt werden kann, hielt ihn am Leben. Nach der ersten Zeit der leeren Taubheit aller Gefühle kam eine furchtbare Erbitterung über ihn: dies also war der Dank dafür, daß er sein Leben für das Vaterland eingesetzt und nichts weiter als seine Pflicht gekannt hatte! Die schwärzesten Gedanken hockten in der schwarzen Finsternis um ihn herum. Aber dann kam eine Art von ergebener Ruhe – die Empfindung, daß er vor sich selber ein gutes Gewissen haben durfte, und aus dieser Stille begann ein leises Leuchten der Hoffnung: wenn es eine Gerechtigkeit des Himmels gab, so mußte sie ihn retten.

Das grauenhafte Alleinsein war am schwersten zu ertragen. Nur nach dem Mittagslicht konnte er die Tage zählen – nicht lange, und er vergaß die Zahlen. Um dem ewigen Grübeln zu entrinnen, plante er – nur halb im Ernst – einen Fluchtversuch; prüfte mit tastenden Fingern jede Mauerritze, kratzte mit der abgerissenen Schuhschnalle am Mörtel der Steinfugen. Er wußte, es war Phantasie; um durch diese Mauern hindurchzukommen, hätte er jahrzehntelang hier sitzen müssen – und er hoffte doch jeden Tag auf Erlösung.

Aber er wartete von einem der nicht mehr gezählten Tage zum anderen vergeblich.

Der Hof war kaum nach Nymphenburg übergesiedelt, da traf ein Brief der Herzogin ein, der unvermeidliche dunkle Fleck auf der erhofften Sorglosigkeit dieser Sommertage; sie bat um die Erlaubnis, einen Besuch abstatten zu dürfen – bei den Einladungen war sie diesmal absichtlich vergessen worden.

Der Kurfürst ließ antworten: sein Hof sei für jedermann offen, also auch für sie. In anderen Zeiten hätte es Maria Anna als schlimme Kränkung empfunden, mit jedermann in eine Reihe gestellt zu werden, jetzt aber schluckte sie die bittere Pille, ohne eine Miene zu verziehen. Ihre Herzensangst um Andre begann größer zu werden als ihr Stolz; jede Woche, die sie ihn auf dem Rothenberg wußte, war eine Qual für sie.

Zwei Tage vor einem geplanten Pferderennen fuhr sie also nach Nymphenburg, von Karl Theodor mit der kühlsten Höflichkeit empfangen.

»Ich bin mir wohl bewußt, daß ich bei Eurer Durchlaucht mein früheres Ansehen eingebüßt habe«, sagte sie, mit einem letzten Versuch, sich eine leidliche Position zu schaffen, »allein es ist mir unbekannt, wodurch ich diese Ungnade verdient habe...« Sie erwartete, daß er sie anklagen, ihr Vorwürfe machen werde, und in dem Augenblick, wo sie sich verteidigen durfte, hoffte sie manches zu erreichen. Aber der Kurfürst ging darauf überhaupt nicht ein. »Eure Durchlaucht wissen, daß man mich durch die Verhaftung meines Rentmeisters aufs empfindlichste gekränkt hat«, fuhr sie fort, entschlossen, ihn zum Reden zu bringen.

»Ich bedaure das.«

»Ich hätte erwartet, die Gründe dafür zu erfahren. Seit der Entfernung des Andre, der die gesamte Verwaltung meiner Güter besorgte, ist meine Wirtschaft in heillose Unordnung geraten, ich fürchte den größten Schaden davon.«

»Wie unangenehm!«

Sie brach in Tränen aus. »Es ist hart, auf so große Kaltblütigkeit zu treffen. Ich hätte geglaubt, daß Eure Durchlaucht einer Verwandten gegenüber –«

»Allerdings. Ja. Gerade Ihnen gegenüber!« antwortete er. »Ihnen bin ich wahrhaftig für manches verpflichtet – fragt sich nur, ob zur Dankbarkeit.«

»Ich weiß, daß Sie irren. Sie glauben –«

Ihm stieg das Blut zu Kopfe. »Ich glaube gar nichts, aber ich *weiß* leider sehr genau, daß ich mich *nicht* irre! Verstehen Sie das, Madame? Ich habe mich vor Jahren durch Ihre Maske täuschen lassen und diese Täuschung schwer genug bezahlt. Hoffen Sie nicht, mich durch eine neue Komödie zu düpieren! Sie werden damit nichts erreichen, als meinen Ärger zu steigern – und ich bin nicht nach Nymphenburg gegangen, um mich zu ärgern. Durchaus nicht! Ich bitte das zu beachten!«

»Unter diesen Umständen darf ich hier nicht bleiben ...«

»Bleiben Sie immerhin. Aber ich verlange, daß man mich mit der erwähnten Angelegenheit verschont!«

Die Herzogin sank in einem tiefen Hofknicks zusammen. Tatsächlich überwand sie sich so weit, daß sie in Nymphenburg blieb, ja sogar sich stets in bescheidener Nähe des Kurfürsten hielt, ohne ihn jemals anzureden. An den festgesetzten Tagen erschien sie mit der traurigsten Miene zur Cour, machte häufig Gebrauch von ihrem Schnupftuch und trug auch im übrigen eine solche Kümmernis zur Schau, daß selbst die wenigen Feinde, die sie in der Umgebung Karl Theodors hatte, die Lage als peinlich zu empfinden begannen. Der französische und der sächsische Gesandte nahmen sich ihrer absichtlich auffallend an, und in Gesprächen ließ sie gegen jedermann verlauten, wie sehr sie die Mißstimmung des Kurfürsten bedaure und wie innig sie wünsche, ihn versöhnt zu sehen.

Aber auch diese Demütigung, die ihr in manchen Augenblicken wie ein böser Traum erschien, half nichts. Alles blieb ungeklärt.

Sie sah Lehrbach und kam auf einen neuen Gedanken. Er hatte großen Einfluß auf Karl Theodor, sein Wort galt in dieser Angelegenheit nahezu alles! Mit der phantastischen Hoffnungsfreudigkeit, die ein frühgeborenes Kind der Angst ist, bildete sich die Herzogin ein, Lehrbach für sich gewinnen zu können; sie vergaß vollständig, daß sie noch vor einer Woche seinen Untergang geschworen hatte; kurzerhand ließ sie ihm durch einen gemeinsamen Bekannten mitteilen: sie müsse ihn durchaus sprechen, werde selber zu ihm kommen und an seiner Mittagstafel teilnehmen.

Der Gesandte hätte alles andere erwartet als dies.

Nach einiger Überlegung war seine Antwort – Kaunitz erhielt natürlich einen Bericht über den seltsamen Vorfall –: »daß einesteils meine Einrichtung nicht so beschaffen sei, einen so großen Gast geziemend bewirten zu können, andernteils aber zu beklagen hätte, daß meine Umstände nicht erlaubten, ihrem Verlangen entgegenzugehen, indem die allerhöchsten Befehle meines Hofes die gemessenste Anweisung enthalten, mich in die Domestica des Herrn Kurfürsten nicht einzumischen.«

»Ich zweifle nicht«, schrieb er weiter an Kaunitz, »daß ein Wort von mir hinlänglich sein würde, den Herrn Kurfürsten dahin zu bewegen, der Frau Herzogin ihr so dringendes Ansuchen zu gewähren, wenn man sich nur versichert halten könnte, daß sie durch diesen Schritt von ihrer Abneigung gegen den Allerhöchsten Hof zurückgebracht werden dürfte; da aber die Verstellungskunst dieser Frau bekannt und ihre Ergebenheit, die sie gegen Preußen hegt, zu alt und tief eingewurzelt ist, so läßt sich nicht vorsehen, daß sie durch diese Rücksichtsbezeigung auf andere Grundsätze geleitet werden könnte. Der Kurfürst ist übrigens durch die vielen Verwendungen des preußischen Hofes so schüchtern geworden, daß er mit Andre schwerlich eine weitere Inquisition wird vornehmen lassen, wodurch dann auch die Verwahrung desselben zu nichts weiter vorträglich sein kann.«

Inzwischen traf ein Gesuch des Rothenberger Kommandanten ein: die Begleitumstände der strengen Haft machten sich bei dem Hofrat Andre aufs nachteiligste bemerkbar; seine Gesundheit sei erschüttert, auch neige er begreiflicherweise zu solchem Trübsinn, daß der Kommandant eine Verantwortung für das Leben des Gefangenen künftig ablehnen müsse; er beantrage also, zu genehmigen daß der Gefangene täglich zwei Stunden im Festungshof spazierengehen dürfe.

Die Herzogin erfuhr von alledem nichts – glücklicherweise, denn sie wäre sonst imstande gewesen, eine Unsinnigkeit zu begehen. Karl Theodor jedoch wurde bedenklich, und Kreittmayr tat das mögliche, diese Grundlage einer milderen Stimmung auszunützen. Starb Andre oder endete er durch Selbstmord, so würde das ungeheures Aufsehen erregen; die Abneigung des Volkes gegen den Kurfürsten mußte sich von neuem steigern – bis zu welchem Grade, ließ sich gar nicht voraussehen –, und Preußen würde sich empfindlich getroffen fühlen. Beides war zu vermeiden.

Ende September erhielt Andre die vom Kommandanten erbetene Erlaubnis.

Länger als drei Monate hatte er allein und in nahezu völliger Finsternis gesessen. Als er zum ersten Male ans Tageslicht gebracht wurde, mußte man ihm die Augen verbinden: sie schmerzten ihn beim ersten Sonnenstrahl so sehr, daß er fürchtete, blind zu werden.

Der General erwartete ihn im Hof und war aufs tiefste erschrocken, als er seiner ansichtig wurde.

Von zwei Soldaten gestützt wankte der Hofrat über den Platz, auf Füßen, die das Gehen verlernt hatten und schwach geworden waren wie die eines kleinen Kindes. Um sein Gesicht wuchs ein struppiger weißer Bart, und auch das Haar, das ihm bis auf die Schultern herabfiel, war schneeweiß geworden. Er starrte vor Schmutz.

»Ich bin's, Herr Hofrat ...«, sagte der General mit einer von Mitleid gewürgten Stimme. »Endlich hab' ich Ihnen einige Erleichterung verschaffen können, und ich hoffe —«

»Ja!« sagte Andre dagegen. Nichts weiter.

»Sie werden sich erst wieder an die frische Luft gewöhnen müssen —«

»Ja.«

»Das Stehen wird Ihnen schwer?«

»Ja.«

Die Soldaten führten ihn zu einer schattigen Bank und setzten ihn vorsichtig hin. Andre sank fast zusammen.

»Wir lassen Sie hier in Ruhe«, sagte der Kommandant und wandte sich ab. Er ging quer über den Hof und blieb drüben beobachtend stehen.

Andre verharrte eine halbe Stunde lang völlig bewegungslos, nur manchmal schüttelte er langsam den Kopf, als käme er allmählich zu sich selber. Dann richtete er sich auf, dehnte die Arme und atmete tief.

Schließlich knüpfte er die Binde los, mußte aber die Augen sogleich mit der Hand bedecken, so ungewohnt war ihm das Licht. Endlich konnte er's wagen, um sich zu blicken, Tränen der Blendung liefen aus seinen Augen.

Der General verließ seinen Platz und ging auf ihn zu. Es wurde ihm schwer, ein gleichgültig-freundliches Gesicht zu machen.

»So ...«, sagte Andre mit dem vergeblichen Versuch aufzustehen, »das sind Sie, Herr General ...« Er streckte ihm die Hand entgegen, hielt aber mitten in dieser Bewegung inne und bekam einen starren Blick. »Gott — wie schmutzig ich bin ...!« Er drehte den Kopf zur Seite, um seine grenzenlose Beschämung zu verbergen.

»Ja, es war eine schlimme Zeit, Herr Hofrat«, erwiderte der Kommandant und bemühte sich, so zu tun, als ob er nichts gemerkt habe, »aber jetzt wird es besser. Es ist schon besser. Sie gehen nicht in Ihren Kerker zurück, auf meine Verantwortung!«

»Ja. – Hm. – Wie die paar Wochen... oder, sagen Sie... war es länger?«

»Wir schreiben Ende September.«

»O Gott!« Er wollte die schmutzigen Hände mit den abgebrochenen, entsetzlichen Nägeln vors Gesicht schlagen – aber stutzte erschrocken, als die Finger den Bart berührten. »Was ist denn das Weißes...?« Fühlte daran herum und verstummte.

»Ich habe ein Bad für Sie herrichten lassen. Wir werden Sie schon wieder in Ordnung bringen, bester Hofrat, in einer Stunde sollen Sie ausschauen wie früher. Kommen Sie!« Er gab ihm den Arm, Andre hing schwer darin und schleppte sich über den Hof in die Waschküche. Die beiden Soldaten zogen ihn aus, legten ihn in den Holzzuber und wuschen ihn. Dann kam ein Barbier, der ihn rasierte und ihm die Haare schnitt. Zuletzt konnte er sich schon selber in die Kleider helfen, die man ihm besorgt hatte. Während dieser ganzen Zeit blieb er stumm, nur manchmal weinte er vor sich hin. Ein Wachtmeister begleitete ihn zur Wohnung des Kommandanten.

Jetzt endlich, da er in der Sofaecke saß und wieder ein bürgerliches Dasein um sich spürte, kam er eigentlich zu sich.

»Wenn mich nicht alles täuscht, sind Sie in zwei Wochen frei. Man hat in München unablässig für Sie gearbeitet. Es sind in dieser Zeit auch Briefe gekommen. Wollen Sie sie lesen?«

Andre erwiderte nichts. Er war eingeschlafen. Die plötzliche Entspannung hatte ihn überwältigt.

Kreittmayr, der auf dem Umweg über Daun einen Bericht aus Rothenberg zu sehen bekam darüber, wie schlecht es dem Gefangenen ging und daß er lange Zeit brauchen werde, sich zu erholen, besuchte Maria Anna. Eigentlich hatte er die Absicht gehabt, ihr den Inhalt des Briefes mitzuteilen. Da er aber ihre tiefe Niedergeschlagenheit bemerkte, verschwieg er ihr's; sie trug Kummer genug – und wenn sie jetzt (was immerhin denkbar gewesen wäre) gar noch zu ihren früheren Wutanfällen zurückkehrte, konnte wieder alles verdorben werden.

Es gelang ihm aber nicht, das Gespräch auf einen anderen Gegenstand zu bringen. Unablässig kreisten ihre Gedanken um den Kerker des Mannes.

»Und Sie haben nicht das mindeste Neue erfahren?«

»Nicht daß ich wüßte«, sagte er. »Ich vermute, daß wir auch nicht so bald eine Veränderung hören werden: der Kurfürst will in der nächsten Woche nach Mannheim reisen, wahrscheinlich wird er länger dort bleiben –«

»Kreittmayr«, sagte sie erschrocken, »das geht doch nicht! Das ist ja unmöglich! Länger? Und was wird indessen aus Andre? Sie glauben selbst nicht, daß der Kurfürst sich in Mannheim mit derlei Dingen befassen wird! Himmel – ihm kann's ja auch gleichgültig sein, ob seine Gefangenen wahnsinnig werden! Nein, Kreittmayr – vorher, noch vor seiner Abreise muß das in Ordnung gebracht sein!«

Er schwieg.

»Ich werde es versuchen.«

»Glauben Euer Durchlaucht –«

»Und wenn ich ihm die Pferde selber ausspannen müßte!«

Durch den Grafen Seinsheim erlangte sie eine Audienz. Tragische Verstrickung: alle die, die sie früher gehaßt und verachtet hatte, mußte sie nun um Hilfe bitten, mußte sanftmütig zu ihnen sein und sich ihrer Freundlichkeit versichern. Aber sie hatte schon so viel getan, so viel vergessen und so viel über sich ergehen lassen, daß sie sich auch dazu überwand.

Karl Theodor empfing sie ohne Zeugen. Sie war ihm dankbar dafür.

»Ich habe«, sagte sie, »hier eine Bittschrift – ich nenne es Bittschrift, weil ich trotz allem den Vorzug genieße, ein Mitglied Ihres Hauses zu sein; jeder andere würde Ursache haben, es ein Gnadengesuch zu nennen.«

Der Kurfürst, den die Aussicht, München auf einige Zeit zu verlassen, leutseliger stimmte, strich sich ein Lächeln aus dem Gesicht. »Sie beweisen in der Verfolgung Ihrer Ziele eine bewundernswürdige Ausdauer.«

»Mein letztes Ziel dabei ist immer, Sie von meiner Ergebenheit zu überzeugen.«

»Das wird Ihnen freilich schwerfallen, Frau Schwägerin!« Seit langem hatte er diese vertrauliche Anrede vermieden; jetzt rückte er sogar zwei Stühle zurecht und lud die Herzogin ein, Platz zu nehmen. »Sie lieben mich nicht, ich weiß es«, sagte er und schlug ein Knie übers andere. »Im Hinblick auf die Stärke Ihres Charakters muß ich sogar gestehen: ich bedaure es. Ach, die leidige Politik! Mir unbegreiflich, wie sich jemand freiwillig damit befassen mag!«

»Die Verdächtigungen gegen mich, die Ihnen hinterbracht worden sind —«

»Bitte«, sagte er mit einer abwehrenden Handbewegung, »bitte: wir sind unter uns. Aufrichtigkeit ist durchaus empfehlenswert. Ich habe ein Recht, ungehalten zu sein, wenn man gegen mich intrigiert, aber ich nehme es noch viel mehr übel, wenn man mich für dumm hält.«

»Aber —«

»Ein Wort, Schwägerin, ehe ich Sie zu reden bitte! Wahrhaftig, es tut mir leid, Sie im anderen Lager zu wissen, und ich würde viel darum geben, wenn ich dieses unglückselige Verhältnis ändern könnte.«

»Sie können es sofort, Durchlaucht!« sagte sie impulsiv.

»O nein. Unter dem Zwang des Augenblicks freilich sind Sie bereit, sich selber zu verleugnen. Aber ich bin durch meine Stellung leider gezwungen gewesen, die Menschen genauer kennenzulernen, als mir lieb ist.« Er sah sie aus seinen grauen, mißtrauischen, klugen Augen unverwandt an und lächelte. Es war nicht wenig Melancholie in diesem Lächeln. »Im Grunde ändern sich die Menschen nie; seit langem bin ich nicht mehr Optimist genug, um das zu glauben. Man kann niemanden bekehren, sondern höchstens bestechen, wenn er kein Charakter ist — oder einsperren, wenn er einer ist. Sie sehen, ich bin im Begriff, Ihrem Hofrat ein Kompliment zu machen.«

»Ich muß gestehen: die Folgen dieser Ihrer Hochachtung für Charaktere sind peinlich!«

»Das liegt in meinem Handwerk. Ich selber würde es bei weitem vorziehen, gute Musik zu hören, Parks anzulegen, mich den Vormittag lang um nichts weiter zu kümmern als um die Zusammenstellung des Soupers, das ich abends einzunehmen gedenke. Indessen bestehen meine Untertanen darauf, mehr von mir zu verlangen, und es bleibt mir nichts weiter übrig, als ihnen zu gehorchen.«

»Ich bin sehr froh, Sie in einer so glücklichen Laune zu finden!«

»Glücklich? Hier? Hm. Reden wir von Dingen, die Ihnen mehr am Herzen liegen. Da wir unter vier Augen sind, verzichte ich darauf, Ihnen in olympischer Allwissenheit zu erscheinen; Kreittmayr war noch gestern abends bei mir; Sie haben einen treuen Freund an ihm, übrigens ist er ein ehrlicher Mann; er hat mich von Ihrer Absicht unterrichtet, mir nötigenfalls die Pferde auszuspannen. Ich zweifle keinen Augenblick daran, daß Sie es wirklich tun würden, aber ich muß Ihnen die Mühe ersparen. Hier haben Sie den von mir unterzeichneten Erlaß, wonach Andre unverzüglich in Freiheit zu setzen ist.«

»Durchlaucht!«

»Keine Szene, wenn ich bitten darf. Sosehr ich die Oper schätze, außerhalb des Theaters ist mir das Getue zuwider. Sie werden einen verläßlichen Mann Ihrer Umgebung nach dem Rothenberg schicken; er holt Andre ab und begleitet ihn zu Ihrem Gartenschlößchen – München bleibt ihm verboten. Bis dahin wird ein Revers fertig sein, den Andre zu unterzeichnen hat und über den zur Zeit noch beraten wird. Versprechen Sie mir, diese Vorschriften genau zu befolgen?«

»Mit tausend Freuden und aller Eile!«

»Das glaube ich Ihnen beinahe«, sagte der Kurfürst, »es wird auch gut sein – denn andernfalls werden wir Ihren Freund sogleich wieder einsperren, und dann könnten Sie mich von einer weniger leutseligen Seite kennenlernen als heute.«

Noch am selben Abend fuhr der Reisewagen der Herzogin nach Rothenberg ab. Der gute Pater Kirchmayr saß darin und freute sich seines Lebens. Er freute sich im eigentlichen Wortsinn seines Lebens: auch er hatte auf der schwarzen Liste jener »dahiesigen Übelgesinnten« gestanden, war infolgedessen drei Monate lang verschwunden gewesen – nämlich ins Münchener Franziskanerkloster –, aber Karl Theodor, viel zu klug, um mit der Kirche anzubinden, hatte ihn zugleich mit Andre außer Verfolgung gesetzt.

»Ei, ei, ei ...«, sagte er, als er anderthalb Tage später des Hofrats ansichtig wurde, »Sie haben sich nicht verjüngt, bester Freund ... aber das tut nichts, wir werden Sie schon wieder herausfüttern.«

Andre schwieg.

»Wahrhaftig, wahrhaftig«, begann der Pater aufs neue, als sie unterwegs waren, »mir ist's in meiner beata solitudo bei den Franziskanern besser ergangen. Glauben Sie nicht, daß ich Ihren Kummer mißkenne; aber es ist meine Aufgabe, Sie ins Leben zurückzuführen, und dazu wählt man keinen Trauermarsch als Begleitmusik. Ein Festtag, aus dieser Festung herauszukommen. Seien wir dankbar und heiter!«

»Was nennen Sie das Leben, in das Sie mich zurückführen?« fragte Andre. »Das Leben, das es vordem war, ist es nicht mehr. Ja, Hochwürden, wenn Sie auch den Kopf schütteln – hinter mir sind nur Ruinen. Aus den Trümmern etwas Neues bauen? Wozu! Ich bin alt geworden, innerlich sehr alt. Alles, was ich wünsche, ist eine Bank in der Sonne.«

»So dürfen Sie nicht reden.«

»Wenn Sie erlebt hätten, was ich erlebt habe, würden Sie mir's nicht verübeln«, sagte der Hofrat erbittert und lehnte sich in die Wagenecke zurück mit dem deutlichen Wunsch, fürs erste in Ruhe gelassen zu werden. Kirchmayr sah ein, daß hier Stillesein das beste war.

Andre spürte in der Tat nur den einen Wunsch: in seine Heimat zu kommen. Ihn, der niemals Furcht gekannt hatte, ängstigte der Gedanke an München, an den Kreis, der bisher sein Leben ausgefüllt hatte. Das Sprechen war ihm eine mühsame, nahezu unnütze Beschäftigung geworden. Maria Anna – ja ... sie hatte ihn befreit, das stand fest; aber, genau betrachtet, war sie es auch gewesen, der die Schuld an seinem Unglück zukam. Aus dem Kerker brachte er eine stumme, dafür um so gründlichere Verbitterung mit. Er hatte die Herzogin geliebt, vielleicht tat er's jetzt noch, auf seine sehr eigentümliche Weise. Über *einen* Gedanken jedoch kam und kam er nicht hinweg, der sich während der Gefangenschaft in seinem Kopf eingenistet hatte: auch Maria Anna gehörte zu dem Hause, das ihn in drei Monaten um zwanzig Jahre älter gemacht hatte. Es war kein eigentlicher Haß bei diesem Gedanken, nur eine Art Schüttelfrost des Herzens, nur der Wunsch: Fort, fort an den Staffelsee, auf sein Gütchen, auf die Bank in der Sonne!

Draußen, vor den Wagenfenstern, jagte ein lauer Herbstwind die gelben Blätter von den Bäumen.

»Wir haben Oktober, Hochwürden?«

»Freilich!«

»Drum! Gerade die rechte Zeit!«

»Wozu?«

»Halt auch ...!«

Mehr war nicht aus ihm herauszubringen.

Von Freising aus schickte der Pater einen Reitenden nach München voraus, so hatte es die Herzogin befohlen.

Nur sie und Ancillon waren im Gartenschlößchen vor dem Neuhauser Tor, niemand sonst wußte um die Ankunft Andres. Sie ahnte, daß er sich vor vielen Menschen entsetzen würde.

Es war schon ganz dunkel, als der Wagen ankam, ein kühler, feuchter Herbstabend, voll vom schwermütigen Duft der Vergänglichkeit. Aus der offenen Tür des Schlößchens fiel ein goldener Lichtstreif in die Finsternis heraus, und oben, im grünen Salon, brannten die Girandolen, festliche Goldschleier aus Kerzenlicht hingen über den gezierten Möbeln.

Maria Anna, in weißer Atlasrobe, stand neben Ancillon, der zu Ehren des Hofrats seine Paradeuniform angelegt hatte.

»Da bring' ich ihn nun Gott sei Dank!« sagte der gute Kirchmayr freudestrahlend in der Tür.

Der Hofrat erschien neben ihm.

Die Herzogin trat ihm einen Schritt entgegen, die Hände ausgestreckt, ganz selig im Wiedersehen.

Sie gab ihm auch die Hand – kaum aber hatte er sie geküßt, da sank Maria Anna auf Ancillons Schulter und schluchzte herzzerbrechend. »Er ist ja ganz weiß, Oberst...«, sagte sie leise, »schrecklich, er ist ganz weiß geworden... warum hat man mir das nicht... ich kann das nicht sehen...!«

Der Hofrat stand derweilen sehr ruhig da, unbewegten Gesichts – so wie er drei Monate lang in seiner Zelle gestanden hatte, wenn der Schließer mit dem Essen kam. Nichts auf der Welt war ihm selbstverständlicher geworden als: schweigend abzuwarten, was mit ihm geschah.

»Fassen Sie sich«, raunte der Oberst und richtete die Herzogin auf, »welche Wirkung...«

Sie wischte sich die Tränen ab.

»Ja, es ist dumm von mir«, sagte sie laut und wandte sich wieder Andre zu, »aber so bleibt man nun sein Leben lang: großes Glück und großer Schmerz sehen einander gleich. Daß ich dich wiederhabe, Andre! Und du?«

»O ja...«, antwortete er hilflos und mit jenem seltsamen Lächeln, das ihr noch fremd war, »hier sieht es anders aus als auf dem Rothenberg... Man muß sich erst umgewöhnen.« Der Pater sah ihn an.

»Ich bitte um Vergebung«, sagte er hastig, »mein Gemüt – oder wie man's nennen will – ist so beschwert von den vergangenen Monaten –«

»Komm! Setzen wir uns! Gib mir deine Hand!«

»Ja. Übrigens –«, in seinen Augen war ein Schrecken, »darf ich hier sein? Ich höre, daß der Kurfürst gewisse Bedingungen... und bei Gott, ich möchte nicht nach dem Rothenberg zurück!«

»Glaubst du denn«, sagte sie beruhigend, »daß ich dich dieser Gefahr aussetzen würde? Nein, das ist alles in Ordnung, wir sprechen später davon. Zudem ist der Kurfürst in Mannheim.«

»So!« Er atmete erleichtert auf. Diesmal lächelt er sie an: er hörte aus ihrer Stimme den alten Ton. Das Mütterliche gab ihm Zutrauen.

Während des Essens war es, als ob er sie erst jetzt wiedererkenne. Er wurde gesprächiger, fragte nach dem und jenem, geriet langsam in das altgewohnte Fahrwasser einer höflichen Unterhaltung, vermied es aber, die Rothenberger Zeit ferner mit einer Silbe zu berühren. Sie dagegen, da sie nun wieder in seiner unmittelbaren Nähe saß, die tiefen Furchen seines Gesichtes immer sah und das grausame Weiß seines Haares erblickte, verstummte manchmal plötzlich und mußte sich abwenden, um die jäh aufschießenden Tränen zu verbergen.

»Was ist endlich mit den Bestimmungen?« fragte er nach einer Weile mit neu aufkeimender Unruhe. »Ich möchte das doch —«

Ancillon stand auf, holte das Dokument und las es vor.

Mit Rücksicht auf das kurfürstliche Ansehen — hieß es darin — werde der Hofrat Andre in Freiheit gesetzt, »wenn sich derselbe verbindlich macht, daß er weder in München noch in dem nahe bei der Stadt befindlichen herzoglichen Garten bleiben, sondern seinen zukünftigen Aufenthalt in seiner Heimat nehmen werde; ferner, daß er jederzeit den Ort, wo Seine kurfürstliche Durchlaucht sich einfinden oder sonst das kurfürstliche Hoflager sein möchte, zu vermeiden habe, ferner, daß er weder von Seiner kurfürstlichen Durchlaucht noch sonst von Staatsgeschäften, sie mögen auch Namen haben wie sie wollen, sprechen, dann weiter: keine Rache an denjenigen nehmen wolle, welche er als Ursache seiner Gefangenschaft betrachten könne. Und es sollen diese Bedingnisse mit der Bedrohung verknüpft sein, daß, wie Andre eine derselben unerfüllt lassen würde, alsdann gegen ihn die Strafe ewiger Gefangenschaft unfehlbar verhängt werden sollte.«

Der Hofrat las das und setzte wortlos seinen Namen darunter.

Die Herzogin meinte: im Laufe der Zeit würde man gewiß Milderungen erreichen.

»Warum?« fragte er, »ich bin ganz zufrieden damit.« Es war offenbar, daß er jetzt Ruhe brauchte. Ancillon und der Pater empfahlen sich.

»Komm«, sagte Maria Anna, zog ihn sanft an sich und streichelte mit zitternden Fingern sein armes weißes Haar. »Es war sehr schlimm, aber nun bist du wieder bei mir, und wir wollen vergessen, was gewesen ist. Du mußt nun schlafen gehen.«

Sein Zimmer lag neben dem ihren. Die Tür blieb halb offen. Als Maria Anna schon im Bett lag, fiel es ihr auf, daß es nebenan so seltsam still war.

»Andre?«

»Ja.«

»Was tust du? Schläfst du noch nicht?«

»Nein.« Er kam herein, noch vollständig in Kleidern.

»Was gibt es denn?« fragte sie beunruhigt.

»Ich weiß nicht ... das alles erscheint mir so sonderbar ... ich glaube, ich habe Angst.«

»Angst? Wovor?«

»Ja, wenn ich das wüßte ...«

»Setze dich zu mir.«

Er schob einen Lehnstuhl heran und starrte grübelnd vor sich hin. Sie betrachtete ihn schweigend. Jedesmal, wenn draußen eine Kastanie auf den Gartenweg fiel, zuckte er zusammen. »Es scheint mir wirklich so: in meinem Kopf ist etwas in Unordnung gekommen. Ich bin wie ein verstopftes Brunnenrohr. Es staut sich und staut sich, der Druck ist ungeheuer und klemmt mir fast das Herz ab, und es sitzt in der Seele –«

»Die Menschen waren gemein mit dir, ich schäme mich ...«

Er schlug die Augen auf und sah sie an. Plötzlich lief es wie ein Zittern über ihn. »O Gott!« sagte er, emporgequält, »o Gott, so zu enden!«

»Enden?« fragte sie erschreckt.

»Ein Leben so zu enden! – – Da predigen sie von Vaterland und Pflicht, und man geht her und arbeitet und gibt sein Dasein dafür auf und kennt nichts anderes als dienen und denken und sorgen – und das ist der Dank: gnadenhalber aus dem Loch herausgelassen und in eine Ecke gewiesen und angebunden, bei Strafe ewiger Gefangenschaft! Ihr – wißt ihr denn, was das heißt: Gefangenschaft? Es gibt keinen Tag und keine Nacht, es gibt keine Menschen, keine Sprache – oh – –«

Da endlich brach es aus ihm los. Mit einem Aufschrei stürzte er sich halb über das Bett und krallte seine Hände in die Decke. Schmerz und Bitterkeit lösten sich wie Felsgestein von seinem Herzen, wie eine aufschießende Quelle folgten die Tränen der lang getragenen Last. Er weinte maßlos, hemmungslos.

Sie nahm seine Hand, hielt sie leise fest und schwieg.

Nach einiger Zeit wurde er ruhiger, selbstvergessener. Er wußte kaum, wo er war und daß er nicht allein war.

Maria Anna stützte den Kopf in die Hand und sah ihn an. Drüben, in der schwarzen Stadt, schlugen die Turmuhren Mitternacht; sie schlugen eins, schlugen zwei – die Herzogin betrachtete den schlafenden letzten Gefährten ihres Lebens noch immer und sann.

Die herabgebrannten Kerzen flackerten auf ... und erloschen.

Als Andre erwachte, fand er sich allein. Der Ausbruch in der Nacht war eine heilsame Krise gewesen. War ihm bisher die Welt, in die er zurückgekehrt, als ein unsicherer Traum und nur die stumpfe Last des Kerkerdaseins als wirklich erschienen, so hatte sich das nun umgekehrt: endlich lag das Gefängnis wie ein Alpdruck hinter ihm, die Gegenwart deuchte ihn inhaltsreicher und verheißungsvoller. Ein sanfter Duft von Patschuli, ein süßmuffiger Pudergeruch, dazu die Frische des Linnens, über dem das Sonnenlicht lag, hereingeglitten durch freundliche Fenster – er erinnerte sich und stand auf.

Im Spiegel sah er seine zerwühlte Verwahrlosung, entdeckte auf dem Toilettentisch allerhand Dinge, die freilich für feinere Finger bestimmt waren, und begann sich in Ordnung zu bringen. Im Waschwasser war Eau de Cologne – er lächelte und dachte: man versöhnt sich doch wieder mit der Welt, nichts ist unmöglich.

Eben als er mit zwei silbernen Bürsten sein Haar bearbeitete, trat Maria Anna ein, er bemerkte sie im Spiegel.

»Guten Morgen!«

»Guten Morgen«, sagte er, »du kommst fünf Minuten zu früh, ich bin für eine Herzogin noch nicht schön genug.«

»Aber doch bei guter Laune?« fragte sie aufleuchtend.

»Man muß alles wieder lernen. Aber heute nacht hab' ich mich sehr übel aufgeführt, ich bitte Euer Durchlaucht alleruntertänigst um Verzeihung, es soll gewiß nicht wieder vorkommen.«

»Kind«, sagte sie, »großes, liebstes Kind«, drehte ihn mit kräftigen Armen herum und küßte ihn von Herzen. »Jetzt endlich bist du wieder da!«

»Ja. Es hat lange gedauert, und es war ein großer Sturm.« Er wandte sich wieder dem Spiegel zu, das halbfertige Werk zu vollenden. »Aber nun ist Schnee gefallen, mir auf den Kopf, und der Sturm hat sich gelegt.«

»Komm, du bist ungeschickt!«

Er mußte sich setzen, und sie frisierte ihn recht ordentlich. »Das hätt' ich vor vier Wochen auch nicht gedacht, daß mich noch einmal eine Herzogin so schön machen würde. Aber Durchlaucht geruhen im Reiseanzug zu erscheinen?«

»Das versteht sich.«

»Und heißt?«

»Glaubst du denn, ich ließe dich allein fahren?«

»Wohin?«

»Wir gehen nach Schwaiganger. Hier in München ist nichts mehr für uns zu tun.«

»Für mich gewiß nicht. Aber für dich?«

»Zunächst gehören wir zusammen. Meine kleine Welt kann ich von draußen regieren. Wer soll dich denn kämmen, wenn ich nicht da bin?«

Der Pater Kirchmayr begleitete sie auf der Fahrt.

Als sie zu dem Dorf Sendling kamen, von dessen Anhöhen man München noch einmal hätte sehen können, wandte sich Andre gar nicht um.

Das Gefühl, frei zu sein, lag wie eine Verheißung vor ihm – hinter ihm gab es nichts als Drohungen und Fallen. Ich werde – dachte er – die Tage dieses meines frühen Alters in Ruhe genießen; uralt bin ich, das ist wahr; laß sehen: meine zweiundvierzig Jahre – Gott, andere Menschen sind um diese Zeit in ihrer vollen Kraft! Ich freilich habe weißes Haar, und was am schlimmsten ist: ich habe mein Leben durchaus gelebt, für wesentlich Neues ist es zu spät.

Aber vielleicht ließ sich der beträchtliche Rest doch noch verwenden? Im Schreiberhof zu Rieden war manches zu bauen und zu bessern; die Herzogin würde ihrem Rentmeister eine Pension aussetzen, und er würde sich wohl auch fernerhin um die Verwaltung ihrer Güter kümmern, soweit es möglich war für einen, der nicht in der Münchener Kanzlei sitzen durfte. Ja – und in Schwaiganger hatte es doch einmal die Theres gegeben ... es schien ihm: das müsse vor Jahrzehnten gewesen sein, da er aber nachrechnete, fand er, daß erst Monate verflossen waren, seit er sie zum letzten Male gesehen ... freilich: was für Monate!

Die Theres! Andre lächelte im stillen, wenn er an ihre bedenkenlose Jugend dachte. Große Augen würde sie machen bei der Entdeckung, daß der Schnee auf seinem Kopf nicht gepudert, sondern bitter echt war. Er freute sich doch sehr darauf, sie wiederzusehen. Allerdings: Maria Anna – –

Mit einer Art schlechten Gewissens warf er einen Blick auf sie. Er war ihr niemals untreu gewesen, neun Jahre lang. Wann, beim Himmel, hätte er auch Zeit und Gelegenheit zu solchen Sachen gehabt? Einmal, ja: damals in Schwaiganger, aber da hatte die Weltgeschichte höchstselbst sich in die Verwirrung hineingemischt und den Knoten mit der bei ihr leider üblichen Brutalität zerhauen.

Vielleicht ... vielleicht ... ließ sich jetzt doch so eine Art von neuem Leben anfangen. Denn daß Maria Anna nur kurze Zeit in Schwaiganger bleiben würde, war klar. Sie mochte ihn nun lieben oder nicht – in vornehmster Linie war sie eine bayrische Herzogin, die große Dame, gewohnt, mitten in der Welt zu stehen; unmöglich konnte sie's auf dem Lande aushalten; nach zwei oder drei Wochen kehrte sie nach München zurück – Andre blieb allein (es würde ihm kein Opfer sein), und wer wollte wissen, wie sich die Dinge dann entwickelten!

Er warf wieder einen Blick auf sie, als hätte sie seine Gedanken hören können.

Der Pater las im Brevier. Beneidenswert! dachte Andre – er fühlte, wie der alte Seelenzwiespalt wieder gefährlich wurde.

Gegen Abend kamen sie nach Schwaiganger. Maria Anna hatte das Hoftor mit Gewinden aus Herbstlaub schmücken lassen, in den bescheidenen, ländlich eingerichteten Zimmern, die sie bewohnte, war freundliche Kerzenhelle, das Feuer brannte im Kamin, und der einzige Diener, den die Herzogin vorausgeschickt hatte, sorgte für die Tafel. Die Theres war nirgends zu sehen – Andre atmete heimlich auf. Es war ihm lieber, er begegnete ihr ohne Zeugen.

»So«, sagte Maria Anna, da sie nach dem Essen am Feuer saßen und der Pater schlafen gegangen war, »so! Da sind wir nun also gewissermaßen zu Hause.«

»Du wenigstens!«

»Jawohl.« Sie lächelte sonderbar. »Ich wenigstens. Hm. Was wirst du nun anfangen?«

»Ich? Anfangen? Ich denke: aufzuhören ist so ziemlich das einzige, was mir bleibt.«

»Wahrhaftig! Das sind keine trostreichen Gedanken, Andre!«

Er wurde, nach seiner alten Gewohnheit, vorsichtig. »Kommt Zeit, kommt Rat. In Rieden gibt es auch zu tun.«

»Solange der Herbst still und schön ist, will ich hierbleiben: wir haben genug Aufregungen durchgemacht während der letzten zwei Jahre – oh, sage nichts, denke nichts! Ich weiß, du meinst, dir sei es am schlimmsten ergangen, und damit hast du gewiß recht. Weißt du aber auch, wie es *mir* ums Herz war?«

»Vielleicht kann ich mir's denken.«

»Denken kann man so etwas nicht. Wir sind ja alte Leute, Andre, da darf ich's schon sagen: ich habe dich doch lieb ... ach, es war furchtbar. Ancillon soll dir später einmal erzählen, was ich alles fertiggebracht habe deinetwegen. Aber das war es natürlich nicht, wovon ich reden wollte.« Sie saß im Lehnstuhl, die Füße auf einem roten Samtbänkchen, das Kinn in die Hand gestützt; der Spitzenärmel war zurückgestreift, so daß man ihren schönen Arm sah; über der Seide des bauschigen Rockes spielten die Flackerlichter des Kamins, hinter ihr stand die braune Dunkelheit des Zimmers – es war ganz wie ein Bild, wunderbar vornehm, von einer überlegenen Ruhe. Andre betrachtete sie schon lange, und während er ihr seine leeren, fast gedankenlosen Antworten gab, deren Inhalt er selber kaum wußte, sann er über etwas sehr Sonderbares nach: wie hoch diese Frau — trotz allem und allem — über ihm stand! Vor einem halben Menschenalter war er als Bauernbursch nach München gekommen und hatte die unbegreifliche Keckheit gehabt, einer Durchlaucht, einer wirklichen bayrischen Herzogin, gegenüberzutreten; er sah damals die Welt noch mit völlig harmlosen Augen an, erst später war ihm deutlich geworden, wie ungeheuer der Unterschied war zwischen einem Bauernburschen und einer Herzogin. Es hatte sich viel ereignet inzwischen, und was er nie zu träumen gewagt hätte, war geschehen. Aber eines — eines hatte sich im Grunde eben doch niemals verändert: die Tatsache, daß sie eine Herzogin war und er ein Bauer. Schwarze Kleider und Perücken und Titel und vornehme Freundschaften hatten daran nichts, nein, gar nichts geändert, und auch das große Bewußtsein, daß er es gewesen war, der Bayern rettete, war an seinem allerinnersten Menschen fast spurlos vorübergegangen: er fühlte sich als ein ganz einfacher Mann — und sie war eben eine Herzogin. Niemals hatte er das deutlicher gewußt als in dieser Stunde.

Niemals war er ihr herzlicher ergeben gewesen als jetzt — und niemals hatte er klarer empfunden, wie hoch und fremd diese Frau über ihm stand. Er hätte sie jetzt mit »Durchlaucht« anreden können, ohne es überhaupt zu merken.

»Was denkst du denn da?« fragte sie.

Er fuhr zusammen. »Lange Geschichten, die sich nicht mit Worten erzählen lassen.«

»Ich meine: weil du mich gar so unverwandt anschaust?«

»Es war wie ein Bild.«

»Hoffentlich wie ein hübsches. Sage: bin ich sehr alt?«

»Du gehörst zu den Menschen, die so alt sein mögen, wie sie wollen — sie sind doch jung. Auch auf Bildern bleiben die Menschen ja immer jung.«

»Ich hoffe, du meinst es ehrlich.«

»Soweit es anging, war ich immer ehrlich.«

»Ich auch. Und deshalb will ich dir jetzt etwas sagen, Andre: du solltest heiraten!«

Er sah sie sprachlos an.

»Ja, das solltest du. Denn du kommst jetzt in das Alter, wo der Mensch wissen muß, zu wem er gehört. Glaube mir, es ist schlimm, alt zu werden und allein zu sein. Nicht nur für uns Frauen, für die Männer auch.«

Andre war innerlich fassungslos. Gerade von ihr dies zu hören, hatte er niemals erwartet. Es schien ihm – oder bildete er sich's nur ein? –, daß sie es ein wenig mühsam, gleichsam unfreiwillig sagte, vielleicht weil sie fühlte, daß er insgeheim ähnliche Gedanken gehabt hatte. Er mußte jetzt wohl so tun, als ob er ihren Vorschlag für einen grilligen Scherz halte.

»Ich bin vor der Zeit alt geworden«, sagte er ablehnend, »und –«

»Ich weiß: du machst mir das zum Vorwurf.«

»Dir?« leugnete er mit gewollt erstaunten Augen.

»Ja, mir. Das ist der Grund, Andre, weshalb ich die Sprache darauf bringe. Ohne Umschweife: du mußt wissen, zu wem du gehörst. Du mußt wissen, daß es einen Menschen gibt, der die Pflicht hat, sich um dich zu kümmern, vollends jetzt, da dein Leben in die Einsamkeit verwiesen worden ist – meinetwegen.«

»Daß *du* das sagst!«

»Wer hätte größeres Recht dazu! Es mag dir vielleicht sonderbar vorkommen, aber ... aber ... nun, es liegt einmal in den Dingen. Warum, glaubst du, hab' ich unseren guten Kirchmayr mitgenommen?«

»Er ist von jeher dein Beichtvater.«

Sie lächelte. »Gerade in letzter Zeit war bei mir verzweifelt wenig zu beichten.« Sie richtete sich auf. »Genug der ewigen Einleitung. Gibst du zu, daß ich recht habe?«

»Ich müßte darüber nachdenken –«

»Das hab' ich bereits für dich besorgt. Gut. Morgen wird uns der Pater Kirchmayr trauen.«

Andre fuhr in die Höhe und starrte sie an.

»Alles bleibt Geheimnis, keinem bekannt außer uns dreien. Du bist trotz meiner Vorrede überrascht? Ich gebe zu: es ist eine ungewöhnliche Sache. Aber ich weiß, wieviel ich dir schulde und danke – hast du geglaubt, die Herzogin von Bayern bleibt jemandem etwas schuldig, noch dazu jemandem, den sie liebt?«

Wahrhaftig: wie sie da saß und ihn anschaute, war sie so sehr Herzogin, so weit und hoch über ihm, daß außer der maßlosen Verblüffung nichts anderes in ihm Platz hatte als Gehorsam.

»Durchlaucht ...«, sagte er mechanisch.

Jedes andere Wort hätte sie erwartet, nur gerade dieses nicht. »Bist du verrückt?« Sie hatte keine Ahnung, was in ihm vorging. Diese Frau war so selbstbewußt, trotz ihrer Güte so unerschütterlich auf der Höhe ihrer Stellung – und damit bei aller Zärtlichkeit im Grunde doch so fern von ihm, daß sie ihren Entschluß nur als eine grenzenlose Gnade empfand, der gegenüber nichts als Dankbarkeit natürlich war.

»Ich habe dich verwirrt«, sagte sie, beugte sich vor und nahm seine Hand. »Lieber, du siehst aber, daß ich alles tun will, um wiedergutzumachen, was du um meinetwillen gelitten hast. Der Kirchmayr wird morgen früh um sechs Uhr in der Hauskapelle sein. Niemand soll dazukommen. Er wird uns trauen. Vor den Menschen dürfen wir uns nicht binden, aber Gott sieht es, und das ist genug.«

»Ja . . .«, sagte er tonlos.

So zerstörte sie ihm aus Liebe das Leben zum andern Male.

VI

Als sie anderntags die Kapelle verließen, kam eben ein leichtes Bauernwägelchen in den Hof gefahren. Darin saß die Theres, die drei Wochen bei den Klosterfrauen in Schlehdorf gewesen war, um das herrschaftliche Kochen zu lernen; denn sie wollte vor der Herzogin Ehre einlegen.

Andre, vom Fenster aus, sah, wie sie jung und leichtfüßig aus dem Wagen sprang und nun im Morgenlicht dastand. Mit ihren braunen Armen hob sie den Holzkoffer heraus, in dem ihre wenigen Sachen sein mochten, und trug ihn ins Haus.

Ihm war, als schlüge sein Herz gegen einen scharfen Glasscherben – vielleicht hielt es das aus, vielleicht aber auch zerschnitt sich's daran . . .

Er hatte eine leer durchwachte Nacht hinter sich, ohne klare Gedanken, und fühlte noch immer eine Art seltsamer Betäubung, die Machtlosigkeit gegen das Schicksal.

Sein Schicksal, das erkannte er, war von jeher in seinem Leben die Herzogin gewesen: die gewaltige Güte, mit der sie ihm zugetan war, machte ihn willenlos. Wo es auf Klugheit ankam, bei Dingen, die ihn selber nicht berührten, konnte er ihr widersprechen – wenn sich's aber um ihn selbst handelte, mußte er tun, was sie bestimmte.

Das Grübeln nützte jetzt nichts mehr, es war zu spät.

Kurz darauf begegnete ihm die Theres im Hof.

»Jeßmarandjosef, unser Hofrat«, sagte sie und riß die Augen erschrocken auf, »aber – –« Sie kam nicht über sein greis gewordenes Haar hinweg, und während sie ihn früher nach ländlicher Sitte geduzt hatte, sagte sie jetzt scheu »Sie« zu ihm und machte so etwas wie einen Knicks.

»Bin ich denn gar so sehr zum Fürchten geworden?« fragte er mit einem trüben Lächeln. »Kennst mich bereits nimmer recht?«

»Das schon – aber der Herr Hofrat ist so – so –«

»Wird schon wieder!« Er wandte sich schnell und ging seines Weges.

Die Welt war ein Theater, und ein miserables dazu.

Zu Mittag erschien die Herzogin mit einer Perlenkette, die sie sonst nur bei großen Hoffesten trug. Und die Theres hatte ein Kleid an, das städtisch aussehen sollte – der Himmel mochte wissen, wie sie auf diesen verrückten Einfall gekommen war; offenbar wollte sie gebildet aussehen. Man war sehr einsilbig.

Anderntags aber lief ihm die Theres auf dem Flur in die Quere und trug wieder das abscheuliche Stadtgewand, das sie für schön hielt.

Da nahm er sie ans Fenster, wo sich ein paar späte rote Geranien in der Nachmittagssonne wärmten. »Das Kleid solltest du aber abtun«, sagte er kopfschüttelnd, »es steht dir nicht. Sei froh, daß du so jung und so gut gewachsen bist – wozu sich einschnüren? Laß das den blassen Leuten in der Stadt!«

»Es ist nur«, antwortete sie, »weil ich gemeint hab', ich gefall' dem Herrn Hofrat nimmer . ..«

Er versuchte einen Scherz: »Weißt du denn, ob du mir früher gefallen hast?«

»Ich glaub' schon!«

»So!«

»Im vorigen Jahr war der Herr Hofrat ganz anders!«

Er schaute sich unbehaglich um. Die Theres hatte keine besonders leise Stimme – und sie ahnte ja nichts!

»Im vorigen Jahr war der Herr Hofrat noch viel jünger, und ich mein', ich hätt' ihm damals recht gut gefallen. Sie werden ja mit Fleiß alt! Und zur Bank droben gehen Sie auch nimmer . . .«

»Das wird dir nicht viel ausmachen, Theres.«

»Wer weiß! Am Ende macht's mir sogar sehr viel aus.«

»Geh, geh!« sagte er dämpfend.

»Ist schon wahr! Weil nämlich die Leute gesagt haben –«

»Was?«

»Nein, das sag' ich nicht. Sie haben halt gemeint, daß ich dem Herrn Hofrat arg gut gefall' – aber das ist, scheint's, ein Irrtum gewesen.«

»So, war das ein Irrtum!«

Die Theres zupfte an ihrer Schürze und tat verlegen. Sie wußte ganz gut, wie man den ernsthaften Hofrat herankriegte, und sie hatte die Partie einstweilen noch nicht aufgegeben.

Dem armen Andre wurde es heiß und kalt. Wie er sie so vor sich sah, merkte er erst, daß er einmal richtig verliebt in sie gewesen war.

»Weißt du —« sagte er mühsam, »ich —«

Hinten im Flur ging eine Tür auf — die Herzogin kam heraus. Sie nickte den beiden, die zusammen am Fenster standen, freundlich zu und verschwand in dem gegenüberliegenden Zimmer.

»Wir sprechen ein andermal darüber«, sagte Andre hastig und ließ die Theres allein.

Er wollte zu Maria Anna, fand aber die Tür verschlossen und ging in seine eigene Stube, wo ein paar Abrechnungen auf ihn warteten. Dabei hatte er das fatale Gefühl, daß irgend etwas sehr Unbehagliches geschehen sei, und getraute sich gar nicht, den Gedanken zu fassen, Maria Anna möchte das Gespräch gehört und nach Weiberart ... mißverstanden haben ...

Mißverstanden? Nun, wie man es nahm.

Maria Anna hatte das Gespräch wirklich gehört.

Jetzt saß sie in einem halb dunklen Zimmer, hinter verschlossener Tür und erlebte einen jener ganz seltenen Augenblicke ihres Lebens, in denen sie vergaß, daß sie eine bayrische Herzogin war.

Sie hatte das Gespräch nicht nur gehört, sondern auch vollkommen richtig verstanden.

Da saß sie nun.

Jemand rüttelte an der Tür, aber sie rührte sich nicht: sie mußte allein bleiben, lange allein, um mit dem fertig zu werden, *was* sie alles verstanden hatte.

Andre: ein Mensch, dessen ganzes Leben für sie dagewesen war und der nun, nach so viel Kämpfen, gehofft hatte, von ihr entlassen zu werden — entlassen in jeder Weise. Ein Mensch, in dem noch der stille Wunsch nach Weib und Kind geblüht hatte, nach der Rückkehr in die friedsamen Felder seines Ursprungs. Und nun —

Ich bin es gewesen! dachte sie entsetzt — und sie dachte in diesen Minuten nur an ihn, nicht an sich selber. Denn sie liebte hin.

Ich bin es gewesen, jahrelang, der er gedient hat und um derentwillen er sich selbst verleugnete. Und jetzt wieder war ich's auch, die ihn ahnungslos um seine letzte Hoffnung gebracht hat ...

warum? Weil ich nichts verstand, bis es zu spät war. Ich bin eine alte Frau. Was fiel mir ein? Herzogin? Lieber Gott! Das junge Bauernmensch ist ihm lieber als eine alte Herzogin. Und er hat recht! Daß ich so blind war, so dumm!

Sie saß mit geschlossenen Augen da, zurückgelehnt, regungslos. Aus geringerem Anlaß wäre sie zornig geworden – aber diesmal, aber hier blieb sie ganz ruhig und spürte nur, wie zum erstenmal in ihrem Leben der fürstliche Bau ihres Selbstbewußtseins in allen Fugen zitterte. Es war die schwerste Stunde für diese große, seltsame Frau, die halb Europa getrotzt hatte und nun in ihrem Alter einsehen mußte, daß einem die schlimmsten Streiche nur das eigene Herz spielen kann.

Jetzt, dachte sie eine flüchtige Sekunde lang, jetzt müßte man sterben – – aber freilich: was richtig wäre, geschieht nie! Nun, was ist zu tun?

Sie stand auf, zog die Vorhänge zurück.

Draußen ruhte eine milde, kühle Abendsonne auf dem Kamm des Gebirges, ließ noch eine Flut goldenen Schimmers über das unsäglich stille Land fließen – und sank schweigend, klaglos hinab.

Sehr königlich, empfand Maria Anna, nur mit dem Unterschied: daß die Sonne kein Herz hat. Man sollte auch so tun. Mein Leben lang hab' ich ein Herz gehabt und war stolz darauf – und hab' es nun, da es gen Untergang geht, noch dazu gebraucht, einen Menschen unglücklich zu machen! Ach! Welcher Teufel hat uns das Herz mit auf die Reise gegeben! Soll ich im Dämmerlicht meines Daseins noch eine komische Alte werden?

Es klopfte.

»Ja?«

»Ich bin's . . .«

»Komm nur herein«, sagte sie und schloß auf.

»Warum hinter Schloß und Riegel?«

»Gesteh' ich's: mir war nicht sonderlich wohl zumute. Diese Herbststimmungen, Lieber: man wird an so viel unabwendbar Peinliches erinnert. Bisweilen muß der Mensch mit sich allein sein. Es ist eine Art Kur.«

»Und hat sie genützt?« versuchte er zu scherzen.

»Das kannst du mir glauben«, sagte sie, froh, daß er in der Dämmerung ihr Gesicht nicht zu erkennen vermochte. Ihre Stimme klang ganz ruhig und freundlich – mit gelassenen Händen nahm sie wieder das Samtvisier vor, das sie ihr Leben hindurch benutzt hatte. Jetzt war es das letzte und schwerste Mal, daß sie es brauchte, aber es gelang. »Soll ich ehrlich sein, Andre? Ich habe das Landleben verlernt. Man langweilt sich – traurig zu sagen – indessen doch wahr. Eben dacht' ich daran, wie kurz die Tage werden, wie lang die Abende und – nimm's mir nicht übel! – daß drinnen in der Stadt die Hofgesellschaften beginnen ... kaum getrau' ich mich, weiterzureden ...«

»Du möchtest nach München zurück?«

Sie schwieg.

»Ich verstehe das. Es gibt Grenzen des Lebens, aus denen man sich niemals völlig befreien kann. Übrigens hast du Pflichten gegen den Hof.«

»Und du? Was denkst du?«

»Ich bleibe gern hier«, sagte er einfach und still.

Sie atmete heimlich auf. Das Bitterste: daß er ihre Gründe durchschaute, wurde ihr erspart.

Sie durfte mit der Haltung, zu der sie geboren war, weggehen.

Anderntags reiste sie ab und nahm auch den Pater Kirchmayr mit, Andre sollte nicht das Gefühl haben, daß ein Aufpasser zurückblieb.

Er begleitete sie in ihrem Wagen bis nach Murnau – darüber hinaus wagte er sich nicht in kurfürstliches Gebiet. Sie sprachen heiter miteinander, Maria Anna versicherte ihm, daß sie spätestens im Frühjahr zurückkommen wolle. Ehe er ausstieg, küßte sie ihn und weinte ein wenig – ein klein wenig gestattete sie sich zu weinen, nicht mehr, als begreiflich und haltungsvoll war.

Der Hofrat Andreas Andre blieb allein, wanderte langsam die Straße durch Murnau hinunter, sprach hier und da mit einem alten Bekannten – und ging dann, statt links nach Schwaiganger, rechts nach Rieden hinüber, um seine Leute zu besuchen. Er hatte seine besonderen Gedanken dabei.

Der Bruder, mit der Sachlichkeit des Bauern, druckste lange an einer Frage herum und wagte doch nicht, sie auszusprechen. Andre half ihm lächelnd: »Aber du brauchst keine Angst zu haben, daß ich jetzt am Ende heirate und dich beiseite schiebe. Nein, dazu ist es zu spät.« Er spürte, wie dem andern ein Stein vom Herzen fiel, sie wurden gesprächiger und aufgeräumter, und schließlich war es so tief in der Nacht geworden, daß Andre in Rieden blieb.

Er schlief gut, denn über alle heimliche Verstörtheit seines Herzens bekam das Gefühl Gewalt: daß er nun eben doch einen Ort auf dieser weiten und meistens feindlichen Erde besitze, der sein eigen war; man ist müde geworden, dachte er im Hinüberschlummern, aber man hat etwas, wohin man sein Haupt betten kann.

Jedoch erwachte er bei Tagesgrauen von einem ungewöhnlichen

Stimmendurcheinander, nachdem ihm schon vorher im Halbschlaf gewesen war, als klopfe jemand recht heftig an die Haustür.

Er lauschte, Schritte kamen die Treppe herauf, sein Name wurde gerufen. Vollends wachgeworden, antwortete er mit einem Herein.

Es war die Theres.

»Mein Gott«, sagte der Hofrat erschrocken, »was ist denn los? Brennt's etwa in Schwaiganger?«

»Gar nicht«, sagte darauf sie, »aber weil du nicht heimgekommen bist gestern abend, Hofrat, haben wir uns so viel geängstigt und haben die halbe Nacht gesucht nach dir. Und da liegt er und schläft wie ein Murmandl!«

Es fiel ihm auf, daß sie ihn, da die Herzogin weg war, wieder vertraulich duzte. »So!« erwiderte er, und dann eine Weile gar nichts. »So! Geängstigt. Warum denn?«

»Halt auch ...!« antwortete sie und schaute unter sich. »Kunnt sich leicht einer herumtreiben und die Leut überfallen, und unser Hofrat wär' hin. Haben dich doch voriges Jahr schon einmal fast gefangen!«

»So! – Und wer hat sich geängstigt? Du?«

»Ja! Ich!«

»Setz dich daher, Theres!« Er zog sie auf den Bettrand und behielt ihre Hand. »Du, Theres, ich muß dir was sagen. Etwas Ernsthaftes, Theres.«

»Ja?«

»Ja. Ich weiß schon, was du dir denkst.«

»Gar nichts denk' ich mir.«

»O ja, sehr viel sogar. Aber es ist falsch. Sei still, wenn ich red'! Du denkst, daß aus uns zwei noch einmal etwas werden muß. Das hab' ich auch einmal gedacht – – früher, ja. Und es ist mir nicht leicht geworden, darauf zu vergessen.«

»Hätt's ja auch nicht gebraucht ...«, sagte sie leise.

»Doch. Es hat's sogar sehr gebraucht! Schau, was tätest du mit einem so alten Mann, einem weißhaarigen! Und wenn auch: schlag dir das aus dem Kopfe, Theres, es geht nicht.«

»Die Herzogin hat's dir verboten!« platzte sie heraus.

Er lächelte, trübe verwundert. »Nein, das schwör' ich dir, nichts hat sie verboten. Oder meinst du, die Frau Herzogin hätte Zeit, sich um derlei zu kümmern?«

»Aber es ist doch etwas ...!«

»Es ist weiter nichst, als daß du ein dummes Kind bist. Damit du's nur weißt, Theres! Und es wird wahrhaftig Zeit, daß du einen Mann kriegst – aber einen anderen als mich.«

»Wenn ich aber keinen andern mag«, sagte sie weinend.

Er betrachtete sie. Da weinte sie nun, dieses junge Weibsgeschöpf, das sein ganzes Leben noch vor sich hatte – und ahnte nicht, wie es in seinem Herzen ausschaute, und was es ihn kostete, so vernünftig zu sein. Wirklich: die Welt war so seltsam, daß man sie beinahe nimmer ernst nehmen konnte. »Ich werde heute nach Schwaiganger hinüberkommen«, sagte er, »und meine paar Sachen zusammenpacken: wenn du den alten dalketen Hofrat nicht mehr siehst, wird's dir bald aufgehen, wie dumm du gewesen bist. Nein, such dir einen Jungen, Theres, und laß mir meine Ruh – ich hab' sie weiß Gott schwer genug verdient!«

Mit der merkwürdigen Gefaßtheit, die dem Bauern so viele unnütze Worte ersetzt, stand sie auf und wischte sich mit dem Handrücken die Tränen ab. »Dann also –«, sagte sie einfach.

»Ja, dann also! Zu Mittag bin ich drüben.«

Die Theres ging.

Er schüttelte den Kopf hinter ihr her: warum machen sich die Menschen das Leben so schwer, wenn's einfacher geht? Die Theres war keine von den innerlich Verwickelten. Was nicht ist, ist eben nicht.

Über Murnau hob sich die Sonne.

Andre stand auf. Als er sich wusch, blickte er in den kleinen Spiegel und fand, daß er noch niemals ein so hofrätliches, überlegenes Gesicht gehabt habe wie eben jetzt, da er, morgendlich nüchtern, über den gefährlichsten Augenblick seines Herzens hinweggekommen war. Sehr anständig! sprach er zu sich selber. Sehr anständig, in der Tat – lieber Himmel, was ist das schon für eine Kunst, so sehr anständig zu sein, wenn man weiß, daß es zu spät ist.

Der Winter kam still daher. Einmal in jeder Woche schrieb die Herzogin einen Brief, danach zählte Andre sein Dasein. Unendliche Ruhe hing über der Welt, nur ein kleines Schlittengeläut kicherte manchmal fernher durch die Wälder.

Da machte der Hofrat seinen endgültigen Frieden mit dem Leben: es war zu groß, als daß ein Mensch das Recht gehabt hätte, ihm die Schmerzen seines winzigen Daseins vorzuwerfen. Die alten Felswände des Heimgartens blickten auf ihn herunter, der breite Gipfel stand um die blaue Stunde aller dieser Tage in einem himmelszarten, veilchenfarbenen Duft, der so rein, so wunderbar überirdisch war, daß Vergangenheit und Zukunft wesenlos wurden. Was sollte dieser Ewigkeit gegenüber der Kummer eines

Menschenherzens, der Eigenwille einer Schneeflocke aus Milliarden?

»Es hat schon so sein müssen!« sagte der Hofrat fromm und beschloß mit dieser schlichten Erkenntnis das immer wieder wehmütige Auf und Ab seines Herzens.

Als der Frühling kam, hielt Maria Anna die Trennung nicht mehr aus und reiste nach Schwaiganger; ihre Ankunft hatte sie sorglich schon eine Woche zuvor angemeldet.

»Es ist ja merkwürdig«, sagte sie, »seit wir verheiratet sind, sehen wir uns nicht mehr! Was treibst du immer?«

Da mußte er nun doch gestehen, daß er gar nicht in Schwaiganger, sondern in Rieden wohnte.

Nach dieser Mitteilung betrachtete sie ihn lange und sehr nachdenklich.

Jeder wußte genau, was der andere in diesem Augenblicke dachte, aber jeder tat so, als ob er's *nicht* wüßte. In Zukunft sprachen sie nicht wieder darüber.

Aber die Theres heiratete zu Pfingsten, ins Tal der Jachenau hinüber. Die Herzogin ließ eine prachtvolle Hochzeit richten, eines jener bunten, behäbigen Feste, wie sie das Volk in den Bergen liebt. Es ging hoch her, und der Hofrat Andreas Andre war mit seinem Dasein wirklich schon so still zufrieden geworden, daß er heiter und väterlich lächelnd den Brautführer machte und auch im innersten Herzen nichts mehr spürte als eine leise, beinahe wohltätige Melancholie.

Als aber am Nachmittag der Hochzeitszug mit dem Brautwagen und dem lustig aufgeputzten Hausrat durchs Tal davon zog und die schmetternde Bauernmusik immer leiser wurde und schließlich nur noch wie ein wehmütiger Abschiedsgruß von den Berghängen widerhallte — da saßen die beiden zusammen auf der Bank am Hügel, und Maria Anna konnte nicht anders: sie mußte ihn fragen.

»Es gab eine Zeit«, sagte sie, »da glaubte ich, daß die Theres dir nicht ganz gleichgültig sei.«

Sie hatte eine friedliche kleine Lüge erwartet und hätte sich damit begnügt. Er aber antwortete ruhig: »Ja, das ist wahr. Sie hat mir ordentlich zu schaffen gemacht, es ist nicht immer leicht, den richtigen Weg zu finden. Indessen, man übersteht's, und, lieber Gott, was hat man am Ende verloren? Ein wenig Glück, ein wenig Unruhe und vielleicht manche schlimme Erfahrung! Noch im vorigen Jahr hätt' ich dir's abgeleugnet. Aber jetzt? Für mich ist es gar kein so schrecklicher Gedanke, daß ich das Leben hinter mir habe. Überleg' ich's recht: wessen Leben war so reich wie das meine?«

»An Unglück, ja, und an Verzicht.«

Er lachte nur auf seine Weise vor sich hin.

»Ich habe manches zu spät eingesehen, Andre. Ohne mich wäre dein Leben völlig anders geworden. Ist's nicht so?«

»Es ist so. Ob es aber besser geworden wäre? Es sind jetzt fast zwanzig Jahre her, seit ich dich zum erstenmal sah.«

»Ob wir nach zwanzig Jahren auch hier sitzen?«

»In dieser Welt ist nichts unmöglich. Und wenn wir's nicht tun, dann wird, vermut' ich, einer von uns beiden gestorben sein.«

Das zweite Jahr seiner Verbannung kam und das dritte. Die Stadt München lag für ihn weit draußen in der Ebene, deren Dunst er nur dann und wann von einem Berggipfel aus erblickte, und sie war ihm innerlich ganz fremd geworden. In den Briefen der Herzogin tauchten allmählich neue, ihm unbekannte Namen auf, aber stets in Verbindung mit den alten leidigen Geschichten: Intrigen, Ehrgeiz, politisches Durcheinander fanden in der Welt da drunten kein Ende. Der Hofrat lächelte.

Jedesmal, wenn Maria Anna kam, war es ein stilles Fest. Bis zu ihrem sechzigsten Jahr hielt sich diese wahrhaft merkwürdige Frau ziemlich jung und konnte an guten Tagen noch immer so frisch und in ihrer Weise blühend aussehen, als sei sie von Rubens gemalt. Nach einem Winter jedoch, der ihr eine schlimme Erkältung gebracht hatte, begann sie zu welken. Sie wußte das sehr wohl und schrieb ihm auch: er möge nicht erschrecken, weil sie nun aussähe wie eine Mumie; das war freilich übertrieben, aber sie wurde jetzt von dem sonderbaren Eigensinn befallen, daß sie immer von ihrem Alter reden mußte. Ihr Herz hing unverwüstlich an der Welt, und so schöne Worte sie sich auch über die heranschleichende Dämmerung des Lebens zurechtgelegt hatte – wirklich abfinden konnte sie sich mit diesem Gedanken nicht. »Wenn ich nur wüßte«, sagte sie in einer bekenntnisreichen Stunde, »ob deine Ruhe auch so wenig echt ist! Der Teufel hole alles miteinander: das schlimmste ist, alt zu werden, während man jung bleibt. Glaube mir: wenn ich heute noch einmal dreißig Jahre wäre – ich würde genau dieselben Dummheiten machen, die ich gemacht habe, und mit Vergnügen! Ich verzichte auf alle Weisheit. Nur jung, jung möcht' ich noch einmal sein. Und du?«

»Ich kann mich nicht erinnern, jemals eine Dummheit gemacht zu haben«, antwortete er galant.

In dieser Nacht ließ sie plötzlich den guten Pater Kirchmayr wecken und zu sich rufen.

Er kam erschrocken und fand sie, auf viele Kissen gelehnt, in ihrem Bett sitzen.

»Hat Andre gehört, daß Sie aufgestanden sind?«

»Der Hofrat ist nicht hier. Er ist abends nach Rieden hinüber und kommt morgen früh zurück.«

»Das ist gut. Das ist sehr gut. Hören Sie: ich werde sterben.«

Der Pater sah die Herzogin verständnislos an. »Durchlaucht haben schlecht geträumt?«

»Meinen Sie? Nein. Gar nichts habe ich geträumt. Aber ich weiß es mit einem Male. Denken Sie: Ich wache auf – das Herz klopft zum Zerspringen –, und da stand es ganz deutlich vor mir!«

»Was?«

»Daß ich sterben muß! Begreifen Sie das?«

Er suchte nach beruhigenden Worten.

»Natürlich begreifen Sie's nicht, es ist aber so! Reden Sie nicht lange, es kommt nichts Gescheites heraus dabei. Ich habe keine Zeit zu verlieren. Sie sind seit dreißig Jahren mein Beichtvater – verschweigen Sie, was ich Ihnen jetzt sagen werde. Ganz kurz: Ich habe Andre manches Gute, aber noch viel mehr Übles getan; er hat genug Schmerzen durch mich gelitten –«

»Durchlaucht«, sagte der Pater, »Durchlaucht, was reden Sie da? Eben vorhin wollten Sie noch sterben – und nun reden Sie von unserem Hofrat – –«

»Unsinn, ich spreche vom Sterben, Kirchmayr! Hören Sie doch nur! Ich will ihm, zu all dem, was ich ihm angetan, nicht auch noch den schlechten Streich spielen, vor seinen Augen zu sterben!«

»Aber, aber ...!«

»Ja! Das wenigstens soll ihm erspart bleiben. Lassen Sie also den Wagen für morgen früh fertig machen und alles einpacken wie sonst. Und wenn der Hofrat kommt, Pater: er darf nichts merken!«

»Durchlaucht –«

»Reden Sie doch nicht immer dagegen!« sagte sie mit verzweifelter Ungeduld. »Was fällt Ihnen ein? Ich werde mir wohl erlauben dürfen, in meinem eigenen Hause Anordnungen zu treffen! Gehen Sie jetzt, und besorgen Sie alles, wie ich's bestimmt habe!«

Der Pater wagte nichts zu erwidern. Er wußte nicht, was er von dieser seltsamen Laune halten sollte – indessen hatte er im Laufe von dreißig Jahren durch Erfahrung gelernt, daß bei der Herzogin nichts unmöglich war.

Als Andre am Vormittag ahnungslos von Rieden herüberkam,

sah er die Reisekutsche fertig gepackt und eingespannt im Hof stehen.

Er lief hinauf zu Maria Anna, die auf ihn wartete und in dem weiten, in starre Falten gelegten Reifrock und einem ganz knappen Pelzjäckchen wunderbar groß aussah. Nur wollte ihm scheinen, daß sie etwas zuviel Rot aufgelegt habe – er wußte, die Runzeln um die Augen machten ihr Kummer.

»Was ist denn geschehen? Warum fährst du weg?«

»Nichts ist geschehen, und ja: ich fahre weg, Lieber.« Es wäre leicht gewesen, eine kleine Lüge zu erfinden, etwa, daß ein Brief gekommen sei oder Derartiges. Aber Maria Anna, ganz erfüllt von der Empfindung, daß dies ihr letztes Gespräch mit Andre sei, wollte nicht lügen. »Heute nacht«, sagte sie, »wachte ich plötzlich mit dem bestimmten Gefühl auf: ich müßte nach München zurück, sehr notwendig. Du wirst wissen, wie es mit solchen Beifällen ist, sie lassen einen nicht los. Nun – warum soll ich nicht folgen? Ob ich acht Tage früher oder später reise, wen kann das kümmern?«

»Freilich ist nichts dabei«, antwortete er ruhig, »aber leid tut's mir doch, denn gerade in dieser letzten Zeit waren wir so gottvergnügt miteinander, und das Land tut seinen schönsten Frühlingsmantel um, weil es der Herzogin gefallen will. Nun, du wirst wiederkommen, und es wird nicht weniger schön sein. Soll ich dich ein Stück begleiten?«

»Nein, bleib hier und ruhe dich aus.« Nach einer Weile: »War es wirklich schön, Lieber?«

»Was?«

»Ich meine nur. Überhaupt.«

Er lächelte sie freundlich an.

»Komm, gib mir einen Kuß – Gott, wie väterliche Manieren hast du dir angewöhnt! Als wir noch jung waren ... nun, das ist lange vorbei. Und jetzt will ich gehen.«

Sie stand langsam auf, sah in seine Augen und ließ sich die Treppe hinunterführen. Von der Schwelle des Hauses blickte sie noch zum alten Heimgartengipfel hinauf und sagte atemholend: »Die Welt ist sehr schön.«

Andre half ihr in den Wagen, der Pater setzte sich neben sie, der Verwalter und das Gesinde hielten sich in tiefer Ehrerbietung ein paar Schritt entfernt – da zogen die Pferde an. Das letzte, was Andre sah, als der Wagen aus dem Hof fuhr, war die Hand Maria Annas, diese schöne Hand, die mit einem Spitzentüchlein zurückwinkte.

Es war schon lange dunkel, als die Herzogin in München ankam, und am Stadttor gab es die üblichen Schwierigkeiten wegen des Einlasses. Aber sie beseitigte die Bedenken des Wachhabenden mit so deutlichen Ausdrücken, daß sie sich schon dadurch vollkommen legitimiert hätte: mit den Jahren war ihre gelegentliche Grobheit ins Großartige gewachsen, nur eine Herzogin durfte sich's erlauben, so abgründig zu fluchen.

»Kirchmayr«, sagte sie im Hof der Maxburg, »Sie sind ein guter Mensch und ein geistlicher Herr obendrein, aber Sie haben sich so eine weinerliche Sanftheit angewöhnt wie ein altes Weib, und alte Weiber kann ich nun einmal nicht ausstehen, insonderheit wenn sie Hosen anhaben. Tun Sie mir also den Gefallen, und bleiben Sie in meiner Nähe – aber unsichtbar, ja? Ich werde für die nächste Zeit möglicherweise sehr viel Haltung nötig haben, und dabei könnten Sie mir nur in die Quere kommen. Wenn's soweit ist, wird man Sie schon rufen.«

Auf der Treppe wurden ihre Füße so schwach, daß die beiden Diener, von denen sie sich stützen ließ, sie vollends hinauftragen mußten. »Ich wußte es doch«, sagte sie. Jemand lief nach dem Arzt.

Er kam und stellte eine allgemeine Schwäche fest, wahrscheinlich eine Folge der Reise und der Jahreszeit.

Die Herzogin sah ihn an. »Meinen Sie?«

»Es hat nichts zu bedeuten, Durchlaucht. Ein Glas Wein, eine gesund durchschlafene Nacht –«

»Nun, Sie müssen es ja wissen. Mein Sekretär Utzschneider soll kommen.«

Utzschneider mußte sich an ihr Bett setzen und das Testament vorlesen, das sie schon lange ausgearbeitet hatte. Da sie noch einiges zu ändern fand, diktierte sie eine halbe Stunde lang in aller Ruhe und unterschrieb schließlich den Nachtrag. »Das wäre also in Ordnung«, sagte sie dann, »geben Sie draußen den Auftrag, daß man mir noch eine Flasche Wein hereinbringt – aber eine gute, schweren Pfälzer! – und mich nicht mehr stört.«

Ihr Kammerdiener blieb die ganze Nacht über im Vorzimmer. In der Türritze sah er den Schein des Lichtes, aber er wußte nicht, ob die Herzogin schlief oder wachte, denn drinnen blieb alles ganz still.

Am Morgen kam der Arzt wieder. Als er sie sah, erschrak er: sie war in diesen wenigen Stunden verfallen wie eine Schwerkranke.

»Ein Konsilium wird notwendig sein, Durchlaucht, ich bitte um die Erlaubnis, zwei andere Ärzte –«

»Danke. Es ist *nicht* notwendig. Wenn ich sterbe, werde ich's allein fertigbringen, ihr braucht mir dabei nicht zu helfen.«

»Vom Sterben ist natürlich nicht die Rede, Durchlaucht, indessen —«

»Hm. Bei Ihnen vielleicht nicht. Aber bei mir. Merkwürdig, daß ihr so gar keine Gelegenheit versäumen wollt, euch zu blamieren. Ich brauche Sie einstweilen nicht mehr. Adieu. Und, hören Sie: ich wünsche nicht, daß die mindeste Nachricht über mein Befinden an den Hof oder sonst an die Öffentlichkeit kommt. Sie sind mir dafür verantwortlich.«

Kurz nach Mittag fragte sie nach Ancillon. Er sei, hieß es, noch beim Exerzieren der Kadetten und werde gegen vier Uhr daheim sein.

Sie nickte. »Es hat noch keine Eile. Hinterlaßt ihm aber, daß er mich sofort besuchen soll, wenn sein Dienst zu Ende ist.« Sie liebte die Kadetten sehr. Als der Kurfürst aus Sparsamkeitsgründen das Kadettenkorps aufgelöst hatte, stellte sie das Gartenschlößchen zur Verfügung und bezahlte seitdem die gesamten Kosten für das Korps aus ihrer eigenen Tasche.

Als der Oberst kam, sagte sie ihm entgegen: »Es tut mir leid, daß ich Sie in einer unangenehmen Sache bemühen muß — aber glauben Sie mir: für mich ist es noch viel unangenehmer als für Sie. Setzen Sie sich zu mir. Man hat Ihnen draußen bereits mitgeteilt, wie elend ich beieinander bin. Eben deshalb hab' ich Sie rufen lassen: ich möchte einen Mann um mich haben. Sie sind doch einer? Gut, also hören Sie. Es wird Ihnen lächerlich vorkommen, was ich jetzt sage, aber es ist doch so, darauf können Sie sich verlassen. Was halten Sie davon: Kann jemand aus Liebe wissen, daß er stirbt?« Sie sprach diese merkwürdige Formulierung aus wie eine These, die zur Diskussion gestellt werden sollte.

»Ich weiß in der Liebe wenig Bescheid, Durchlaucht, aber ich möchte meinen, daß zu einem solchen Wissen schon eine sehr große Liebe gehört.«

»Das war eine gute Antwort, Oberst! — Ich bin von Schwaiganger abgereist, weil ich das sichere Gefühl hatte, daß es mit mir zu Ende geht. Was wollen Sie! Ich bin an der Grenze meines Lebens angekommen, lange genug hab' ich dazu gebraucht. Seit mein Andre nicht mehr um mich war, hatte das alles keinen Sinn mehr. Mein kümmerliches Lichtlein hat sich aufgezehrt. Die Ärzte verstehen das nicht, aber ich kann Ihnen sagen: wenn man wirklich am Ende ist, stirbt man viel zuverlässiger als an einer Krankheit. Ich habe meinem Andre viel Schmerzliches getan — soll er mich nun auch noch sterben sehen? Ach, die Lebenden haben mit den Toten so gar nichts gemein! Und übrigens, Ancillon – aber das sagen Sie ihm nicht! –, eine bayrische Herzogin stirbt nicht in irgendeinem Winkel; sie gehört nach München. – Wenn ich tot bin, Oberst, so haben Sie die Freundlichkeit, ihm die Nachricht zu bringen und ihm zu sagen: daß ich ihm doch wenigstens zu guter Letzt eine Fatalität ersparen wollte. Wie bitter schwer mir's geworden ist, ohne rechten Abschied von ihm zu gehen, das weiß nur ich. Es war das letzte Mal, daß ich mein Samtvisier brauchte. Oberst – ich habe ihn sehr geliebt!«

Sie ließ den Kopf auf seine Hand sinken und weinte lange.

Es geschah so, wie sie gesagt hatte: als die Mitternacht vorüber war, erlosch die Herzogin.

Im Juni dieses Jahres kamen zwei vornehme Reisende nach dem berühmten Wallfahrtsort Altötting.

Sie stiegen im Gasthaus zur Post ab, der Ältere trug sich als Oberst von Ancillon, Kommandeur des Kadettenkorps, in das Fremdenbuch ein, der andere schrieb seinen Namen so undeutlich, daß der Wirt sogleich bemerkte: er wollte unerkannt bleiben.

Altötting liegt in der weiten, welligen Ebene zwischen dem Inn und der österreichischen Grenze. Aus dem dunkleren Grün großer Wälder heben sich die hell schimmernden Flächen der Wiesen und die bunten Streifen der Äcker. Der Ort war damals noch ein kleines Bauerndorf, unscheinbar, und doch seit vielen, vielen Jahrhunderten das Ziel zahlloser Pilger aus allen Ländern der Welt. Denn in der winzigen Kapelle, die fast verloren in der Mitte des Kirchplatzes steht, thront das kaum ellenhohe schwarze Holzbild der wundertätigen Muttergottes, von frommen Händen mit Gold und Juwelen überladen.

Tilly, der große Soldat des Dreißigjährigen Krieges, wollte in dieser Kapelle begraben sein, aber der Kurfürst bewilligte es ihm nicht, und so mußte der Feldherr seine Gruft gegenüber in der Pfarrkirche bauen lassen: dort liegt er noch heute, im roten Generalsmantel, das goldene Kreuz auf der Brust. Denn die kleine Gnadenkapelle birgt den seltsamsten und vornehmsten Schatz der Welt; eine gespenstische Versammlung, unter die sich kein Fremder mischen darf: stirbt ein Wittelsbacher, so wird sein Leichnam in der Theatinergruft zu München beigesetzt, aber sein Herz, in einer silbernen Kapsel, kommt in die Kapelle nach Altötting; dort ruht es zu Füßen des wundertätigen Marienbildes aus.

Der heilige Raum, in dem das alte Holzbild steht, sieht aus wie eine Zaubergrotte von tiefschwarzem Felsgestein. Riesige Wachskerzen brennen mit regungsloser Goldflamme, und ihr Schimmer geistert über silbernes Gerät hin. Hier, in der Mauer gegenüber dem Altar, schlafen die Herzen; kein Laut, kein Orgelton stören sie, aber vielleicht dringt das Silberklingen des Glöckchens während der Messe bis zu ihnen, vielleicht fühlen sie die Inbrunst der schweigenden Gebete, die seit mehr als tausend Jahren unablässig dargebracht werden.

Die beiden Fremden gingen in der frühen Morgenstunde zur Kapelle und wohnten der Messe bei.

Nachher verliefen sich die Leute, nur ein paar Betende, regungslos wie Bildsäulen, blieben in den Stühlen zurück.

Der Hofrat Andreas Andre stand da, hatte dem Altar fast den Rücken gewendet und blickte auf die geheimnisreiche Mauer, in der die Silberkapsel mit dem Herzen des Türkensiegers Max Emanuel sichtbar war. Hier irgendwo – hier, vom harten Stein verdeckt, schlief nun auch jenes Herz, um das er trauerte.

Endlich berührte Ancillon leise seinen Arm und wies mit den Augen nach der Tür.

Andre löste die gefalteten Hände, neigte den Kopf und ging mit ihm.

Draußen, nach einer Weile, sagte der Oberst: »Sie war eine große Frau. Es gab keine bessere in Bayern.«

Der Hofrat antwortete nicht.

Als sie über den Platz und in die Pfarrkirche hinübergingen, begegneten sie unter dem Portal einer jungen Mutter mit zwei Buben.

Andre blieb stehen: »Ja – – – Theres!«

Sie grüßte ihn freundlich und errötete.

»Was tust denn du hier?«

»Wallfahrten«, sagte sie, und die Buben mußten dem Herrn Hofrat die Hand geben, »weil die zwei so krank waren und wieder gesund geworden sind.«

»Ja ... so ... geht nur hinüber, und ...« Er mußte sich auf die Steinbank neben dem Portal setzen.

So tief schweigsam hatte der Oberst den Freund noch nie gesehen.

Als sie sich auf die Heimfahrt machten und nach Stunden einmal am Rande des breiten Inntals auf einer Höhe zwischen Mühldorf und Ampfing rasteten, schaute der Hofrat lange, lange über das blühende Land hinweg, und in seinen Augen war ein Schimmer wie von der Unendlichkeit.

»Das ist ihr Land!« sagte er. »Hätte sie nicht gelebt, so wär' es jetzt unter einem fremden Herrn. Mitten in diesem Lande schläft jetzt ihr Herz. Wo wäre es besser aufgehoben?«

»Und Sie?« fragte Ancillon. »Vergessen Sie sich selber nicht zu nennen!«

»Ich! Mein Gott! Nur ein Widerschein ihrer Liebe! Lichtlos geworden jetzt, da sie mir nicht mehr leuchtet. Und doch, und doch — — man war nicht ganz umsonst auf dieser Erde!«